KATHRYN CASKIE

Stürmische Eroberung

Buch

Die hübsche Miss Hannah Chillton hat ihre ganz eigenen Ansichten und Methoden, wenn es ums Ehestiften geht. Im Gegensatz zu den Schwestern Featherton glaubt sie nämlich ganz und gar nicht, dass die Liebe dabei eine entscheidende Rolle spielt. Ihrer Ansicht nach müssen zwei geeignete Ehekandidaten sich nur häufig genug begegnen, und alles wird kommen, wie es kommen muss. Doch bei dem unerhört attraktiven Mr St. Albans geraten Hannahs Überzeugungen ins Wanken: Denn mal liegt er Hannah zu Füßen und bringt ihr Herz zum Pochen, und anderntags kennt seine Überheblichkeit keine Grenzen, und er umwirbt eine andere Dame. Fast möchte sie annehmen, dass zwei Seelen in St. Albans Brust schlagen – oder hat sie es am Ende gar mit zwei Männern zu tun?

Autorin

Kathryn Caskie interessiert sich schon seit Langem für Geschichte, und sie liebt historische Gegenstände. Daher war niemand in ihrer Familie überrascht, als sie ihre Karriere im Bereich Medien und Marketing an den Nagel hängte, um sich ganz dem Schreiben historischer Liebesromane widmen zu können. Die größte Inspiration für ihre Romane sind ihr Mann und ihre zwei Töchter, mit denen sie in einem 200 Jahre alten Quäkerhaus am Fuß der Blue Ridge Mountains lebt.

Von Kathryn Caskie ist bei Blanvalet bereits erschienen

Stürmische Verlobung (36853)
Stürmische Eskapaden (36963)
Stürmische Intrigen (36972)
Wie verführe ich einen Lord (36933)

Kathryn Caskie

Stürmische Eroberung

Roman

Aus dem Englischen
von Ute Thiemann

blanvalet

Die Originalausgabe erschien 2006 unter dem Titel
»Love is in the Heir« bei Warner Books, New York.

FSC
Mix
Produktgruppe aus vorbildlich
bewirtschafteten Wäldern und
anderen kontrollierten Herkünften

Zert.-Nr. SGS-COC-1940
www.fsc.org
© 1996 Forest Stewardship Council

Verlagsgruppe Random House FSC-DEU-0100
Das für dieses Buch verwendete FSC-zertifizierte Papier
Holmen Book Cream liefert Holmen Paper, Hallstavik, Schweden.

1. Auflage
Deutsche Erstveröffentlichung, November 2009 bei
Blanvalet Verlag, einem Unternehmen der
Verlagsgruppe Random House GmbH, München.

Umschlaggestaltung: Hilden Design, München
Umschlagmotiv: Pino Daeni via Agentur Schlück GmbH
Redaktion: Wiebke Rossa
lf · Herstellung: rf
Satz: DTP Service Apel, Hannover
Druck und Einband: GGP Media GmbH, Pößneck
Printed in Germany
ISBN 978-3-442-36973-7

www.blanvalet.de

Für Melanie Murray,
die ein Wagnis einging und meinen
größten Traum wahr werden ließ.

Kapitel eins

Kirchhof der Abteikirche zu Kirkwell
Devon, England

Der Earl von Devonsfield war ein vom Leben gebeutelter Mann. Und nun schienen seine Aussichten für die Ewigkeit ebenso trübe.

Er nahm seinen altmodischen Kastorhut ab, dann lüftete er seine frisch gelockte Perücke, um sich mit abgekauten Fingernägeln seinen kahlen Kopf zu kratzen. »Nun, was meinen Sie, Pinkerton, ist es machbar?«

Sein Leibdiener und Faktotum, ein schlanker, schmalgesichtiger Mann, der ebenso schlau wie verschlagen war, baumelte von einem Ebereschenast hoch über dem Mausoleum. »Ich fürchte, der Diener von Hochwürden hat recht, Mylord. Es ist unmöglich, der Gruft ein weiteres Stockwerk hinzuzufügen, ohne den vorhandenen Bau zu gefährden, zumindest soweit ich das sagen kann.«

Das hörte der Earl gar nicht gern, denn er hatte auf eine entschieden optimistischere Antwort gehofft, doch sein langes Leben hatte ihn gelehrt, dass Anpassung ein notwendiges Übel war, wenn man seine Wünsche erfüllt sehen wollte. »Dann bleibt uns keine andere Wahl. Wir müssen *seitlich* anbauen. Mit dem richtigen Anreiz müsste es gewiss möglich sein –«, der wohlbeleibte Lord las den Nachnamen von dem Grabstein neben ihm ab, »– die *Anatoles* zu überreden, ihre Familiengrabstätte ein Stück zu verlegen.«

Pinkerton sah zum Earl hinab. Der Ausdruck auf seinem langen Gesicht verriet unverkennbar seinen Zweifel, dass ein solches Unterfangen von Erfolg gekrönt sein würde. Aber Loyalität war nun einmal eine seiner größten Tugenden. »Ich werde mich mit der Familie in Verbindung setzen und die Durchführbarkeit Ihres Plans erkunden, Mylord.«

Mit Hut und Perücke in der Hand schlenderte Lord Devonsfield durch das verdorrte Gras, das wie Stacheln aus dem raschelnden, verwelkten Laub um die Gruft seiner Familie herum aufragte.

Er seufzte wehmütig, während er mit seinen dicken Fingern über die Marmorwand strich. Das war wieder einmal typisch – nach zweihundert Jahren war das Mausoleum derer von Devonsfield voll, just wenn sich seine Zeit auf dieser Erde dem Ende entgegenneigte.

Es war natürlich alles die Schuld seines Bruders. Selbst nachdem Lord Devonsfields gesamte verbliebene Familie – seine beiden Söhne – letzten Monat bei einem schrecklichen Unfall ums Leben gekommen war, war immer noch ein Platz übriggeblieben, und zum Kuckuck noch eins, jener Platz war für *ihn* bestimmt gewesen. Doch dann hatte sein Bruder Thelonius, der fast zehn Jahre jünger war als er, unverhofft das Zeitliche gesegnet, während er auf dem Abort saß, und hatte so den letzten ewigen Ruheplatz in der Familiengruft für sich beansprucht.

»Mylord, dürfte ich jetzt wieder von dem Baum herunterklettern?« Pinkerton, wie üblich von Kopf bis Fuß pechschwarz gekleidet, saß sichtlich nervös rittlings auf dem dicken Ast.

»Was? Oh, natürlich. Hier gibt es nichts mehr für uns zu tun.« Der Earl fuchtelte unmutig mit der Hand und winkte seinen Diener vom Baum. »Doch da wir gerade beim Thema Bäume sind, würden Sie mir bitte Ihre Schwierigkeiten bezüglich meines Familienstammbaums erklären – genauer gesagt jenes Zweigs, auf dem mein *Erbe* zu finden sein könnte? Es ist bereits ein Monat seit dem Unfall vergangen, und Sie haben noch immer keinen Erben für den Devonsfield'schen Grafentitel ausfindig gemacht.«

Pinkerton stellte seine Füße vorsichtig auf einen niedrigeren Ast und schaukelte leicht, um dessen Tragfähigkeit auf die Probe zu stellen. »Oh nein, Mylord, ich weiß genau, wo Ihr Erbe zu finden ist. Der Gentleman lebt in Cornwall. Er ist der Sohn Ihres verstorbenen Cousins zweiten Grades.«

Dem Earl klappte ungläubig die Kinnlade herunter. Er eilte zu der Eberesche und schlug mit seinem Stock gegen den Stamm. »Der Teufel soll Sie holen, Pinkerton. Warum haben Sie mir bis jetzt noch nichts davon erzählt?« Lord Devonsfield spähte durch die Äste nach oben. »Ich muss auf der Stelle mit ihm sprechen. Wie heißt der Mann?«

Pinkerton kletterte vom Baum und klopfte sich Baumrinde von seiner Hose. »Ich weiß es nicht … nicht *genau* jedenfalls. Ich muss Ihnen leider mitteilen, Ihr Erbe ist –«

»Was – ein Freidenker? Bettlägerig? Irrsinnig?« Dem Earl stockte der Atem. »Er ist doch kein … *Prasser und Verschwender*?«

»Nein, Mylord. Er ist ein … Zwilling.«

»Ein Zwilling? Und deswegen die ganze Aufregung? Wen zum Kuckuck kümmert das denn?« Der Earl schnaubte verächtlich. »Festzustellen, welcher der beiden Zwillinge der Erbe ist, ist ein Kinderspiel. Man muss nur wissen, welcher der beiden Knaben zuerst auf die Welt kam.«

»Und genau da liegt der Hund begraben, Mylord.« Pinkerton sah den Earl eindringlich an, und in seinem Blick spiegelte sich Besorgnis. »So unglaublich es auch klingen mag, niemand weiß, welcher Junge der Erstgeborene ist. Selbst das kirchliche Taufbuch legt sich in diesem Punkt nicht fest.«

»Was zum Teufel soll das heißen?« Der Earl sank gegen den Stamm der Eberesche.

»Soweit ich herausfinden konnte, war es eine schwere Geburt, mit einer beklagenswerten Menge Blut. Die Mutter hat nicht überlebt, und da die Knaben keinerlei Hoffnung hatten, etwas von Bedeutung zu erben, hat sich der trauernde Vater, Ihr Cousin, nicht die Mühe gemacht, einen der Zwillinge als Erstgeborenen zu benennen.«

»Oh du lieber Himmel.« Lord Devonsfield rang seine blassen Hände. »Begreifen Sie, was das bedeutet? Ach, ich mag mir gar nicht ausmalen, was das House of Lords tun wird, wenn ich ohne einen Erben sterben sollte – was ich noch binnen Jahresfrist tun werde, wie wir beide wissen, denn Sie haben den Arzt ja selbst gehört. Um meine Gesundheit ist es nicht gut bestellt.«

»Streng genommen, Mylord, sagte der Arzt nur, dass Ihr beständiges Grämen und Grübeln über den Tod Sie noch in ein frühes Grab bringen werden«, murmelte Pinkerton, doch der Earl schenkte seinem Einwand keine Beachtung. Er kannte die Wahrheit, er wusste, was sein Arzt *wirklich* meinte, aber vor ihm zu verbergen suchte.

»Einer der Zwillinge *muss* zum Erstgeborenen erklärt werden.« Der Earl kaute gedankenverloren an seinem Daumennagel, während er zwischen den windschiefen, bröckelnden Grabsteinen unruhig auf und ab wanderte. »Wir müssen einen Weg finden, dieses Versehen wiedergutzumachen.«

»Das müssen wir unbedingt, Mylord, denn wenn kein rechtmäßiger Erbe gefunden werden kann, fallen der Devonsfield'sche Titel und der Besitz an die Krone zurück.«

Der Earl wünschte, er könne jene lästerlichen Worte irgendwie zurück in Pinkertons loses Mundwerk stopfen und ihn zwingen zu leugnen, sie jemals ausgesprochen zu haben. Doch er sprach wahr, und die Wahrheit ließ sich nun einmal nicht verleugnen.

»Ich kann nicht zulassen, dass der Titel verloren geht. Sie wissen, dass ich das nicht kann.« Der Earl richtete sich auf. Seine Mission stand fest. »Wir dürfen keine Zeit verlieren. Pinkerton, lassen Sie meine Koffer packen. Wir müssen nach Cornwall fahren – *gleich heute noch*!«

Die Lizard-Halbinsel
Cornwall, England

Griffin St. Albans stellte im goldenen Schein der untergehenden Sonne die Brennweite seines Teleskops ein. Die Klippen über Kennymare Cove waren wie geschaffen dafür, an diesem Abend, der den klarsten Nachthimmel des ganzen Monats versprach, die Sternenkonstellationen zu studieren.

Er beugte sich über das Okular, um die Ausrichtung des Teleskops zu überprüfen, als plötzlich ein Falke, getragen von der warmen Seeluft, schnurgerade auf ihn zugesaust kam und schmerzhaft seine Schulter streifte. Griffin verlor den Halt und rutschte über den losen Kies. Seine hilflosen Bewegungen lösten kleine Steinchen, die prasselnd über den Klippenrand regneten. Griffin schlug lang hin und landete äußerst unsanft auf dem kurzen, vom Wind geschorenen Gras.

Eine zarte Frauenstimme scholl über den Klippenrand hinauf. »Ist dort oben jemand?«

Griffin schreckte hoch. Er rappelte sich auf und spähte vorsichtig über die Felskante. Er sah eine junge Frau, die sich an die Klippenwand klammerte und mit ihrem ausgestreckten Arm nach einem mit Bändern und Schleifen verzierten Hut angelte, der sich an einer vorstehenden Wurzel verfangen hatte. Mit einer ungeschickten Bewegung seines Fußes ließ Griffin weitere Kiesel auf sie herabprasseln.

Die junge Frau schaute erbost auf. »Bitte hören Sie auf, mich mit Steinen zu bewerfen, Sir. Wie Sie sehen können, ist es heute sehr windig, und mein Halt ist schon unsicher genug.«

Gütiger Gott, sie konnte jeden Moment zu Tode stürzen! Griffin legte sich flach auf den Bauch, rutschte vorsichtig an die Kante und streckte seine Hand aus. »Nehmen Sie meine Hand. Ich kann Sie hochziehen.«

»Ich soll Ihre Hand nehmen? Sind Sie noch bei Verstand? Ohne meinen Hut? Wohl kaum. Mein Bruder hat zwei Guineen dafür bezahlt. *Zwei*. Und Sie können gewiss sein, dass er das nicht noch einmal tun wird.« Sie reckte ihre Hand nach dem Hut, doch er war und blieb knapp außerhalb der Reichweite ihrer Fingerspitzen. »Verflixt!«

»Lass dir doch von dem Gentleman helfen, Liebes«, rief eine alte, spindeldürre Frau, die von dem tiefer gelegenen Trampelpfad entlang der Klippenwand zu ihnen hinaufschaute.

Die rundlichere alte Dame neben ihr legte die Hand über ihre Augen und blickte zu dem Mädchen auf, das angestrengt nach seinem Hut angelte. »Viola hat recht, Täubchen. Nimm seine Hand. Vielleicht lässt sich dein Hut von oben leichter erreichen.«

Die dunkelhaarige junge Frau spähte zu den beiden alten Damen hinunter, dann richtete sie ihre blassblauen Augen abschätzend auf Griffin. »Wie es scheint, muss ich wohl darauf vertrauen, dass Sie mich nicht ins Meer fallen lassen.«

»Nehmen Sie meine Hand, Miss. Sie haben nichts zu befürchten. Mein Rücken ist kräftig.«

Ihr Blick huschte zu den Wellen, die sich an den schroffen Felsen tief unter ihr brachen. »Das mag ja sein, Sir, aber es ist nicht Ihr *Rücken*, der mir Sorgen macht.« Doch ungeachtet ihrer bissigen Bemerkung streckte die junge Frau ihre linke Hand hoch und umklammerte sein Handgelenk mit einem Griff, der so fest war, dass er manch schwächeren Mann beschämt hätte.

Griffin schlang seine Finger fest um ihr Handgelenk. »Ich halte Sie. Lassen Sie den Felsen los.«

»Nur wenn Sie versprechen, meinen Hut zu retten, bevor er ins Meer geweht wird.« Ihr Blick ließ erkennen, dass es ihr bitterernst war.

»Ich verspreche es«, schnaubte er aufgebracht. »Und jetzt lassen Sie bitte den Felsen los!«

Mit einem letzten zaudernden Blick zu ihm hin löste die junge Frau den Klammergriff, mit dem sie sich an der Felswand festhielt. Einen Moment lang baumelte sie wie eine gliederlose Stoffpuppe von seinem Arm, und der Schwung ihrer Bewegung ließ sie hin und her pendeln.

Alles Blut aus Griffins Körper schoss ihm in den Kopf, und er setzte all seine Kraft ein, um sie über den Klippenrand hochzuziehen. Dann endlich, nach zwei gefahrvollen Minuten, tauchte ihr Kopf über der Felskante auf.

»Wir haben es fast geschafft, Miss. Nur noch einen Moment, und dann habe ich Sie hier oben bei mir.«

»Darauf können Sie wetten.«

Dann hob die Frau unvermittelt mit einer Beweglichkeit, die Griffin den Atem verschlug, ihren freien Arm über den Klippenrand, schwang ihr rechtes Bein hoch und hievte sich auf den Boden neben ihm.

»Hol mich der Teufel!« Griffin hätte eine solch athletische Meisterleistung vielleicht von einer Jahrmarktsartistin erwartet, doch niemals im Leben hätte er eine junge Dame wie jene, die nun neben ihm nach Luft rang, dazu für fähig gehalten.

Griffin setzte sich auf seinen Knien auf und starrte die furchtlose Frau voller Verwunderung an. Ihr Haar war so dunkel wie eine sternenlose Nacht, und ihre Haut war milchweiß, abgesehen von ihren geröteten Wangen. Doch am beeindruckendsten waren ihre Augen. Ein Ring aus tiefem Indigo umschloss ein Feuer aus silbrigem Blassblau, so dass ihre Augen funkelten wie zwei Sterne.

»Mein Hut, Sir.« Ihre Stimme war atemlos von der Anstrengung. »Sie haben es versprochen.«

»Das habe ich.« Griffin konnte sich angesichts ihrer Beharrlichkeit bezüglich eines dummen Hutes ein Grinsen nicht verkneifen. »Ich brauche nur etwas, mit dem ich danach angeln kann.« Er schaute sich suchend nach einem Stock um.

Die Frau sah sich ebenfalls um, bis ihr Blick triumphierend auf sein Teleskop fiel. Ein flaues Gefühl der Sorge überkam Griffin, als sie aufstand und auf seinen teuersten Besitz auf der Welt zuging.

»Vielleicht könnten wir einen Teil dieses Dings über den Rand herablassen und damit die Krempe meines Huts fassen.« Sie streckte ihre Hand nach dem Messinginstrument aus.

»Nein!« Griffin packte sie am Handgelenk, und sein Griff mochte ein wenig zu grob gewesen sein, denn sie wirbelte herum und sah ihn überrascht an.

»Nicht mein Teleskop«, fügte er mit sanfterer Stimme hinzu. »Es ist sehr teuer, und es ist keine Übertreibung, wenn ich Ihnen sage, dass es kein zweites seiner Art gibt.«

Die Frau reckte ihr Kinn hoch und löste mit einem Ruck ihr Handgelenk aus seinem Griff. »Dasselbe könnte ich von meinem Hut behaupten. Haben Sie die Pfauenfeder am Hutband gesehen?« Sie nickte vielsagend, so als würde diese Bemerkung ihm den großen Wert ihres Hutes unmissverständlich verdeutlichen.

Griffin wusste natürlich, wie lächerlich der bloße Gedanke war. Es gab keinen Vergleich. Seine verkleinerte Version des Shuckburgh-Teleskops war nach seinen genauen Vorgaben von einem Schüler Jesse Ramsdens, Londons angesehenstem Hersteller von astronomischen Instrumenten, maßgefertigt worden. Griffin bezweifelte, dass es in ganz England auch nur ein Sternenfernrohr von gleicher Qualität gab.

Die Frau verschränkte die Arme vor ihrem geblümten Kleid. »Ich sehe sonst nichts, was sich als Werkzeug ebenso gut eignen würde … wie Ihr Teleskop.«

»I-ich habe in meinem Cottage einen Hirtenstab.« Griffin lächelte die hübsche Frau an und kam zu dem Schluss, dass er sie gern ein wenig näher kennenlernen würde. Doch das Umschmeicheln einer Frau war Griffin nie so leichtgefallen wie seinem Bruder, und er wusste, dass er sich sehr wahrscheinlich zu linkisch anstellen würde. Aber er würde es wenigstens versuchen. »Äh … wenn Sie möchten, könnten Sie und

Ihre Begleiterinnen sich in meinem Haus ausruhen, während ich hierher zurückkomme, um Ihren Hut zu holen. Das Cottage ist ein kleines Stück weiter den Pfad entlang. Es ist nicht weit, das versichere ich Ihnen.«

Die junge Frau musterte ihn argwöhnisch von Kopf bis Fuß. »Danke, aber ich muss leider ablehnen. Mein Hut könnte von einer Windböe gepackt und ins Meer geweht werden. Ich wage es nicht, ihn hier zurückzulassen. Außerdem kenne ich nicht einmal Ihren Namen.«

»St. Albans ... Mr St. Albans.« Er neigte seinen Kopf. »Und Sie sind ...?«

Ihre rosa Lippen kräuselten sich zu einem spöttischen Grinsen. »Nicht so dumm, dass ich einem mir unbekannten Mann in seine Junggesellenhöhle folge.«

»*Junggesellenhöhle*? Meine Teuerste, ich glaube, Sie missverstehen meine Absichten –«, stammelte Griffin.

»Ach, Sir, bitte vergeben Sie ihr. Sie hat es nicht böse gemeint«, sagte die fülligere der beiden alten Frauen, die inzwischen den steilen Klippenpfad erklommen hatten und keuchend von der Anstrengung dicht bei ihnen standen.

»Das ist Miss Hannah Chillton, unser Mündel.« Die dünnere alte Dame zwickte die junge Frau in den Arm, was diese zu einem ungelenken Knicks bewegte.

Just in diesem Moment kreiste der Falke, der ihn zuvor angegriffen hatte, über ihnen. Griffin sah zu seinem großen Erstaunen, wie Miss Chillton einen

Lederhandschuh aus ihrem Gürtel zog, diesen überstreifte und den Greifvogel einlud, auf ihrem Arm zu landen.

Die dünnere alte Dame lachte, als sie Griffins Überraschung bemerkte. »Und das ist Cupid … Hannahs Turmfalke.«

»Das ist *Ihr* Vogel?« Griffin starrte die junge Frau ungläubig an.

»Ja. Warum fällt es Ihnen so schwer, das zu glauben?«, bemerkte Miss Chillton süffisant.

Ja, warum? Griffin dachte darüber nach. Warum überraschte es ihn, dass eine Frau, welche furchtlos Klippenwände emporkletterte und die Kraft besaß, sich eigenhändig eine Felskante hinaufzuhieven, einen zahmen Jagdfalken hielt?

»Miss Chillton, obgleich wir uns erst kurze Zeit kennen, bin ich zu dem Schluss gekommen, dass einen bei Ihnen nichts überraschen sollte. Denn Sie sind wahrlich ein Wunder.«

Miss Chillton sah verlegen zu den beiden alten Frauen hinüber, so als hätte sie nicht die leiseste Ahnung, was sie auf seine Feststellung antworten sollte. Dann wandte sie ihr fein geschnittenes Gesicht wieder zu ihm um und zeigte mit der Hand auf ihre Begleiterinnen. »Mr St. Albans, dies sind meine Anstandsdamen, die Ladys Letitia und Viola Featherton aus London.«

»Und jüngst auch Bath«, fügte die Frau, die sie als Lady Letitia vorgestellt hatte, hinzu. »Wir verbringen jedes Jahr einige kurze Monate in der Kurstadt.«

»Und unser Ausflug zur Lizard-Halbinsel ist der

krönende Abschluss unserer Cornwall-Reise.« Die dünnere Frau, Lady Viola, lächelte ihn strahlend an. »Wir werden noch heute Abend nach Bath zurückfahren.«

»Nicht ohne meinen Hut.« Miss Chillton drehte sich zum Meer um, trat zwei Schritte vor und spähte über den Rand der Klippe. Ihr stockte der Atem. »Oh *nein*. Er ist weg!«

Lady Letitia stellte sich neben sie an die Felskante und legte tröstend ihren Arm um die dunkelhaarige Schönheit. »Der Wind muss ihn wohl mit sich gerissen haben, mein Kind.«

Miss Chillton drehte ihren Kopf um und blitzte Griffin wütend an. »Sie schulden mir einen Hut, Sir.«

»*I-ich?*«, stammelte Griffin.

»Ja, denn ich hätte meinen Hut schon *irgendwie* zu fassen bekommen, wenn Sie sich nicht eingemischt hätten.« Sie sagte tuschelnd etwas zu Lady Letitia, die daraufhin in ihr Retikül langte und eine Karte hervorholte. Miss Chillton nahm die Karte und drückte sie Griffin in die Hand.

»Das Modell Oatland-Village ist bei Mrs Bell, zweiundzwanzig Upper King Street in London, erhältlich. Geben Sie ihr bitte Anweisung, eine zusätzliche Pfauenfeder ans Hutband zu nähen. Werden Sie das auch behalten? Gut. Sobald Sie den Hut haben, können Sie ihn in Nummer eins Royal Crescent in Bath abliefern. Die Adresse finden Sie auf dieser Visitenkarte.«

Mit diesen Worten nahm Miss Chillton die beiden Featherton-Damen rechts und links am Arm und führte sie den Pfad hinauf zu der Stelle, wo wohl ihre Kutsche wartete, wie Griffin vermutete.

»Einen guten Tag noch, Mr St. Albans«, rief sie zu ihm zurück, und die beiden alten Frauen stimmten in den Abschiedsgruß mit ein. »Ich hoffe, dass wir Sie bald wiedersehen – denn es war schließlich mein Lieblingshut.«

Sie schenkte ihm ein amüsiertes Lächeln und, wenn er sich nicht irrte, auch noch ein spöttisches Augenzwinkern.

Als die drei Frauen hinter dem Hügelkamm verschwunden waren, schlenderte Griffin St. Albans gedankenverloren zum Klippenrand und suchte mit seinem Blick die Steilwand nach dem verlorenen Hut ab. *Fort und verschwunden.*

Er tastete vorsichtig seinen Kopf ab, während er sich fragte, ob er ihn sich angeschlagen hatte, als der Falke ihn angegriffen hatte und er gestürzt war – denn er musste zweifelsohne träumen.

Das war die einzig mögliche Erklärung, die ihm einfiel, denn *ihm* hätte niemals etwas so Außergewöhnliches passieren können wie das, was sich während der vergangenen Viertelstunde zugetragen hatte.

Das Leben an Cornwalls Küste war dafür viel zu beschaulich.

Drei Tage später

Lord Devonsfield und sein Faktotum kündeten ihr Eintreffen am Haus der St.-Albans-Brüder weder mit einem Anklopfen noch mit einem grüßenden Ruf an. Für solche Finessen war keine Zeit. Die verbleibende Zeit des Earls auf dieser Erde war knapp bemessen, und tumbe Lappalien wie Etikette waren nur eine Vergeudung der wenigen Momente, die ihm noch blieben.

Eine sich kräuselnde Rauchfahne stieg von dem Schornstein des winzigen Cottages in den wolkenlosen, azurblauen Himmel auf. Sein Erbe war daheim, oder zumindest war irgendjemand im Hause, also öffnete der Earl die windschiefe Tür, trat zusammen mit seinem Diener ein – und sah sich unvermittelt der Mündung einer Jagdflinte gegenüber.

Der Earl starrte die beiden jungen Männer vor ihm an, die auf den ersten Blick in jeglicher Hinsicht identisch schienen ... einmal abgesehen von ihrer Kleidung. Sie waren beide knapp einsachtzig groß, und im Gegensatz zum Earl waren beide mit einem vollen Schopf leicht gelockten dunkelbraunen Haars gesegnet.

Er schätzte, dass man ihre Augenfarbe als »haselnussbraun« bezeichnen würde, doch in Wahrheit waren sie größtenteils grün, mit dunklen bernsteinfarbenen Sprenkeln um die Pupille herum. Beide Männer hatten breite Schultern und ein kräftiges kantiges Kinn mit einer Kerbe, wie es den Frauen so gut gefiel. Der Teufel sollte ihn holen, wenn es nicht zwei der bestaussehenden Männer waren, die er je gesehen hatte. Das gefiel dem Earl in mehr als einer Hinsicht.

Er musterte den jungen Mann, der ihm die Flinte

schmerzhaft gegen die Stirn presste. Dieser Zwilling besaß Mut und Tatkraft. Und jetzt, da der Earl einen Moment zum Sinnieren hatte (denn er würde um keinen Preis etwas unternehmen, solange eine Flinte auf seinen Kopf gerichtet war – das überließ er Pinkerton), sah er, dass dieser Zwilling die Statur eines Athleten hatte. Er war recht kräftig, seine Arme waren muskulös, so als würde er einen guten Teil seiner Zeit dem Studium des Faustkampfes widmen, ganz wie es der älteste Sohn des Earls getan hatte, möge er in Frieden ruhen.

Der Earl lächelte strahlend. Ja, sein erster Eindruck sagte ihm, dass dieser Zwilling einen ausgezeichneten Erben abgeben würde.

»Sir, an Ihrer Stelle wäre ich nicht so schnell mit dem Lächeln, wenn mein Bruder eine Flinte auf Ihren Kopf gerichtet hat«, sagte der auffallend gut aussehende, doch weniger muskulöse Zwilling. »Er kann mühelos einen Vogel im Flug erlegen, daher bin ich überzeugt, dass es ihm ein Leichtes wäre, einen Eindringling auf derart kurze Distanz niederzustrecken.«

Der Earl zog eine Augenbraue hoch. Was für ein unverschämtes Mundwerk dieser Zwilling hatte. Das zeugte von einem wachen Verstand. Im Gegensatz zu dem anderen waren die Hände dieses Mannes zart und seine Fingernägel sauber. Seine Kleidung war makellos gebügelt, und der Teufel sollte ihn holen, wenn da nicht etwas Aristokratisches an seiner ganzen Haltung war. *Hmm. Auch kein schlechter Kandidat.*

Pinkerton, der elende Feigling – denn er hatte die Hände hoch in die Luft gestreckt, sobald er der Flinte ansichtig wurde –, ergriff endlich das Wort: »Meine werten Herren, dieser Gentleman will Ihnen nichts Böses … ebenso wenig wie ich.«

Keiner der beiden Zwillinge sagte ein Wort oder rührte sich auch nur.

»Äh … dürfte ich wohl … meine Hände herunternehmen, junger Mann?«, fuhr er fort.

Der Zwilling mit der Flinte nickte zögernd.

»Und … äh … würden Sie wohl freundlicherweise auch das Gewehr senken? Wir sind unbewaffnet, und wie Sie sehen können, sind wir nicht mehr in der Blüte unserer Jugend … im Gegensatz zu Ihnen beiden. Selbst wenn wir über Sie herfallen wollten, wäre es ein Kinderspiel für Sie, uns zu überwältigen.«

Der Zwilling überlegte kurz, dann nahm er die Mündung der Flinte von der Stirn des Earls. Lord Devonsfield hob die Hand an seinen Kopf und betastete den runden Abdruck, den die Mündung hinterlassen hatte.

»Das ist ja eine nette Art und Weise, den Cousin eures Vaters zu behandeln«, raunzte er.

»Sie sind Vaters Cousin?«

Der Earl wandte sich um und sah, dass der gesittetere der beiden Männer seine Kleidung musterte.

»Das bin ich.« Der Earl richtete sich auf.

Pinkerton räusperte sich. »Darf ich Ihnen den Earl von Devonsfield vorstellen?«

Die Zwillinge tauschten verwirrte Blicke aus, bevor sie ihre Aufmerksamkeit wieder dem Earl zuwandten.

Dann verbeugten sie sich wie aufs Stichwort höchst manierlich vor ihm.

»Selbstverständlich haben wir von Ihnen gehört, Mylord«, sagte der Zwilling mit den zarten Händen beschwichtigend.

»In der Tat«, bestätigte der andere. »Wir haben nur nicht erwartet, jemals Ihre Bekanntschaft zu machen. Unsere Leben sind so gegensätzlich. Wir haben unsere Arbeit im Eisenwerk, während Eure Lordschaft –«

Pinkerton fiel ihm ins Wort. »Seine Lordschaft arbeitet überhaupt nicht.«

Der muskulöse Zwilling zog eine Augenbraue hoch. »*Ganz genau.*«

Der Earl drehte sich auf dem Absatz seines blank gewienerten Stiefels um, marschierte mit ausholenden Schritten quer durch das Zimmer und machte es sich in einem abgewetzten Sessel neben dem Kohleofen bequem. »Nun, meine Neffen, die Tage, in denen ihr in den Eisenerzgruben schuften musstet, haben mit dieser Stunde ein Ende. Kommt, kommt. Setzt euch zu mir, damit wir uns unterhalten können.«

»Mit Verlaub, Mylord, wir haben so selten Gäste, dass ich fürchte, unsere Manieren sind etwas eingerostet.« Der aristokratischere der beiden jungen Männer schlug seine Hacken zusammen und verneigte respektvoll seinen Kopf vor dem Earl. »Ich bin Garnet St. Albans.«

Der Earl erwiderte den Gruß nickend. »*Garnet.* Der Granat. Und ebenso geschliffen und funkelnd wie jener Edelstein. Welch treffender Name.« Der Earl kicherte. Er wandte seinen Kopf um zu dem Zwilling mit der Flinte. »Dann musst du *Griffin* sein. Der Greif. Halb Adler, halb Löwe.« Der Earl lächelte ihn an. »Ja, das trifft dich genau. Wie vortrefflich eure Namen gewählt sind. Ganz ausgezeichnet. Ich werde nie wieder Schwierigkeiten haben, euch beide zu unterscheiden.«

Eben in diesem Moment kam eine schon etwas betagte Frau zur Haustür herein und fuhr erschrocken zusammen, als sie die Besucher sah. Ihr Einkaufskorb fiel auf den Boden, und zwei grüne Äpfel kullerten über den Steinboden. »Oh, Sie müssen mir verzeihen. Ich hatte ja keine Ahnung, dass Sie Gäste haben.«

Griffin hastete mit zwei ausholenden Schritten zu der Frau und half ihr, ihre Einkäufe aufzuklauben. »Keinen Grund zur Aufregung, Mrs Hopshire. Lord Devonsfield gehört zur Familie. Aber eine Tasse Tee dürfte wohl angebracht sein.«

Der Earl hob seine Hand. »Pinkerton, laufen Sie doch schnell zur Kutsche, und holen Sie uns eine Flasche Brandy, denn es gibt Grund zum Feiern.«

Garnet St. Albans hielt Pinkerton am Arm zurück, als dieser sich zur Tür wandte. »Nicht nötig, Sir. Mrs Hopshire, die Gläser bitte.« Neben dem Ofen stand ein kastenförmiges Möbelstück, eine Art Weintruhe, aus dem Garnet eine Flasche eines erlesenen Brandys nahm. »Wir mögen auf dem Lande leben, aber wir müssen hier trotzdem nicht auf alle Annehmlichkeiten verzichten.«

Mrs Hopshire brachte ein Tablett mit mehreren schweren Gläsern, in die Garnet die bernsteinfarbene

Flüssigkeit eingoss. Das erste Glas reichte er Lord Devonsfield.

»Mylord, Sie sagten etwas davon, dass unsere Mühen und Plagen ein Ende hätten?«

»In der Tat, in der Tat.« Der Earl leerte sein Glas und ließ sich sogleich von Garnet nachschenken. »Denn einer von euch beiden wird mein Erbe.«

»Ihr … *Erbe*?« Griffin bückte sich und legte einige Kohlenstücke auf das glimmende Feuer. Er wandte seinen Kopf zum Earl um. »Wer von uns beiden?«

»Mylord, was mein Bruder sagen will, ist, dass das Ältestenrecht in unserem Falle nicht angewendet werden kann, da wir nicht wissen, wer von uns der Erstgeborene ist. Das hat niemals eine Rolle gespielt … zumindest bis jetzt, wie es scheint.«

Griffin stand auf und stellte sich neben seinen Bruder.

»Ich bin mir der Misslichkeit eurer Lage bewusst.« Der Earl musterte erst Griffin, dann Garnet. Dem Augenschein nach besaß jeder der beiden Eigenschaften, die ihn zu einem ausgezeichneten Erben machen würden, und der Earl hatte immer viel auf den ersten Eindruck gegeben. »Pinkerton, fahren Sie bitte fort.«

Pinkerton trat einen Schritt vor. »Die Misslichkeit Ihrer Lage, wie der Earl es ausdrückte, ist fataler, als Sie ahnen. Ich muss Sie daher bitten, alles, was ich Ihnen nun mitteilen werde, streng vertraulich zu behandeln – die Zukunft des Grafentitels von Devonsfield hängt von Ihrer Diskretion ab.« Pinkertons Miene wurde todernst. »Wenn nicht festgestellt werden kann, wer von Ihnen beiden der Ältere ist, wer von Ihnen beiden der *rechtmäßige* Erbe ist, fallen der Titel und der Besitz mit dem Tode des Earls wieder an die Krone.«

»Diese Eventualität ist für mich selbstverständlich unannehmbar.« Der Earl erhob sich und legte den beiden Zwillingen jeweils eine Hand auf die Schulter. »Und deshalb habe ich einen Vorschlag für euch. Meine Zeit ist knapp bemessen. Meine Ärzte denken nicht, dass ich das Jahr überleben werde.«

Pinkerton hüstelte, dann schaute er auf und fing sich einen tadelnden Blick vom Earl ein. »Ich bitte vielmals um Entschuldigung, Mylord. Bitte fahren Sie fort.«

»Wie gesagt, ich werde das Jahr nicht überleben – aber ich werde nicht zulassen, dass das Erbe meiner Familie, der Titel von Devonsfield, aufgelöst wird.«

Er nickte Pinkerton zu, woraufhin dieser zwei gefaltete Bogen Büttenpapier unter seinem Mantel hervorholte und den beiden Zwillingen jeweils einen davon gab. »Aus diesem Grunde werde ich mit euch beiden einen geheimen Pakt schließen, und wenn ihr meinen Bedingungen zustimmt, dann wird einer von euch Earl von Devonsfield werden.«

Der Earl gab den beiden ein Zeichen, die Dokumente zu entfalten. »Lest die Bedingungen.«

Die beiden Zwillinge taten, wie ihnen geheißen, und lasen mehrmals eingehend die Auflagen, die der Earl niedergeschrieben hatte.

»Stimmt ihr den dort aufgeführten Bedingungen zu?«

Griffin und Garnet sahen einander an, und der Earl hatte fast den Eindruck, die beiden würden sich stumm austauschen, so wie manche Zwillinge dies angeblich konnten. Kurz beschlich den Earl Argwohn, während er sich fragte, ob die beiden Männer ihrerseits Bedingungen stellen würden. Denn es war ihnen eindeutig bewusst, wie dringend er ihr Einverständnis brauchte. Doch nach dem Zustand dieser windschiefen Hütte zu urteilen, brauchten sie ihn ebenso dringend.

Aber schon im nächsten Moment erhielt er die Bestätigung, dass seine Sorge unbegründet war, denn die Zwillinge stimmten all seinen Bedingungen vorbehaltlos zu.

»Ausgezeichnet, ausgezeichnet! Und nun, da ihr die Bedingungen angenommen habt, werft die Dokumente ins Feuer, denn dieses Gespräch darf niemals bekannt werden.«

Griffin und Garnet zerknüllten die Papierbogen in ihren großen, kräftigen Händen und warfen die belastenden Dokumente ins Feuer. Dann schauten die vier Männer in andächtigem Schweigen zu, wie die Flammen das Papier umzüngelten und nach und nach das dunkelste Geheimnis des Earls in Asche verwandelten.

»Dann wären wir uns also einig. Der Fortbestand der Familie geht über alles. Nach den erklärten und vereinbarten Bedingungen wird somit derjenige von euch, der zuerst eine Frau von Stand ehelicht, mein –«

Die Zwillinge sprachen wie aus einem Munde:

»*Erbe.*«

Der Earl lächelte zutiefst erleichtert und gab das Zeichen, noch eine Runde Brandy nachzuschenken. »Ganz genau.«

Zum ersten Mal seit über einem Monat hatte der Earl Anlass, mit Zuversicht in die Zukunft zu schauen.

Kapitel zwei

Zwei Wochen später

Hannah ließ die Langfessel los und schaute zu, wie Cupid blitzschnell in der eisigen Luft himmelwärts aufstieg. *Es würde klappen. Es musste klappen.* Sie reckte ihre Hand hoch, und als sie sicher war, dass der Vogel das Signal gesehen hatte, riss sie ihre Hand blitzschnell wieder herunter. Der Falke stieß augenblicklich aus dem gewittergrauen Himmel herab und sauste tief über der jungen Frau hinweg, die ahnungslos am Seeufer saß und las, dann schwang er sich abermals in die Höhe. Die junge Frau sah nicht einmal auf.

An ihrem Aussichtsplatz knapp hundert Meter entfernt seufzten die beiden Featherton-Schwestern tief im Chor.

»Ach, wie schade.« Lady Letitia schlug sich enttäuscht auf den Schenkel. »Dein Vogel hat sein Ziel verfehlt.«

Hannah schob sich eine Erdbeere in den Mund und kaute schmunzelnd. Sie langte nach einer weiteren saftigen roten Beere aus der Schüssel und wandte ihren Blick dann von ihrem Falken ab hin zu ihren Anstandsdamen. »Cupid hat sein Ziel nicht verfehlt. Das war nur ein Erkundungsflug.« Sie stand von ihrem Klappstuhl auf und gab den Featherton-Schwestern zu verstehen, sie sollten sich ebenfalls erheben. »Da kommt er wieder. Passen Sie auf.«

Die beide alten Damen standen eilig auf, um sich das Schauspiel anzusehen. Der Falke wiederholte seinen Anflug und sauste über der noch immer arglosen jungen Frau hinweg.

»Noch etwas tiefer …« Hannah kaute aufgeregt an ihrer Unterlippe. »So ist's gut … und jetzt – *schnapp zu!*«

So als hätte er ihren Befehl gehört, reckte der Falke seine Fänge vor und pflückte die Straußenfeder blitzschnell von der Schute der Lady. Die junge Frau stieß einen erschrockenen Schrei aus und sprang auf, während der Falke höhnend zweimal mit seiner fedrigen Beute über ihr kreiste.

Cupid machte eine Kehrtwendung und flog wieder auf Hannah zu, doch diese gab ihm mit ihrem hochgereckten Finger ein Zeichen und wies nach Süden. Der Greifvogel schwenkte augenblicklich in die befohlene Richtung ab.

»Das ist ein nettes Kunststück, aber was wird er nun mit der Feder machen?«, fragte Lady Viola, ohne den Falken aus den Augen zu lassen.

»Das werden Sie gleich sehen.« Hannah war etwas beklommen zu Mute. Wenn es nicht klappte, dann würde sie es mit einer ausgesprochen ungehaltenen jungen Lady zu tun bekommen. Und mit einem ausgesprochen enttäuschten Kunden. »Ich habe dieses Manöver fast eine Woche lang mit Cupid geübt. Sehen Sie den jungen Gentleman, der dort auf dem Bootssteg sitzt und angelt? Halten Sie ein Auge auf ihn.«

Cupid schwang sich tiefer herab und wurde langsamer, als er sich dem Bootssteg näherte, und der Gentleman schaute zu dem Falken auf.

Die junge Frau hatte den Falken ebenfalls mit ihrem Blick fixiert, während sie am Ufer entlanglief und dem Greifvogel lautstark befahl, ihre Feder herzugeben.

Hannah kicherte. Alles lief wie am Schnürchen.

Im nächsten Moment stieß Cupid herab und ließ die Straußenfeder einige Meter über dem Kopf des Gentlemans los. Die Feder schwebte im Zickzack herab, bis sie schließlich in Reichweite des Gentlemans war. Er fing sie auf und streckte sie stolz der jungen Lady entgegen, die nunmehr auf ihn zustürmte.

Ah, der galante Ritter.

Hannah klatschte freudig in die Hände. »Der Rest liegt nun bei ihm. Cupids Auftrag war es nur, dem Gentleman die junge Frau zuzuführen.«

Lady Letitia zog ungläubig ihre weißen Brauen hoch. »Willst du damit sagen, das Ganze war ein abgekartetes Spiel? Diese … Verkupplung?«

Hannah nickte. »Brillant, nicht wahr?«

Lady Viola stieß ein trillerndes, vogelgleiches Lachen aus. »Eine neue Methode der Ehestiftung. Hannah, Hannah, wir werden dich adoptieren müssen, denn du bist wahrlich eine Seelenverwandte. *Bravo!*«

Hannah knickste artig. »Vielen Dank. Das ist wahrhaftig ein großes Kompliment aus dem Munde einer der einfallsreichsten Ehestifterinnen Englands.«

Eine Viertelstunde später war der Picknickkorb der Featherton-Schwestern wieder eingepackt. Die Klappstühle und -tische wurden gerade auf dem Dach ihrer Kutsche festgezurrt, als der junge Mann und seine Holde glücklich strahlend vorbeischlenderten.

Der Gentleman lüftete grüßend seinen Hut vor Hannah, dann schaute er vielsagend zum Bootssteg, bevor er seine ihn anhimmelnde Begleiterin weiter den Kiesweg entlang und schließlich außer Sicht führte.

»Ich bin gleich wieder da«, flüsterte Hannah den Feathertons zu. »Ich muss nur Cupid holen ... und etwas vom Steg.« Sie streifte sich ihren langen Lederhandschuh über und zog die Stulpe zurecht, während sie den Hang hinunter zum See ging.

Wie versprochen kehrte sie wenige Minuten später mit dem Falken auf ihrem linken Arm und einer glänzenden Guinee in der rechten Hand zur Kutsche zurück. »Ich werde bald ein Geschäft eröffnen müssen. Ich habe bereits zwei weitere Kunden, und mir gehen da noch etliche Verkupplungsideen im Kopf herum.«

Lady Viola, die gerade ihrer Schwester in die Kutsche folgen wollte, runzelte tadelnd die Stirn, als sie das Geldstück sah. Sie ließ die Hand des Kutschers los und wandte sich zu Hannah um. »Mein liebes Mädchen, du nimmst doch wohl kein Geld für deine Dienste, oder?«

Hannah wollte ihren Ohren nicht trauen. »Aber freilich. Doch meine Dienste kommen mit Garantie. Meine Kunden zahlen nur, wenn die Vermittlung erfolgreich war. Und in diesem Fall war sie das eindeutig. Der Gentleman und die Lady, die er aus der Ferne angebetet hat, sind ein Paar. Und es war nur ein

Versuch nötig. Gewöhnlich braucht das Schicksal drei Anläufe, bevor zwei Menschen zueinanderfinden.« Sie kicherte. »Mit ›Schicksal‹ meine ich natürlich *mich.*«

Lady Letitia, die die Unterhaltung gehört hatte, stürzte aus dem Kutschverschlag und packte Hannah bei den Schultern. »Hannah, man verlangt doch kein Geld für das Ehestiften. Die Gabe, zwei Menschen zusammenzuführen, ist ein Gottesgeschenk.«

»Sie beide mögen ja keine Entlohnung verlangen. Aber ich schon. Schließlich biete ich einen begehrten Dienst an. Sie sind … nun, eben reich, während ich mich mit den Sixpence bescheiden muss, die mein Geizhals von einem Bruder alle vierzehn Tage schickt.«

»Aber Schatz, wofür brauchst du denn Geld?« Lady Viola ging auf Hannah zu, doch Cupid kreischte auf und schlug mit seinen Flügeln, so dass die alte Frau erschrocken zwei Schritte zurückwich. »Wir geben dir doch alles, was du benötigst.«

»Das ist nicht dasselbe. Ich stehe schon so tief in Ihrer Schuld. Verstehen Sie denn nicht? Ich brauche das Gefühl, dass ich selbst für meinen Unterhalt sorge. Und das werde ich, indem ich so viel Geld verdiene, wie ich kann – unter der gelegentlichen Mithilfe von Cupid.«

Die fülligere der beiden betagten Schwestern schüttelte den Kopf. »Es ist nichts dagegen einzuwenden, dass du dir ein paar Guineen verdienen möchtest. Meine Sorge ist nur, dass du das Wichtigste beim Ehestiften übersiehst … nämlich die *Liebe.*«

»Obgleich ich jenes Gefühl selber noch nicht kennengelernt habe, denke ich doch, dass ich mich in Sachen Liebe hinlänglich auskenne.« Hannah beugte sich in die Kutsche und setzte Cupid auf die Stange, die die Featherton-Schwestern jüngst dort an der Wand hatten anbringen lassen. Dann drehte sie sich wieder zu Lady Letitia um. »Aber die Liebe kümmert mich eigentlich nicht. Meine Aufgabe ist es, zwei Menschen zusammenzuführen und die Augen meines Zielobjekts für das wahre Potenzial meines Kunden zu öffnen. Was das Verlieben angeht, so ist das ihre Sache, aber ich habe damit nichts zu tun.«

Die Featherton-Schwestern sahen einander lange und eindringlich an, bevor sie ihre Aufmerksamkeit wieder Hannah zuwandten.

»Bei dir klingt das Ehestiften wie eine reine Vernunftsache, wie eine simple Gleichung.« Lady Viola sah kurz ihre Schwester an, dann wieder Hannah. »Aber die Liebe hat mit Vernunft nichts zu tun.«

»Gut gesagt, Viola. Hannah, ich fürchte, deine Vorstellungen bezüglich des Ehestiftens sind ganz und gar falsch.« Lady Letitia legte ihren dicken Arm um Hannahs Schulter. »Es genügt nicht, einfach ein Paar zusammenzuführen und zu hoffen, dass sie sich ineinander verlieben. Es geht darum, den ersten Funken der Liebe in den Augen zweier Menschen zu erspähen – bevor sie selbst auch nur die leiseste Ahnung haben, dass sie ihr Herz aneinander verlieren werden.«

»Das Geheimnis des erfolgreichen Ehestiftens ist das Erkennen einer wahren großen Liebe, die erst im Erblühen begriffen ist – darin besteht die Gabe.« Lady

Viola nahm Hannah bei der Hand und führte sie und Lady Letitia zurück zu der Kutsche. »Man kann Liebe nicht erzwingen, Hannah. Und deshalb kann eine Heiratsvermittlerin kein Geld von jemandem nehmen, der die Liebe eines anderen begehrt.«

Eine frische Windböe blies die drei Frauen förmlich auf die offene Wagentür zu, und so unterbrachen sie vorerst ihre Unterhaltung und stiegen eilig ein, um ihre Plätze für die einstündige Heimfahrt einzunehmen.

»Ich hoffe inständig, dass wir es nach Bath zurück schaffen, bevor der Himmel seine Schleusen öffnet«, murmelte Lady Viola.

»Ich auch.« Hannah spähte aus dem Fenster auf die aufziehenden Gewitterwolken, dann kehrte ihr Blick zu der funkelnden Goldguinee auf ihrer Handfläche zurück. Der Anblick des sonnengleichen Glanzes allein genügte, um sie glücklich zu machen. Nichtsdestotrotz saß sie eine Weile schweigend da und ließ sich durch den Kopf gehen, was die beiden Schwestern gesagt hatten.

Sie strich mit dem Zeigefinger über den Rand der Münze und seufzte leise.

Sie vermutete, dass die beiden recht haben könnten. Vielleicht war es tatsächlich nicht richtig, eine Entlohnung von jenen zu verlangen, die nach Liebe dürsteten.

Vielleicht.

Andererseits liebte sie das goldene Schimmern der Münze über alles.

»Verflucht und zugenäht!«

Garnet St. Albans zerrte sich seine Lederhandschuhe von den Fingern und hievte seinen schweren Reisekoffer vom Dach der umgestürzten Postkutsche.

Ein dicker Regentropfen platschte auf seine Nase und rann dann auf seine makellos gestärkte und gebundene Krawatte, während er einige geharnischte Flüche über sein vermaledeites Pech und die mit Schlaglöchern übersäte Straße, die dafür verantwortlich war, ausstieß.

Drei Speichen waren gebrochen, *drei*, so dass er nunmehr acht Meilen außerhalb von Bath gestrandet war. Und um alles noch schlimmer zu machen, kündigte sich auch noch ein Sturzregen an. Seine neuen Kleider, für die ihm der Earl von Devonsfield so großzügig das nötige Geld zur Verfügung gestellt hatte, wären ruiniert.

Er kniete sich neben seinen Kutscher und nahm das kaputte Rad in Augenschein. »Es ist nicht zu reparieren, stimmt's?«

»Nein, Sir. Jedenfalls nicht hier. Uns bleibt nichts anderes, als zu hoffen, dass alsbald Hilfe vorbeikommt.« Ein dicker Tropfen traf den Mann im linken Auge, er schnitt eine Grimasse und wandte seine pockennarbige Knollennase zu den tief hängenden schwarzen Wolken. »Einen solchen Himmel habe ich seit fast einem Jahr nicht mehr gesehen. Sie können hier mit mir warten oder sich zu Fuß zur Stadt aufmachen, Mr St. Albans. Egal was, nass werden Sie in jedem Fall.«

»Na wunderbar.« Garnet seufzte tief. Dann fühlte

er unerwartet ein leises Vibrieren unter den Ledersohlen seiner Stiefel.

Die Schwingungen wurden stärker, bis er fast den Eindruck hatte, die kleinen Kieselsteine auf der Straße würden gleich unter seinen Füßen hüpfen und tanzen. Er drehte sich zu dem Kutscher um. »Fühlen Sie das auch?«

»Ja, tu ich. Da kommt ein Wagen oder auch eine Kutsche. Ihr geschniegelter Rock wird das Gewitter vielleicht doch noch überstehen, Mr St. Albans.« Der Kutscher gluckste übermütig.

»In der Tat.« Garnet fand die Bemerkung nicht halb so komisch wie der Kutscher, auch wenn sie sein Herz hoffnungsvoll höher schlagen ließ. Er richtete sich auf und starrte auf die Stelle, wo die Straße hinter einer Biegung verschwand … und wartete.

Wallende Staubwolken waberten der eleganten Karosse voran, die um die Biegung kam. Garnets Lippen verzogen sich zu einem freudigen Lächeln. Nicht nur dass er vor dem Regenguss bewahrt wurde, es geschah auch noch mit Stil.

Doch die Kutsche fuhr sehr schnell. Zu schnell, wie Garnet schlagartig erkannte. Sie würde achtlos an ihm vorbeisausen.

Garnet stellte sich in die Mitte der Straße und ruderte wild mit seinen Armen, während er der Kutsche entgegenrief, sie solle anhalten.

Er fixierte den Kutscher auf dem Bock mit einem unerbittlichen Blick, und für einen flüchtigen Moment sah er die vor Entsetzen weit aufgerissenen Augen des Mannes, während dieser heftig an den Zügeln zog.

Gütiger Gott. Die Karosse würde niemals rechtzeitig zum Stehen kommen – und, was noch schlimmer war, Garnet blieb keine Zeit, aus dem Weg zu springen.

Der entsetzte Kutscher stieß einen warnenden Ruf aus. Die schwarzen Leitpferde des Gespanns wieherten laut, und im selben Moment wusste Garnet St. Albans mit unerschütterlicher Gewissheit, dass sein letztes Stündlein geschlagen hatte.

»Ist dir auch schon aufgefallen, Schwester, dass Männer in der Nähe unserer Hannah recht oft unter den Hufen von Pferden enden?«, flüsterte Lady Viola.

»Ich hatte *nichts* damit zu tun.« Hannah eilte zu dem verletzten Mann, der rücklings mitten auf der Straße lag. »Und soweit es das Überfahren meines Bruders in London angeht, nun, wie jedermann weiß, war das ein Unfall … mehr oder weniger.«

Lady Viola tauschte einen vielsagenden Blick mit ihrer Schwester aus. »Es war nur eine Feststellung, Liebes. Nichts weiter.«

Während ihr Kutscher mit seinem Kollegen, dem Lenker des reparaturbedürftigen Wagens, stritt, umringten Hannah und die beiden Featherton-Ladys den reglosen Mann, der aus unerklärlichem Grund nicht genügend Verstand besessen hatte, sich vor einer heransausenden Karosse in Sicherheit zu bringen.

Hannah kniete sich neben ihn und legte ihre Hand auf sein Herz. »Sir, können Sie mich hören?«

Seine Lider flatterten.

»Na, da sehen Sie«, sagte sie zu den Feathertons. »Was habe ich Ihnen gesagt? Er ist gar nicht tot.«

»Bin ich nicht?«, fragte der Gentleman.

Hannah schnaubte verächtlich. »Was für eine lächerliche Frage, Sir. Sie unterhalten sich schließlich mit mir, oder nicht? Sehe ich etwa aus wie ein Engel?«

Er betrachtete sie blinzelnd und sah dann tief in ihre Augen. »Ehrlich gesagt, ja, Miss, ein wenig schon.«

»Herr im Himmel, Sie sind eindeutig auf den Kopf gefallen, als Sie gestürzt sind. Wir müssen Sie von der Straße schaffen und Sie umgehend zu einem Arzt bringen.« Sie nahm sehr behutsam seine Hand in die ihre. »Können Sie aufstehen? Bitte, lassen Sie mich Ihnen helfen.«

Der Mann drückte ihre Hand und hob seinen Kopf, rührte sich aber ansonsten nicht von der Stelle. »Ich kann nicht.« Er schnitt eine schmerzverzerrte Grimasse. »Ich fürchte, ich habe mir etwas gebrochen. Eine oder mehrere Rippen. Möglicherweise auch mein Bein.«

Lady Viola schaute zu den pechschwarzen Wolken auf, dann sprach sie in strengem Ton zu dem Mann: »Sir, ich entschuldige mich zutiefst für diesen unglücklichen Unfall, doch wenn es uns nicht alsbald gelingt, Sie in unsere Kutsche zu schaffen – denn die Ihre ist eindeutig nicht mehr fahrtüchtig –, so fürchte ich, dass das aufziehende Gewitter die Straße nach Bath unpassierbar machen wird. Also bitte, verdrängen Sie Ihre Schmerzen für einen Moment, und stehen Sie auf, wenn Sie können.«

Lady Letitia klatschte lautstark in die Hände und brachte damit die beiden streitenden Kutscher zum Verstummen, dann winkte sie die Männer heran.

»Wenn Sie uns bitte helfen würden. Wir können diesen Gentleman nicht allein hochheben.«

Keine fünf Minuten später war der staubige Gentleman in der Featherton'schen Karosse untergebracht, und sie setzten allesamt ihre Fahrt nach Bath fort.

Hannah konnte ihren Blick nicht von dem schneidigen jungen Mitreisenden losreißen. Doch es war ihr unerklärlich, warum.

Ungeachtet seines beschmutzten Gesichts und der Tatsache, dass jedes Mal, wenn die Kutschräder über eine Unebenheit in der Straße holperten, Schmerz seine Züge verzerrte, war deutlich zu erkennen, dass er ungewöhnlich gut aussehend war. Doch das allein war nicht der Grund.

Es war etwas seltsam Vertrautes an diesem Mann.

Und dann ging ihr ein Licht auf.

»Allmächtiger, Sie sind der Gentleman aus Cornwall. Mr St. Albans!«

Der Gentleman war sichtlich verblüfft, seinen Namen zu hören. »Das bin ich in der Tat, Miss, und ich entschuldige mich inständig dafür, dass ich mich noch nicht vorgestellt habe. Ich war –«

»Wo ist mein Hut?«, fiel Hannah ihm aufgeregt ins Wort. »Sie haben ihn von London mitgebracht, nicht wahr? Ist er in Ihrem Koffer? Ich hoffe sehr, dass er nicht zerdrückt wurde.«

»Ihr ... *Hut?*« Der Mann schaute völlig verständnislos drein, doch Hannah vermutete, dass das unter den Umständen nicht verwunderlich war, denn schließlich war er gerade erst unter die Hufe eines Kutschgespanns geraten.

»Hannah!« Lady Letitia klang ernstlich entrüstet, auch wenn ihr Gesichtsausdruck verriet, dass sie ebenso perplex war, weil ihre Kutsche just den Gentleman überfahren hatte, den sie erst wenige Wochen zuvor auf einer Klippe in Cornwall kennengelernt hatten. »Mr St. Albans ist verletzt. Erlaube ihm, dass er sich während der Fahrt erholt. Es ist später noch genug Zeit, über deinen Hut zu reden.«

Mr St. Albans runzelte die Stirn. Die Verwirrung stand ihm ins Gesicht geschrieben. »Ich verstehe nicht. Woher kennen Sie meinen Namen? Ich habe nicht gehört, dass mein Kutscher ihn erwähnt hätte, und ich bin ganz sicher, dass ich es ebenfalls nicht getan habe.«

Hannah bedachte den Mann mit einem mitleidigen Blick, dann sah sie zu Lady Viola, die der klägliche Zustand des Mannes ebenso zu rühren schien.

»Wie schrecklich es für Sie sein muss, Mr St. Albans, dass Sie durch den Unfall Ihr Gedächtnis verloren haben.«

»Was soll ich verloren haben?«

»Nun, Ihr Gedächtnis.« Lieber Himmel, Hannah konnte nur hoffen, dass dieses Leiden nur von kurzer Dauer war … damit er ihr alsbald von ihrem Hut berichten konnte. Es war ihr Lieblingshut gewesen, und er fehlte ihr sehr.

Lady Viola streckte ihre Hand aus und tätschelte tröstend Mr St. Albans' Arm. »Werter Sir. Erinnern Sie sich denn nicht an unsere Begegnung in Kennymare Cove? Sie haben versucht, Miss Chilltons Hut von der Klippenwand zu retten.«

Hannah mischte sich ein: »Aber Sie haben nicht erlaubt, dass Ihr Teleskop dazu benutzt wurde, nach ihm zu angeln, und infolgedessen hat der Wind ihn aufs Meer hinausgeweht, ganz wie ich es vorhergesagt hatte. Sie haben … mehr oder weniger … versprochen, mir einen neuen zu kaufen.«

Mr St. Albans schüttelte zögernd den Kopf, doch dann änderte sich der Ausdruck in seinen Augen, und Hannah wusste, dass etwas von dem, was sie gesagt hatte, einen Funken entzündet hatte.

Er reckte sein Kinn vor, wandte seinen Kopf zu Hannah um und studierte sie eingehend. Ganz flüchtig huschte ein schalkhaftes Grinsen über seine Lippen.

»Ist die Erinnerung an unsere Begegnung zurückgekehrt?« Lady Letitia nickte aufgeregt mit wackelndem Doppelkinn, als wolle sie Mr St. Albans anleiten, es ihr gleichzutun.

Doch dann erlosch der Funke der Erinnerung wieder, der kurz in seinen grünen Augen geleuchtet hatte. »Es tut mir leid, Mylady, ich kann mich absolut nicht auf jenen Tag besinnen. Ich … ich dachte, dass da etwas wäre – dass ich mich vielleicht an Miss Chillton erinnere.«

Die beiden Featherton-Schwestern beugten sich auf der ledernen Sitzbank vor und harrten gespannt auf seine nächsten Worte.

»Doch dann erkannte ich, meine werten Ladys, dass die Erinnerung, auf die ich gestoßen war, bedeutend jüngeren Datums ist.« Er wandte sich wieder zu Hannah um.

Einen flüchtigen Moment lang vermeinte Hannah, sein Schenkel würde sich gegen den ihren pressen. Ja, sie war sich sicher. Sie bedachte Mr St. Albans mit einem stechenden Blick.

Mr St. Albans holte tief Luft und seufzte. »Es war nicht unsere Begegnung in Cornwall, an die ich mich erinnerte, sondern die Vision eines Engels, der sich über mich beugte, als ich auf der Straße lag.«

Hannah spürte, wie ihr das Blut heiß in die Wangen schoss. Gütiger Himmel, hätte sie nicht gewusst, dass Mr St. Albans gerade eben verletzt worden war, würde sie ihn für einen geübten Charmeur halten. Ehrlich gesagt, er konnte sich immer noch als ein solcher entpuppen. Sie war keine naive Unschuld. Nein, mitnichten. Sie hatte *Die kleine Wüstlings-Fibel*, ein lehrreiches Handbuch über alle möglichen Arten von Bonvivants und Schwerenöter, gelesen und konnte nun einen wahren Wüstling auf den ersten Blick erkennen.

Und er war einer … zumindest war sie sich dessen ziemlich sicher.

»Sie waren nach Bath unterwegs, Sir«, begann Lady Letitia, doch Hannah erkannte an der Art, wie die alte Dame ihre welken Lippen schürzte, dass ihr eine weit indiskretere Frage auf der Zunge lag. »Erinnern Sie sich noch, zu welchem Zwecke? Ich … ich frage nur, weil dort in den nächsten zwei Monaten eine erkleckliche Anzahl von Festivitäten und ein Quartett von Sternen-Bällen stattfinden.«

»Sternen-Bälle?« Ein Erinnerungsfunke blitzte in Mr St. Albans' Augen auf.

»Aber ja. Es ist wirklich alles sehr aufregend.« Lady Violas Gesicht wurde ganz lebendig. »Miss Caroline Herschel, die berühmte Astronomin und, wie es sich trifft, eine Bekannte von uns, ist trotz ihres fortgeschrittenen Alters nach Bath zurückgekehrt, um einen neuen Kometen zu studieren.«

»Ja, ja!« Lady Letitia konnte ihre Begeisterung nicht mehr bezähmen. »Wenn ihre Berechnungen stimmen, und das tun sie gewiss, dann wird der Komet tief über der Stadt hinwegziehen und den Himmel erleuchten. Astronomen und Gelehrte aus der ganzen Welt reisen an, um Zeuge dieses Wunders zu werden … und um an den Festlichkeiten teilzunehmen, versteht sich.«

Mr St. Albans machte große Augen und beugte sich zu den Feathertons vor. »Ich glaube … ich bin ein Astronom. Vielleicht ist das der Grund, weshalb ich hierhergekommen bin?« Er sah Hannah an. »Aber andererseits, nach unserer Begegnung in Cornwall, vielleicht bin ich gekommen, um Miss Chillton den Hof zu machen … oder um mir eine Braut zu suchen. I-ich habe wirklich keine Ahnung, doch ich bin sicher, dass ich mich erinnern werde … und zwar schon bald.«

Lady Viola ergriff unvermittelt die Hand ihrer Schwester und zog sie heran, um ihr ins Ohr zu flüstern. Dann wandten sich beide wieder um und strahlten Mr St. Albans an.

Hannah zog sich der Magen zusammen. Oh weh, die beiden hatten dieses gewisse Funkeln in den Augen. Die unbelehrbaren Kupplerinnen hatten einen Plan, und diesmal drehte er sich um Mr St. Albans und sie selbst, dessen war sie so gut wie sicher.

Er hatte sie ja auch förmlich herausgefordert mit seiner lächerlichen Bemerkung darüber, dass er ihr den Hof machen wolle … oder eine Braut suche.

Als ob sie je Gefallen an einem Wüstling finden könnte … immer vorausgesetzt, dass er einer war.

Es war Lady Letitia, die letztendlich mit ihren nächsten Worten alles in Gang setzte: »Mr St. Albans, meiner Schwester und mir tut es schrecklich leid, dass Sie durch die Unachtsamkeit unseres Kutschers zu Schaden gekommen sind. Haben Sie eine Unterkunft in Bath?«

Hannah hatte den deutlichen Eindruck, dass die beiden Featherton-Ladys tatsächlich die Luft anhielten, während sie auf seine Antwort warteten. Was wiederum die beunruhigende Wirkung hatte, dass Hannah es ebenfalls tat.

»Da bin ich sicher –«, setzte er an, doch dann wurde sein Blick schlagartig klar und entschlossen. »Besser gesagt, ich *nehme es an*, obgleich ich mich partout nicht darauf besinnen kann. Es ist schon sehr misslich, sich nicht erinnern zu können, nicht wahr?«

»Aber mitnichten, werter Sir. Sie müssen sich deswegen wirklich nicht grämen.« Lady Violas Augen funkelten. »Bitte, wir werden Sie natürlich bei uns am Royal Crescent aufnehmen, bis Ihre Gesundheit … und Ihr Gedächtnis wiederhergestellt sind.«

Und in ebendiesem Moment bemerkte Hannah, dass die Featherton-Ladys sie durchdringend anstarrten, so als würden die beiden darauf warten, dass auch sie mit einstimmte, um Mr St. Albans zum Einwilligen zu überreden.

Eine Stimme in ihrem Hinterkopf drängte sie lautstark, die beiden alten Damen davon zu überzeugen, dass ihr Vorschlag alles andere als schicklich war, denn er war ein unverheirateter … möglicher Wüstling, und sie war eine jungfräuliche junge Lady. Sie wollte den beiden sagen, dass sie daran zweifelte, dass das Gedächtnis des Mannes auch nur halb so beeinträchtigt war, wie er vorgab.

Doch was blieb ihr anderes übrig, als sich den Wünschen der Feathertons zu fügen? Die beiden Schwestern hatten sie bei sich aufgenommen, als ihr Bruder nach Indien gegangen war, und hatten ihm versprochen, dass sie einen geeigneten Ehemann für sie finden würden.

Sie schuldete den beiden so viel. Und deshalb zog Hannah ihre Mundwinkel hoch und lächelte lieblich.

»Sagen Sie ja, Mr St. Albans. Bleiben Sie bei uns, bis Sie wieder genesen sind.« Sie schluckte schwer aus Furcht vor seiner Antwort, denn sie wusste, dass seine Einwilligung die Featherton-Schwestern sogleich mit ihren Verkupplungsränken beginnen lassen würde. Und angesichts ihrer beharrlichen und unerschütterlich optimistischen Natur würden die alten Damen niemals aufgeben, bis Hannah und Mr St. Albans vor dem Altar standen.

In dieser Hinsicht waren sie stur.

Das schelmische Grinsen, das sie wenige Augenblicke zuvor bemerkt hatte, spielte abermals um Mr St. Albans' Lippen. »Für Sie, meine teure Miss Chillton, mein Engel der Barmherzigkeit«, gurrte er förmlich, »tue ich doch alles.«

»Na bestens.« Hannah drehte sich der Magen um. Nichtsdestotrotz lächelte sie den Gentleman an, dann ihre Anstandsdamen, bevor sie sich zum Fenster umwandte und in den peitschenden Regen hinausstarrte.

Sie hoffte, das Gewitter würde sich bis zum Abend hin abgeregnet haben und nicht auch noch den morgigen Tag verderben.

Denn sie hatte vor, sich gleich morgen früh in die Trim Street zu begeben und eine der dort ansässigen Modistinnen zu beauftragen, ihr das Hochzeitskleid anzufertigen, das sie zweifellos bald brauchen würde ... wenn es nach den kuppelnden Featherton-Schwestern ging.

Hannah stöhnte innerlich auf.

Kapitel drei

Queen Square, Bath

Griffin St. Albans saß an einem Sekretär in seinem Schlafgemach in der obersten Etage des Stadthauses, welches er und sein Bruder für die Dauer ihrer Brautschau in Bath gemietet hatten.

Er schaute aus dem kleinen Fenster zu, wie ihre langjährige Haushälterin, Mrs Hopshire, sich auf ihren Gehstock gestützt die steile Steigung der Gay Street hinaufmühte, um den Brief abzuschicken, den Griffin mit solch beklommenem Herzen an den Earl von Devonsfield geschrieben hatte.

Halbherzig ließ er seinen Blick über den Platz vor dem Haus wandern, in der vagen Hoffnung, dort Garnet zu sehen, doch inzwischen hegte er diesbezüglich keine großen Erwartungen mehr.

Sein Bruder hätte spätestens eine Woche zuvor eintreffen sollen, einige Tage bevor die Postkutsche aus London Griffin abgeliefert hatte. Doch es gab kein Anzeichen dafür, dass er je einen Fuß in die Stadt gesetzt hatte. Es war kein Brief oder auch nur eine kurze Nachricht gekommen, und das beunruhigte Griffin zutiefst.

Tagelang hatte er sich einzureden versucht, dass sein Bruder, der schon immer zu unbesonnenen Handlungen neigte, vor seiner Ankunft in Bath ein Auge auf irgendeine junge Lady von Stand geworfen hatte und zu sehr damit beschäftigt war, ihr den Hof zu machen, um Griffin eine Nachricht zukommen zu lassen.

Doch selbst für diese Möglichkeit waren inzwischen zu viele Tage verstrichen.

Ja, Griffin wusste, dass er das Unausweichliche lange genug aufgeschoben hatte. Und so hatte er dem Earl von Devonsfield einen Brief geschrieben, in dem er ihm mitteilte, dass sein Bruder vermisst wurde, und jetzt war es an der Zeit, auch die Konstabler von Bath davon in Kenntnis zu setzen.

Griffin hatte sich gerade von seinem Stuhl erhoben, um ebendies zu tun, als die Tür seiner Kammer krachend aufflog.

Erleichterung durchflutete ihn, als er sah, wer dort in der Tür stand. »*Garnet*, wo zum Teufel bist du gewesen? Ich wollte schon den Konstablern Bescheid geben, dass du vermisst wirst!«

»Aber, aber, werter Bruder, mit deinem Gejammer klingst du ja wie Mrs Hopshire. Wo ist sie übrigens? Ich habe sie unten gar nicht gesehen.«

Griffin strich sich mit den Fingern durch sein zerrauftes Haar. »Ich habe sie zur Poststation geschickt –« Er hätte seinen Satz beinahe mit den Worten *mit einem Brief an den Earl* beendet, doch er konnte sich gerade noch auf die Zunge beißen.

Es war zu spät, um etwas wegen des Briefes zu unternehmen. Mrs Hopshire hatte die Postkutsche bestimmt rechtzeitig erreicht, und der Brief war bereits auf dem Weg nach Devonsfield.

Verflucht und zugenäht.

Aber was nützte es, Garnet damit zu behelligen? Griffin würde einfach morgen früh einen zweiten Brief schreiben und den Earl wissen lassen, dass Garnet heil und gesund in Bath eingetroffen sei und dass bezüglich des Brautschauwettbewerbs alles zum Besten stand.

Er musterte Garnet einen Moment lang eingehend. Er schien nicht ganz er selbst zu sein. Ja, keine Frage, mit seinem Bruder war etwas geschehen. Etwas, das er aus Gründen, die Griffin nicht kannte, nicht offenbaren wollte.

Garnet ging zu dem schmalen Bett, um es sich darauf bequem zu machen, doch Griffin bemerkte, dass er beim Gehen leicht hinkte.

»Du bist *verletzt.*« Griffin sprang auf und eilte zu seinem Bruder.

»Es ist nichts – zwei gebrochene Rippen und ein verstauchtes Bein. Ein Arzt hat meine Verletzungen behandelt, also sorg dich nicht, Griff.«

»Du hättest tot sein können, und ich hätte nichts davon gewusst.«

»Nun, ich lebe noch.« Doch schließlich schien Garnet das Ausmaß von Griffins Sorge zu erkennen, und er seufzte tief und begann zu erzählen, was geschehen war. »Na schön. Ich bin auf meiner Reise nach Bath Opfer eines Kutschunfalls geworden – ein äußerst *glücklicher* Unfall, wie sich herausstellte.«

»Wie das?«

Garnets Augen funkelten schalkhaft, als er den unglaublichen Zufall schilderte, von der Kutsche der Featherton-Schwestern überfahren worden zu sein, und seine Freude darüber, dass er endlich Gelegenheit gehabt hatte, die kesse blauäugige junge Lady kennenzulernen, der Griffin auf den Klippen oberhalb von Kennymare Cove begegnet war.

Was für ein Jux es gewesen sei, gestand er, die Frauen in dem Glauben zu lassen, er wäre Griffin, der Astronom, der Mann, den sie an jenem Tag in Cornwall kennengelernt hatten.

Griffin sank schlagartig der Mut. Er hatte seit dem Tag, an dem er der unvergleichlichen Miss Chillton begegnet war, an kaum etwas anderes gedacht und über kaum etwas anderes gesprochen. Und da er sowieso zum Studium des Kometen nach Bath reisen wollte, hatte er gehofft, Miss Chillton den Hof machen zu können. Doch jetzt hatte Garnet, der Verführer von Cornwall, ein Auge auf sie geworfen. Griffin wusste nur zu gut, dass er nun keine Chance mehr hatte, ihr Herz für sich zu gewinnen.

Nicht die geringste Chance, besonders wenn der Charmeur Garnet der jungen Lady binnen weniger Tage einfach einen Ehering aufstecken und damit Anspruch auf den Grafentitel erheben konnte, den er so sehr begehrte.

Er holte eine Hutschachtel vom Kleiderschrank und wandte sich damit zu Garnet um. »Ich … ich habe hier den neuen Hut für sie. Die Putzmacherin hat sogar eine Pfauenfeder aufgesteckt, wie Miss Chillton es gewünscht hat.« Sosehr er sich auch bemühte, er konnte die Enttäuschung in seiner Stimme nicht verbergen. »Den kannst jetzt ebenso gut du ihr geben.«

Garnet lachte. »Für was für einen Bruder hältst du

mich denn? Du und kein anderer wird Miss Chillton den Hut überbringen.«

»W-wie meinst du das? Ich dachte, du –«

»Warum? Weil ich mich für dich ausgegeben habe?« Garnet strich sich eine herabbaumelnde Locke aus seinen Augen. »Es verletzt mich zutiefst, dass du mich für fähig hältst, dir die Frau deiner Träume auszuspannen.«

»Aber warum bist du dann bei den Featherton-Ladys eingezogen, wenn du nicht die Absicht hattest, Miss Chillton den Hof zu machen?«

»Nun, in dem Punkt hast du recht. Ich wollte ihr den Hof machen. Aber für dich, Griffin. Für *dich.*« Dann stand Garnet abrupt auf, so als wäre ihm schlagartig etwas eingefallen, und verließ das Zimmer, um ein Paket zu holen, welches er offenkundig vor der Tür abgelegt hatte.

Als er es auf das Bett warf, hatte er das vertraute Funkeln in seinen Augen, jenes Funkeln, das Griffin immer verriet, dass sein lieber Bruder den Schalk im Nacken hatte. »Nur zu, mach es auf. Ich weiß doch, dass du darauf brennst.«

»Wenn es nicht ein neuer Blendenregler für mein Teleskop ist, habe ich nicht das geringste Interesse.« Aber Griffin konnte nicht verhindern, dass sein Blick neugierig zu dem Paket huschte.

Garnet holte tief Luft. »Nun, dann werde ich es für dich öffnen, denn wir haben nicht viel Zeit. Die verfluchten Bälle fangen in Bath viel zu früh an – und sie enden auch zu früh. Zum Wohle der Gesundheit der Gäste, behaupten sie. *Pah.*«

»Ein Ball?« Das weckte nun doch Griffins Aufmerksamkeit. »Ich habe nicht die geringste Absicht, auf einen Ball zu gehen. Du weißt doch, dass ich solche Veranstaltungen nicht ausstehen kann.«

»Das behauptest du nur, weil du an deinen tänzerischen Fähigkeiten zweifelst, aber du brauchst dir keine Sorgen zu machen. Ich habe für alle Eventualitäten Vorsorge getroffen. Das einzige Mal, dass du einen Fuß auf den Tanzboden setzen musst, ist für einen einfachen Walzer, ein Tanz, den selbst du beherrschst.« Garnet grinste. »Abgemacht?«

»Du kannst wohl kaum erwarten, dass ich etwas zustimme, ohne zu wissen, worauf ich mich einlasse!«

Garnet sagte kein weiteres Wort, während er beflissen das große Paket auswickelte. Er holte nacheinander einen Frack, eine graue Hose, eine silbergewirkte Weste und ein fein gearbeitetes Paar ebenholzschwarzer Schuhe hervor.

»Da«, sagte er stolz. »Ich besitze ein identisches Ensemble. Ich habe dem Schneider Anweisung gegeben, alles in zweifacher Ausfertigung bereitzustellen, allerdings habe ich ihn in meinem Fall die Schultern, die Ärmel und die Schenkel aufpolstern lassen – um deine … weniger salonfähige Figur auszugleichen.« Garnet hielt den Rock hoch. »Probier ihn an. Wie schon gesagt, wir müssen uns beeilen. Ich muss vor dem Ball zum Royal Crescent zurückkehren und mich umziehen.«

Griffin streifte sich den Rock über, ohne auch nur einen flüchtigen Blick in den Ankleidespiegel in der Ecke zu werfen. »Ich verstehe immer noch nicht, was für ein hinterlistiges Ränkespiel du da ausgebrütet hast.«

Garnet zupfte Griffins Ärmel zurecht und ging bedächtig einmal um ihn herum, während er ihn von Kopf bis Fuß musterte. »Ah, *perfekt.*« Er sah Griffin ins Gesicht. »Begreifst du denn noch immer nicht? Habe ich mich denn nicht klar genug ausgedrückt?«

»*Nein*, das hast du nicht.«

»Nun, im Grunde ist es ganz simpel. Ich werde heute Abend die Featherton-Ladys und Miss Chillton in die Upper Assembly Rooms begleiten.«

Bei der Erwähnung der Frauen straffte Griffin sich unwillkürlich. »Miss Chillton wird ebenfalls zugegen sein?«

»Habe ich das nicht gerade gesagt?«, schnaubte Garnet ärgerlich, dann fuhr er fort: »Also aufgemerkt, irgendwann innerhalb der ersten Stunde werde ich mit ihr tanzen, mich mit ihr unterhalten … und mich nach Kräften bemühen, ihr Gefallen zu erwecken und mein Gefallen an ihr zu bekunden.«

»Dein Gefallen?« Griffin fühlte, wie sein Blut zu sieden begann.

»Warum begreifst du denn nicht endlich? Dein Verstand ist dem meinen haushoch überlegen, mit all den Zahlen, die sich darin tummeln.« Garnet atmete tief aus.

»Dann erklär es mir bitte. Ich gebe zu, dass es mir manchmal schwerfällt, deiner Logik zu folgen … besonders wenn du so unlogisches Zeug daherredest.«

»Es ist ganz einfach, und es ist die vernünftigste Vorgehensweise, angesichts unserer unterschiedlichen

Naturelle. Hör jetzt gut zu. Eine Stunde lang werde ich mir alle Mühe geben, Miss Chillton zu umgarnen und sie dir wohlgesinnt zu stimmen. Dann werde ich mich entschuldigen, um beim Orchester einen Walzer zu bestellen. Und das ist der Moment, in dem du bei Miss Chillton meinen Platz einnimmst.«

»Das ist doch Wahnsinn.«

»Mitnichten.« Garnets Lippen verzogen sich zu einem breiten Grinsen. »Wir sind nicht zu unterscheiden. Wir werden identisch gekleidet sein. Sie wird diese Rochade gar nicht bemerken. Und du, lieber Bruder, kannst nach Herzenslust um die Frau deiner Träume werben.«

Griffin starrte mutlos auf seine Schuhspitzen. »Das wird niemals klappen.«

Garnet tat den Einwand mit einem Lachen ab. »Mein lieber Bruder, ich habe nun seit einer Woche bei der Familie gelebt. Ich habe meine Zeit dort nicht ungenutzt vertan.«

»Wie meinst du das? Was hast du getan?«

»Das braucht dich nicht zu kümmern, Griff. Nichts, was deine Angebetete kompromittieren würde. Lass uns einfach sagen, dass ich den Verdacht hege, dass Miss Chillton sich bereits in mich … ähm … in *dich* verliebt hat.«

Griffin rang sich ein schwaches Lächeln ab. Könnte dieser verrückte Plan tatsächlich Erfolg haben? Er sah Garnet forschend an. »Bist du dir sicher, dass sie interessiert ist?«

»Natürlich. Ich kenne mich mit Frauen aus. Wann habe ich mich in Bezug auf ein Mädchen je geirrt?«

Griffin nickte bedächtig. »Noch nie.«

Garnet grinste selbstzufrieden. »Na also. Du ziehst dich jetzt besser um. Wir wollen schließlich die Damen – und deine zukünftige Braut – nicht warten lassen.«

Hannah hatte eine Gänsehaut und fröstelte, während sie halb angezogen in ihrer kalten Kammer stand und für den Ball angekleidet wurde. Obgleich die Sonne sich bereits zur Ruhe begeben hatte, war das Hausmädchen noch nicht gekommen, um Kohlen für den Kamin zu bringen und das Feuer zu schüren, um das Zimmer etwas aufzuwärmen. Hannah hätte es ja selbst getan, doch im Moment war sie zu sehr damit beschäftigt, sich um ihre knackenden Rippen zu sorgen.

»Ganz tief ausatmen, Miss Hannah«, wies ihre Zofe sie an.

Hannah atmete aus, während Annie sie in ein enges Seidenkorsett schnürte, wo doch ihr bequemes Leinenleibchen ebenso gute Dienste geleistet hätte.

Es war eine der vielen Demütigungen, die sie an diesem Abend den kuppelwütigen Featherton-Schwestern zu Gefallen erdulden musste.

»Nun, die beiden können kuppeln, so viel sie wollen, aber ich werde nicht mit ihm tanzen«, erklärte Hannah nachdrücklich. »Zum Kuckuck, der Mann ist so lächerlich selbstverliebt, so überzeugt von sich. Ich kann es keine Viertelstunde in einem Raum mit ihm aushalten.«

Annie kicherte verächtlich. »Die Ladys behaupten, der Mann, den Sie in Cornwall kennengelernt haben, wäre der Richtige für Sie – und die beiden irren sich nie, Miss Hannah. Nie!«

Hannah wollte ganz sicher nicht diejenige sein, die der ungebrochenen Reihe von glücklichen Ehen, die die Featherton-Schwestern erfolgreich gestiftet hatten, ein Ende setzte, aber es ließ sich nicht ändern. Sie fühlte sich nicht im Geringsten zu Mr St. Albans hingezogen … obwohl sie jüngst jemanden getroffen hatte, der es tat – die hübsche Miss Howard. Miss Howard, die sicher ein paar Jahre älter war als sie, doch längst noch keine alte Jungfer, hatte sich mit einer glänzenden Guinee in der Hand an Hannah gewandt und darum gebeten, Mr St. Albans vorgestellt zu werden. Und wie konnte Hannah es sich anmaßen, der Frau ihre Chance aufs Glück zu versagen?

Außerdem hatte sie das Geld bereits ausgegeben, daher blieb ihr keine andere Wahl, als diese schicksalhafte Begegnung zu arrangieren.

Während Annie die Korsettschnüre verknotete, stellte Hannah ihre Lungenkapazität auf die Probe. Sie holte tief Luft, oder es wäre vielmehr ein tiefes Luftholen gewesen, hätte das Korsett nicht so eng gesessen. »Annie, es schnürt mich zu sehr ein. Würdest du es bitte ein bisschen lockern? Du weißt, wie sehr ich enge Korsetts verabscheue.«

»Wenn ich mit den Schnüren ein bisschen nachgebe, dann folgt Ihr Bauch gleich nach, und wie wollen Sie dann Mr St. Albans ins Auge fallen?« Annie schüttelte den Kopf. »Nein, ich würde ganz schön was von den Ladys zu hören bekommen, wenn ich Ihnen die Schnüre auch nur einen kleinen Fingerbreit lockern würde.« Die Zofe holte Hannahs Ballkleid. »Und sagen Sie mir nicht, dass Sie sich nie ein Leben mit Mr St. Albans ausgemalt haben. Er ist so ein fescher Kerl.«

»Ja, das ist er. Das leugne ich ja auch gar nicht. Und nach jener ersten Begegnung in Cornwall hätte ich nichts dagegen einzuwenden gehabt, wenn er mir den Hof gemacht hätte. Aber jetzt, nachdem ich den Mann selbst erlebt und seinen wahren Charakter kennengelernt habe, nein, jetzt nicht mehr. Der Mann ist kaum besser als ein Wüstling.«

»Aber die beiden Ladys sind so sicher, dass Mr St. Albans der Richtige für Sie ist, Miss –«

Hannah lachte. »Glaub mir, in diesem Falle irren sich die Ladys. Und zwar gewaltig. Bevor ich Mr St. Albans heirate, heirate ich eher … Mr Edgar!«

»Mr Edgar? Ach, der hat es Ihnen also angetan? Darauf wäre ich nie gekommen.«

»Nein, nein. Du hast mich missverstanden. So habe ich das doch nicht gemeint –«

»Außerdem ist Mr Edgar neunundsiebzig, Miss, und na ja, *er ist schon vergeben*. Denn wenn Sie es mir gestatten, ich kann mit Gewissheit sagen, dass Lady Viola ihm ihr Herz geschenkt hat.«

Bei diesen Worten fuhr Hannah herum. »Wirklich? Lady Viola und Mr Edgar? Bist du sicher?«

»Oh, ganz sicher. Alle Welt, ich meine damit alle Welt im Dienstbotentrakt, weiß bestens darüber Bescheid. Sie müssen sich nur ihre Augen anschauen, wenn sie miteinander im gleichen Zimmer sind. Ihre Gefühle sind so deutlich zu erkennen wie die Sonne am Himmel.«

Die Vorstellung ließ Hannah kichern. »Wie lange geht das schon so?«

»Oh, verzeihen Sie mir, Miss. Ich hätte es nicht erwähnen sollen. Meine Lippen sind von jetzt an versiegelt. Sie werden kein weiteres Sterbenswörtchen von mir hören.« Annie hielt die Seidenrobe hoch, die sie zuvor auf dem Himmelbett zurechtgelegt hatte, und hob den Rock zusammengebauscht über Hannahs Kopf.

Als Hannah ihren Kopf aus dem seidenen Bausch reckte, war unverkennbar, dass Annie ungeduldig auf ihr Auftauchen gewartet hatte, damit sie fortfahren konnte.

»… aber wenn ich nach dem gehe, was ich gesehen und gehört habe, lieben die beiden einander schon seit *Jahren.*«

»*Seit Jahren?* Und sie haben sich nie dazu bekannt? Haben sich ihrer Liebe nie hingegeben?«

»Nein, Miss. Das wäre schließlich nicht recht, oder, wo er doch nur ein Butler ist und sie eine hochgeborene Lady?«

»Ach du meine Güte. Was hat das denn damit zu tun? Die Featherton-Ladys scheren sich nicht um diese dummen Gesellschaftsregeln. Das solltest du inzwischen doch wissen. Nein, es muss einen anderen Grund für Lady Violas Zurückhaltung geben. Sonst ist es nicht zu verstehen.«

Plötzlich hatte Hannah einen Gedankenblitz und begann zu überlegen.

Lady Viola und Mr Edgar. Hmm.

Sie trat ans Fenster und schaute hinunter auf die

Voliere, die ihrem Falken als Heimstätte diente. Als die hohe Standuhr im Dienstbotentrakt achtzehn Uhr schlug, fasste Hannah einen Entschluss.

Sie würde es tun.

Der Falke bemerkte die Bewegung hinter dem Fenster über sich und schaute zu Hannah auf.

»So ein kluger Vogel«, flüsterte sie. »Du weißt bereits, was ich von dir will, nicht wahr, Cupid? Wir haben eine Aufgabe zu erfüllen. Lady Viola und Mr Edgar brauchen unsere Hilfe.«

»Was haben Sie gesagt, Miss Hannah?«

»Ach nichts, Annie. Überhaupt nichts.« Hannah grinste innerlich.

Dies ist die perfekte Gelegenheit, den Feathertons zu beweisen, dass auch ich das ein oder andere vom erfolgreichen Verkuppeln verstehe … und diesmal werde ich mir meine Dienste nicht einmal bezahlen lassen.

Kapitel vier

Upper Assembly Rooms, Bath

Mr St. Albans, der gut aussehende, doch unendlich selbstverliebte Popanz, führte die beiden Featherton-Schwestern durch den von Säulen flankierten Haupteingang der eleganten Upper Assembly Rooms, Baths berühmtem Kurhaus, so dass Hannah ganz allein hinter ihnen folgte.

Es kümmerte sie nicht, dass sie an diesem Abend ohne männliche Begleitung war. In Wirklichkeit zog Hannah es sogar vor, denn sie war ein kleiner Freigeist (oder zumindest hatte ihr Bruder Arthur dies oft behauptet, als sie zusammen aufgewachsen waren).

Mr St. Albans war einem Wüstling so ähnlich, wie dies nur möglich war, und Hannah war sich sicher, wenn sie ihm erlauben würde, ihre Hand zu ergreifen, würde sie seine andere Hand auf ihrem Hinterteil fühlen. Das war die Art von unzüchtiger Geste, die man von einem Mann wie ihm ihrer Überzeugung nach erwarten musste. Hannah hatte in dem Handbuch ihrer Freundin Meredith alles über Lüstlinge und Schürzenjäger gelesen.

Als sie das Foyer erreichte, gab Hannah einem wartenden Diener ihre silbern-blaue Stola, dann folgte sie den anderen durch die dicht gedrängte Menge zum Ballsaal.

Zuerst, als es kein Vorankommen zu geben schien, dachte Hannah, dass sich einfach ein Pulk rücksichtslos vor den Türen versammelt hatte und allen anderen den Zutritt versperrte. Doch sobald Mr St. Albans mit seinen breiten Schultern und seinem gebieterischen Auftreten einen schmalen Pfad gebahnt hatte und ihr kleines Grüppchen eintreten konnte, erkannte Hannah ihren Irrtum.

Die funkelnden Kronleuchter an der Decke tauchten die wogende Menge darunter in ein fast magisch anmutendes goldenes Licht.

Zu den Tanzfesten, die während der Saison in Bath jeden Montag stattfanden, versammelten sich gemeinhin rund zweihundert Gäste. Doch am heutigen Abend tummelten sich im Saal gut fünfmal so viele Menschen.

Obgleich die Decke hoch war und eine gute Luftzirkulation erlaubte, war es an diesem Abend stickig in dem eleganten Saal. Binnen weniger Minuten klebten die zarten Lockchen in Hannahs Nacken schweißnass an ihrer Haut.

Hannah zupfte so unauffällig wie möglich am Ausschnitt ihres Kleides, um ihre bereits klamme Chemise von ihrer Haut zu pflücken.

Vielleicht konnte sie eine Unpässlichkeit vorschützen. Oder eine Ohnmacht vortäuschen. Wenn Hannah in diesem Moment ein triftiger Grund – ein Grund, den die Featherton-Schwestern akzeptieren würden – eingefallen wäre, um das Kurhaus zu verlassen, dann hätte sie es stehenden Fußes getan.

Doch sie wusste allzu gut, dass derartige Überlegungen fruchtlos waren. Heute Abend wäre keine Ausrede gut genug. Die gerissenen Featherton-Ladys kannten jeden Kniff, dessen war Hannah sicher, denn sie hatten im Laufe ihres Lebens höchstwahrscheinlich alle selbst angewendet.

Heute Abend gab es keinen Ausweg. Außerdem hatte Miss Howard versprochen, sie würde versuchen, ihre Mutter zu überreden, mit ihr zum Ball zu gehen. Hannah seufzte resignierend. Ihr blieb nichts anderes übrig, als abzuwarten, ob Miss Howard kam, und dann ein Zusammentreffen mit Mr St. Albans zu arrangieren, damit die blond gelockte Schönheit ihn hinlänglich bezirzen konnte.

»Sehen Sie? Es ist ganz so, wie ich Ihnen gesagt habe, Mr St. Albans.« Lady Letitia zeigte auf den weitläufigen Saal. »Alles, was Rang und Namen hat, ist nach Bath gekommen, um den Kometen zu sehen. Alle Welt ist hier.«

Mr St. Albans' gelangweilter Blick folgte Lady Letitias gestikulierenden Fingern, bis diese sich an Hannahs Gesicht vorbeibewegten. Und dort blieb sein Blick hängen.

Hannah schaute weg, und ihr umherschweifender Blick wanderte schließlich hinauf zu den hoch an der Wand gelegenen Fenstern, die sperrangelweit offen standen, um frische Luft hereinzulassen, auch wenn dies der Menge darunter kaum Erleichterung bot.

»Ich muss schon sagen, Mr St. Albans.« Lady Viola tippte dem Gentleman mit ihrem geschlossenen Briséfächer auf die Schulter, um ihn auf sich aufmerksam zu machen. »Da heute Abend so viele Wissenschaftler zugegen sind, werden Sie gewiss jemandem begegnen, den Sie kennen. Nun … so Sie sich an ihn erinnern.«

»Ah, meine Teuerste, selbst wenn ich kein einziges vertrautes Gesicht entdecke, ist dieser Abend für mich ein großes Vergnügen. Denn heute Abend sind die drei liebreizenden Damen, die hier vor mir stehen, die einzige Gesellschaft, die ich *begehre.*«

Als er das letzte Wort so nachdrücklich betonte, wanderte sein Blick unauffällig zu Hannahs Busen.

Hannah bedachte ihn mit einem bösen Blick, doch ihr stummer Tadel hielt ihn nicht davon ab, sie weiter äußerst unzüchtig zu beäugen.

Nein, stattdessen kräuselten sich Mr St. Albans' Lippen zu einem Grinsen, und sein Blick wurde noch anzüglicher.

Dieser Mann besaß wirklich kein Schamgefühl!

Die Featherton-Schwestern mussten doch gewiss einen Wüstling erkennen, wenn er direkt vor ihnen stand.

Da es unfein war, mit dem Finger zu zeigen, deutete Hannah zweimal nickend in die Richtung von Mr St. Albans und wartete schweigend darauf, dass eine der beiden alten Damen ihn für sein unschickliches Benehmen maßregeln würde.

Stattdessen begannen Lady Viola und Lady Letitia, sich mit Mr St. Albans über die Musik zu unterhalten, so als stünde alles zum Besten.

Waren die beiden alten Damen jetzt nicht nur mit Taubheit, sondern auch mit Blindheit geschlagen? Nein, beide Frauen hatten das Nicken gesehen, mit dem Hannah auf den Mann gewiesen hatte. In diesem Punkt hatte sie keine Zweifel.

Er hatte die beiden verzaubert. Es gab keine andere Erklärung.

Und so trat Hannah, als sie sicher war, dass Mr St. Albans' Aufmerksamkeit ganz von den Feathertons eingenommen wurde und sein glühender Blick nicht mehr auf ihr ruhte, verstohlen einen Schritt zurück. Dann noch einen. Sie hoffte, auf diese Weise in der Menge untertauchen und unbemerkt in den angrenzenden Octagon Room oder das Kartenzimmer flüchten zu können.

»Hannah?« Sie fühlte, wie jemand nachdrücklich ihr Handgelenk umfasste. Ihr Blick löste sich von ihrem erhofften Fluchtweg, und sie sah Lady Letitia an.

»Mein liebes Mädchen, ich halte das für eine wunderbare Idee. Was meinst du?« Lady Letitia sah Hannah bohrend an.

»Es tut mir schrecklich leid, aber mit der Musik und all den Unterhaltungen um uns herum … ich habe nicht gehört –«

Lady Viola fasste Mr St. Albans am Arm und lenkte seine Aufmerksamkeit auf das Orchester auf dem Balkon über ihnen.

Lady Letitia schnaubte und beugte sich dicht an Hannahs Ohr. »Ich habe deine Botschaft verstanden, Täubchen«, flüsterte sie.

Hannah machte große Augen. »Es tut mir leid. Ich verstehe nicht. Welche Botschaft soll das gewesen sein?«

Lady Letitia kicherte leise. »Ich habe deinen Blick

gesehen, als du nickend auf Mr St. Albans gedeutet hast.« Sie warf sich stolz in die Brust wie eine aufgeplusterte Henne. »Es ist alles arrangiert. Mr St. Albans hat um die Ehre eines Tanzes mit dir gebeten. Hast du ihn denn nicht gehört?«

»Es tut mir leid. Ich habe nichts gehört.« Hannah schaute nervös auf, als Lady Viola und Mr St. Albans sich wieder zu ihr und Lady Letitia umdrehten.

»Freust du dich nicht, dass Viola und ich ihn dafür beide gehört haben? Also husch, husch.«

Die molligere der beiden weißhaarigen Schwestern schubste Hannah vorwärts, so dass sie in Mr St. Albans' erwartungsvolle Umarmung stolperte.

Als sie sich wieder gefangen hatte, wusste Hannah, dass es nun keine mögliche Ausrede mehr gab, um sich dem Tanz zu entziehen. Absolut keine.

Also legte sie widerstrebend ihre Hand auf Mr St. Albans' angebotenen Arm und ließ sich von ihm durch die umherwimmelnde, schwitzende Gästeschar zur Mitte der Tanzfläche führen.

Auf dem Weg erspähte Hannah Miss Howard, die anmutige blonde Schönheit, die mit ihrer ziemlich vollschlanken Mutter am Rand der Tanzfläche stand. »Oh, Mr St. Albans, bevor wir tanzen möchte ich gern eine neue Freundin begrüßen. Sie haben doch nichts dagegen?«

Mr St. Albans nickte einwilligend, auch wenn sein Gesicht seinen Unmut allzu deutlich verriet. Er folgte Hannah zum Rand der Tanzfläche, doch seine Miene erhellte sich augenblicklich, als er sah, wen sie ihm vorstellen wollte.

Während Hannah die beiden einander formell vorstellte, entging ihr nicht der Funke, der sich zwischen den beiden entzündete ... genau die Art von Funke, von der die Featherton-Schwestern gesprochen hatten.

»Wenn Sie mir gestatten, Miss Howard, ich würde mich sehr über einen Tanz mit Ihnen freuen – ähm ... nachdem meine teure Freundin Miss Chillton und ich unser Tänzchen absolviert haben.«

Miss Howard sah ihre Mutter an, welche zustimmend nickte. »Es wäre mir ein Vergnügen, Mr St. Albans.« Sie errötete allerliebst, und im selben Moment schien Mr St. Albans zehn Zentimeter zu wachsen.

Ausgezeichnet.

Nun, die beiden alten Damen konnten ihr wohl kaum übel nehmen, dass sie diese beiden zusammengeführt hatte, oder? Mr St. Albans und Miss Howard waren eindeutig füreinander bestimmt. Man musste sie sich nur anschauen!

Wenn es ihr bloß gelingen würde, sein Interesse an Miss Howard zu schüren und jegliches Interesse an sich selbst im Keime zu ersticken, dann wäre in ihrer Welt wieder alles im Lot.

Mr St. Albans führte Hannah mit einem äußerst zufriedenen Lächeln auf die Tanzfläche.

»Miss Howard ist ausgesprochen reizend, finden Sie nicht?«, bemerkte Hannah.

»Das ist sie in der Tat. Beinahe so reizend wie Sie, Miss Chillton.«

»Vielen Dank für das Kompliment, Mr St. Albans.«

Hmm.

Nachdem sie ihre Positionen eingenommen hatten, warf Hannah einen Blick zum Orchesterbalkon und wartete darauf, dass die Musiker den angekündigten Kontertanz anstimmten – alles nur, um Mr St. Albans' Blick auszuweichen.

»Sie müssen wegen des Tanzes nicht nervös sein, Miss Chillton«, versicherte ihr Mr St. Albans in dem ihm eigenen überheblichen Ton. »Wenn Sie sich bei einem Schritt nicht sicher sind, dann übernehme ich gern die Führung.«

»Ich muss doch sehr bitten, Sir.« *Dieser ungehobelte Kerl.*

»Ich habe nur angeboten, Sie zu unterweisen, wenn Sie sich bei den Tanzschritten unsicher sind.«

Hannah starrte ihn aufgebracht an. Er hatte es doch wahrhaftig gewagt, ihren gesellschaftlichen Schliff in Frage zu stellen. Dachte er wirklich, sie würde sich seine Dreistigkeit widerspruchslos gefallen lassen?

»Was erlauben Sie sich, Mr St. Albans?« Hannah riss wütend den Kopf herum, bereit, mit ihrer eigenen scharfen verbalen Klinge zuzustoßen, als sie das schelmische Grinsen auf seinem Gesicht sah.

Er zog seine Augenbrauen hoch und holte tief Luft, während er mit seinem Blick kurz den Boden fixierte. Als er wieder zu Hannah aufschaute, schien ihm seine Heiterkeit vergangen zu sein.

»Bitte verzeihen Sie mir, Miss Chillton. Sie wirkten heute Abend so ernst, dass ich hoffte, ich könnte Ihnen mit meinem albernen Angebot ein Lächeln aufs Gesicht zaubern.«

Hannah sah tief in seine funkelnden grünen Augen.

Machte er sich über sie lustig, oder meinte er es ernst? Bei Mr St. Albans war sie sich da nie sicher.

»Ach, kommen Sie. Sie müssen doch erkannt haben, dass es nur ein Scherz war. Die Damen Featherton haben mir geraten, kräftig zu üben, bevor ich Sie auf die Tanzfläche führe. Sie sagten mir, dass Ihre Anmut beim Tanzen in ganz Bath ihresgleichen sucht.«

»Das haben sie gesagt?« Hannah schaute zu den beiden alten Damen, welche sie gebannt durch identische perlmutterne Lorgnetten beobachteten. »Nun, Mr St. Albans, ich fürchte, die Feathertons haben sich da auf Ihre Kosten einen Jux gemacht.«

Das Orchester stimmte den nächsten Tanz an, und Hannah drehte sich abrupt wieder zu Mr St. Albans um.

»Würden Sie mir erlauben, dass ich mich davon selbst überzeuge, Miss Chillton?«, fragte er sie. »Doch wie schon gesagt, Sie können sich gern meiner Führung überlassen. Ich bin daheim nicht umsonst als Meister Leichtfuß bekannt, müssen Sie wissen.« Seine Mundwinkel zuckten, und sie wusste, dass er ein Grinsen unterdrückte.

Hannah zog eine Augenbraue hoch. »Das glaube ich gern, Sir.« Auch ihre Lippen kräuselten sich ironisch.

Mr St. Albans ergriff ihre behandschuhten Hände und wirbelte Hannah gekonnt um ihre eigene Achse, so dass sie unwillkürlich hell auflachte.

Während der Tanz weiterging und die Minuten an seinem Arm verstrichen, ohne dass Hannah sich auch nur einmal unbehaglich fühlte, begann sie sich zu fragen, ob ihre schlechte Meinung von ihm wirklich begründet war.

Sie war sich in dieser Hinsicht ziemlich sicher, doch andererseits war er an diesem Abend ausgesprochen unterhaltsam, und das war eine sehr anziehende Eigenschaft an einem Gentleman. Selbst wenn es die einzige war, die er besaß.

Hannahs Anspannung lockerte sich nach und nach, und sie fing gerade an, den Tanz zu genießen, als sie bemerkte, wie die Feathertons, die vom Rand der Tanzfläche aus alles beobachteten, einen ihrer berüchtigten vielsagenden Blicke austauschten.

Ach du lieber Himmel noch mal. War dies alles Teil des Ränkespiels der beiden begeisterten Kupplerinnen?

Nun, bei ihrer Ehre, es würde ihnen nicht gelingen. Und das würde Hannah noch heute Abend beweisen.

Sie bestimmte über ihren Abend. Nicht die beiden.

Die Sache war ganz einfach. Sie würde Mr St. Albans den Rest des Abends über keinerlei Beachtung schenken … und sie würde gleich nach Ende dieses Tanzes damit anfangen.

Oder vielleicht besser nach neun, wenn sich alle für Erfrischungen in den Speisesaal begaben. Oder vielleicht wäre es am wirkungsvollsten, wenn sie ihn auf der Heimfahrt mit Nichtachtung strafen würde. Als Nächstes war ja sowieso Miss Howard bei Meister Leichtfuß an der Reihe.

Ja, sie würde den Mann ignorieren. Genau das würde sie tun.

Die einzige Frage war nur, wann sie damit beginnen würde.

Um halb zehn an jenem Abend saßen Hannah und die Featherton-Schwestern an einem kleinen Tisch auf der oberen Empore des Speisesaals und nippten an schwachem Tee mit Arrak und Zitrone.

Lady Letitia, deren gesunder Appetit unter der drückenden Hitze im Raum nicht zu leiden schien, verspeiste eifrig das Kleingebäck, den Backschinken und die Brötchen, die für die Gäste aufgetischt worden waren.

»Ich hatte gehofft, dass wir hier oben mehr frische Luft haben würden, aber ich scheine mich geirrt zu haben.« Hannah stand auf, trat an die vergoldete schmiedeeiserne Brüstung und schaute hinab auf die wogende Menge unter der Empore. »Ich frage mich, wohin Mr St. Albans verschwunden ist.« Diese ebenso leise wie gedankenlos ausgesprochenen Worte waren nur für sie selbst bestimmt gewesen, doch Lady Violas Gehör war zu scharf, als dass ihr die Bemerkung entgangen wäre.

»Fehlt er dir bereits, Liebes?« Lady Violas vogelgleiches Lachen stieg trillernd in der stickigen Luft auf.

»Vielleicht sorgst du dich ein klitzekleines bisschen wegen seiner neuen Bekannten«, sagte Lady Letitia.

Hannah zuckte innerlich zusammen. »Wohl kaum. Außerdem befindet Miss Howard sich mit ihrer Mutter direkt unter uns. Ich ... halte es nur für recht unhöflich, dass unser Begleiter uns in den Speisesaal führt und uns dann ohne auch nur ein Wort der Entschuldigung im Stich lässt.«

Lady Letitia schnaubte nur. »Mein liebes Kind, Mr St. Albans ist ein Gentleman vom Scheitel bis zur Sohle. Und wenn du unbedingt wissen möchtest, wo er ist, er ist noch einmal in den Ballsaal zurückgegangen, um mit dem Dirigenten zu sprechen.«

Hannah fuhr zu den beiden alten Damen herum. »Mit dem Dirigenten? Du meine Güte, warum denn das?«

Nachdem sie sich mit einem Schluck Tee erfrischt hatte, fuhr Lady Letitia fort: »Ich glaube, er hegt die Absicht, dich abermals zum Tanz zu führen, und wollte deshalb als Eröffnungsstück einen Walzer erbitten.«

»Einen zweiten Tanz mit Meister Leichtfuß?«, entfuhr es Hannah ungläubig. »Ich muss schon sagen, seine Absicht ist ziemlich dreist angesichts der Tatsache, dass er mich gar nicht gefragt hat, ob ich überhaupt noch einmal mit ihm tanzen möchte.«

Lady Viola öffnete ihren lavendelfarbenen Fächer und wedelte damit vor ihrem gepuderten Gesicht, welches bereits mit kleinen Schweißperlen übersät war. »Nun, Liebes, die Schuld daran trage diesmal wohl ich. Ich habe ihm versichert, du würdest liebend gern noch einmal mit ihm tanzen.«

Hannah starrte sie ungläubig an.

Der wedelnde Fächer der alten Dame erstarrte mitten in der Bewegung. »I-ich habe mich in meiner Annahme getäuscht, nicht wahr, Hannah? Ich hatte deine stumme Botschaft zuvor verstanden … und vorhin, als du mit ihm getanzt hast, sah es aus, als würdest du dich amüsieren.«

Hannah seufzte kapitulierend. »Nein, Lady Viola. Sie haben sich nicht getäuscht. Ich war recht erschöpft, aber nachdem wir diese kleine Stärkung zu uns genommen haben, fühle ich mich wieder erfrischt.« Zumindest das entsprach der Wahrheit. »Ich werde noch einmal mit Mr St. Albans tanzen, wenn Sie es möchten. Doch nur dann. Ansonsten bleibe ich ebenso gern an Ihrer Seite.«

»Oh, wir möchten es«, zwitscherten die Featherton-Schwestern im Chor.

»Na famos.« Hannah drehte sich abermals zur Brüstung um und seufzte tief. »Ich kann es gar nicht abwarten, dass die Musik wieder beginnt«, murmelte sie, und es schwang nur ein Hauch von Sarkasmus in ihrer Stimme mit.

Eine halbe Stunde später stimmten die Musiker gerade den ersten Takt des Wiener Walzers an, als Hannah und die Featherton-Schwestern nach den Erfrischungen in den Ballsaal zurückkehrten.

Hannah ließ ihren Blick durch den überfüllten Raum schweifen, konnte aber Mr St. Albans, der aufgrund seiner stattlichen Größe hätte hervorstechen müssen, nirgends entdecken.

Ihre Lippen kräuselten sich zu einem zufriedenen Lächeln, denn sie war zu dem Schluss gekommen, dass er den Ballsaal wohl wegen der stickigen Luft verlassen hatte. Sie konnte das gut verstehen, denn ihr selbst klebte das Seidenkleid am Körper. Mr St. Albans mit seiner Weste, dem Frack und der engen Krawatte würde wahrscheinlich förmlich ersticken. Ja, das musste die Erklärung sein. Zumindest glaubte sie das … jedenfalls bis eine große Hand von hinten ihren Ellbogen umfasste.

Im gleichen Moment sagte Mr St. Albans' Mund dicht neben ihrem Ohr: »Darf ich bitten, Miss Chillton?«

Die sonoren Schwingungen seiner Stimme kitzelten ihr Ohr, und Hannah zog instinktiv ihre Schultern hoch. Sie drehte sich zu ihm, um zu antworten, und musste feststellen, dass sich ihr Busen unvermittelt gegen Mr St. Albans' Weste drückte. Auf seiner Stirn stand nicht eine Schweißperle. Nicht eine einzige!

Aus diesem Blickwinkel wirkten Mr St. Albans' Schultern breiter, seine Brust … irgendwie massiver. Sein ganzer Körper schien muskulöser ausgebildet zu sein. Wie seltsam, dass ihr das gar nicht aufgefallen war, als sie zuvor miteinander getanzt hatten.

Sie reckte ihr Gesicht hoch und sah ihn an.

Sein Atem stockte, als sich ihre Blicke trafen, und plötzlich bekam Hannah keine Luft mehr.

Mr St. Albans hob seine Hand und deutete auf die Tanzfläche. »Darf ich bitten, Miss Chillton?«, wiederholte er.

Doch Worte schienen Hannahs geistige Fähigkeiten in jenem Moment weit zu übersteigen, und so nickte sie nur.

Mr St. Albans ergriff Hannahs Hand und zog sie dichter an sich, um sich mit ihr einen Weg durch die anschwellende Menge zu bahnen.

Wie seltsam das alles ist.

Hannah musterte Mr St. Albans, während er sie mit beschützender Geste zur Tanzfläche führte. Die Identität des Gentlemans stand nicht in Frage, und doch war etwas anders an ihm.

Etwas an seiner zarten Berührung ließ sie innerlich erbeben. Doch nicht vor Angst oder Furcht.

Sondern vor herzflatternder Erregung.

Oh, was hatten die Feathertons nur getan, dass es eine solch körperliche Wirkung in ihr hervorrief? Es mussten die beiden Schwestern gewesen sein, denn es gab keine andere Erklärung für diese plötzliche Zuneigung für einen Mann, den sie zum ärgerlichsten in ganz Bath erklärt hatte.

Hannah hatte gehört, dass die Ladys als krönenden Höhepunkt einer ihrer Liebesränke tatsächlich irgendein geheimnisvolles Pulver in den Likör ihrer eigenen Großnichte gemischt hatten. Wenn es ums Verkuppeln ging, kannten die beiden keine Scham.

Vielleicht hatten sie Hannah etwas Ähnliches angetan. Schließlich hatte sie gerade Erfrischungen mit den beiden verschlagenen alten Jungfern eingenommen.

Als sie ihren Platz auf der Tanzfläche erreichten, richtete Mr St. Albans seine grünen Augen auf sie. Er legte seinen muskulösen Arm um ihre Taille und nahm behutsam ihre rechte Hand in die seine. Dann lächelte er sie an, und all ihr Blut schien rauschend in ihre seidenen Tanzpantoffeln zu schießen.

Hannahs Atemzüge wurden noch flacher.

Der Teufel soll dich holen, Annie, dass ich mich von

dir habe überreden lassen, dieses allzu enge Korsett zu tragen. Es schert mich einen feuchten Kehricht, ob es eine gute Figur macht. Atmen zu können ist wichtiger!

Während Mr St. Albans sie im Walzertakt umherschwenkte, versuchte Hannah mehrere Male, sich von dem Blick loszureißen, mit dem er sie gebannt hielt, doch es gelang ihr nicht.

Was war nur mit ihr los? Sie hatte schon oft Walzer getanzt, sowohl in Bath als auch in London, doch diesmal – auch wenn es sich nicht erklären ließ – schien ihr die Nähe dieses Mannes mit einem Mal allzu … vertraulich.

Eben in diesem Moment spürte sie, wie seine Finger in einer kleinen kreisenden Bewegung über ihren Rücken strichen und ein wohliges Kribbeln in ihrem Bauch und auch etwas tiefer weckten. Hannah war entsetzt. Die Unverschämtheit dieses Mannes!

»Werter S-sir«, stammelte Hannah und bemerkte dabei verwundert, dass sie nicht einen falschen Schritt setzte. »Ich versichere Ihnen, dass ich nicht so naiv bin, wie Sie glauben.«

Mr St. Albans' Augen wurden tellergroß. »Mit Verlaub, Miss Chillton –«

»Ich gebe zu, ich weiß nicht, was für ein Spielchen Sie treiben, Mr St. Albans –«, Hannah beugte sich dicht heran, um sicherzustellen, dass er ihre nächsten Worte trotz der lauten Musik und des Stimmengewirrs im Saal klar und deutlich verstand, »– aber ich weiß nur zu gut, worauf Sie es abgesehen haben.«

Erstaunlicherweise ließ Mr St. Albans ihre Hand und ihre Taille los und blieb stehen. Er starrte tief in ihre

Augen, während er seinen Mund auf- und zumachte, so als wolle er antworten, könne es aber nicht.

Schlagartig spürte Hannah die Augen aller Anwesenden im Saal auf sich gerichtet. Ihr schoss das Blut heiß in die Wangen und ließ die Ränder ihrer Ohren glühen, als sie sich umdrehte und sah, dass einige ältliche Matronen auf sie und ihren statuengleichen Tanzgefährten deuteten. Junge Ladys kicherten über ihre Misere, und Gentlemen grinsten.

Und man konnte es ihnen kaum verargen, nicht wahr?

Mr St. Albans hatte den Tanz abrupt abgebrochen und sie damit in eine ausgesprochen peinliche Lage gebracht. Hannah machte Anstalten, die Tanzfläche zu verlassen. Sie hatte sogar schon einige Schritte auf die Tür zu gemacht, als sie unvermittelt innehielt.

Nein. Nein. Sie würde nicht klein beigeben. Sie würde nicht voller Scham ihr Heil in der Flucht suchen. Sie hatte schließlich nichts Unrechtes getan!

Hannah fuhr herum, in der vollen Absicht, vor Mr St. Albans zu treten und zu verlangen, dass er den Tanz mit ihr beendete – wie es jeder galante Gentleman tun würde.

Doch er stand nicht mehr an der Stelle, an der sie ihn zurückgelassen hatte. Da war nur noch ein unverkennbar leerer Platz, wo der Mann zuvor gewesen war.

Na prächtig. Jetzt war ihre Demütigung praktisch perfekt.

Nun, sie würde nicht zulassen, dass er ihr das antat. Nicht heute Abend. Nie und nimmer!

Hannah schaute sich wütend im Ballsaal um, drängelte sich durch die Menge, suchte sogar draußen vor der Tür.

Doch er war nirgends zu entdecken.

Mr St. Albans war verschwunden.

Kapitel fünf

Griffin stürmte aus dem Kurhaus hinaus auf die Straße. Augenblicklich zerrte ein scharfer Wind an seinem Haar, und die Nachtluft trug den Geruch von aufziehendem Regen heran.

Doch es war nur ein kurzer Weg um den imposanten Circus herum und die Gay Street hinunter zu seinem Haus. Wenn er sich beeilte und das Glück auf seiner Seite war, konnte er den Queen Square erreichen, bevor der erste Tropfen fiel.

Doch das Glück war ihm den ganzen Abend nicht hold gewesen, und es ließ ihn auch jetzt im Stich. Der Himmel über ihm grollte. Er schaute sich auf der dunklen Straße nach einer Droschke oder einer Sänfte um, konnte jedoch keine entdecken.

Griffin begann mit ausholenden Schritten den Circus zu umrunden. Ein trüber Nieselschleier, mehr Wind als Regen, waberte um die Reihen eleganter Häuser, die den Platz säumten. Griffin schlug seinen Kragen hoch. Doch dann fragte er sich, warum zum Teufel er sich diese Mühe machte.

Was machte ein kleiner Guss schon aus? Um der Wahrheit die Ehre zu geben, ein bisschen Regen war vielleicht genau das, was er brauchte, um die siedende Wut abzukühlen, die er in jenem Moment auf seinen vermaledeiten Bruder empfand.

Verfluchter Garnet.

Er hätte wissen sollen, dass der brillante Plan seines Bruders nicht klappen würde. Er war ein Narr, dass er je auch nur an die Möglichkeit geglaubt hatte.

»Griff«, ertönte der Ruf seines Bruders. »Komm schon, bleib stehen! Mit deinen Riesenschritten mitzuhalten, bringt mich richtiggehend ins Schwitzen. Mir wird noch die Krawatte ganz schlapp.«

»Das kümmert mich nicht.« Griffin beschleunigte seine Schritte.

»Bitte.« Garnet rang hörbar nach Atem. »Autsch – verdammt noch mal! Ich habe mir an dem Zaun meinen Knöchel gestoßen. Bleib stehen oder geh wenigstens langsamer, Himmelherrgott noch mal.«

Nach dem Geräusch der nunmehr hinkenden Schritte auf dem Trottoir zu urteilen wusste Griffin, dass Garnet ihn jeden Moment eingeholt haben würde, doch er würde nicht stehen bleiben, um es seinem Bruder, dem Schuft, leichter zu machen.

»Verflucht noch mal, mein Knöchel tut wirklich weh. Bleib stehen – hab doch ein wenig Mitleid. Ich bin verletzt.«

Doch Griffin marschierte weiter. Die angebliche Verletzung war höchstwahrscheinlich sowieso nur eine Finte, um ihn zum Anhalten zu bewegen. Das würde seinem Bruder ähnlich sehen.

»Griff, sprich mit mir. Ich muss wissen, was zum Teufel auf der Tanzfläche passiert ist.«

Als ob Garnet es nicht wüsste.

Griffin blieb abrupt stehen und fuhr herum. »Sie *wusste Bescheid*, Garnet. Sie wusste über unser kleines Verwechselspiel Bescheid, verdammt noch mal.«

Garnets Kinnlade klappte herunter. Er war eindeutig völlig perplex.

»Was *genau* meinst du damit?«

»Ich meine genau das, was ich gesagt habe. Miss Chillton wusste, dass ich nicht *du* war.« Griffin knirschte mit den Zähnen und machte einen Schritt auf seinen Bruder zu.

Garnet, der offenbar den glühenden Blick in Griffins Augen bemerkte, hielt beschwichtigend seine Hand hoch und wich zwei Schritte zurück. »Immer mit der Ruhe. Lass es gut sein. Du musst nicht gleich in die Luft gehen. Ich bin überzeugt, dass alles ein großes Missverständnis ist.« Er schüttelte ungläubig den Kopf. »Ich versichere dir, mein Plan war narrensicher. Er konnte einfach nicht schiefgehen. Du hast mir einfach noch nicht genug erzählt. Da muss noch mehr gewesen sein.«

»Ich habe die Nase voll von deinen hinterhältigen Spielchen und Machenschaften.«

»Meine Machenschaften, teuerster Bruder, sind noch nie fehlgeschlagen.«

»Sie sind bei *deinen* Eroberungen nie fehlgeschlagen.« Griffin schluckte schwer. »Aber Miss Chillton ist kein naives Milchmädchen, keine einsame Witwe … oder – oder die gelangweilte Ehefrau eines Krämers in Penzance. Sie ist eine ehrbare Frau von Stand. Und sich auf Kniffe und Ränkespiele zu verlegen, um ihr Herz zu gewinnen, nun, das ist schändlich, ganz und gar schändlich. Und … es ist ehrlos.«

Griffin kehrte seinem Bruder den Rücken zu und klammerte sich mit beiden Händen an den schmiedeeisernen Zaun vor ihm. Er drückte das kalte Metall so fest, bis alles Blut aus seinen Fingerknöcheln wich und sie kreideweiß waren. Schließlich beugte er sich vor und ließ kapitulierend sein Kinn auf die Brust sinken.

»Aber es spielt keine Rolle mehr, oder?«, sagte er resigniert. »Es ist zu spät. Ich habe jede Chance bei ihr verspielt. Dessen bin ich gewiss.«

Garnet fasste Griffin bei den Schultern, drehte ihn um und zog ihn mit sich den Bürgersteig des Circus entlang. »Es ist noch nicht zu spät. Ich habe von der Tür zum Orchesterbalkon aus alles beobachtet. Ich habe gesehen, wie sie dich angeschaut hat. Wie sie sich an deine Brust geschmiegt hat. Ein Blinder konnte sehen, dass sie sich zu dir hingezogen fühlte. Du musst es doch gespürt haben. Es kann dir nicht entgangen sein. Ich glaube dir nie und nimmer, wenn du das behauptest.«

Griffin wandte seinen Kopf um und sah seinen Bruder an. »Ich habe es gespürt. Wir beide taten es. Doch dann war schlagartig alles anders. Sie war wie verwandelt. Und in jenem Moment waren all meine Überzeugungen und Gefühle wie fortgewischt. Als ich in ihre Augen sah, als ich darin den Verrat sah, den sie empfand, wusste ich mit unerschütterlicher Gewissheit, dass Miss Chillton wusste, dass sie getäuscht worden war.«

»Gemach, gemach, das wissen wir doch gar nicht.« Der feine Nieselregen fiel auf ihre Fräcke und funkelte dort wie winzige Brillanten.

»Mir will keine andere Erklärung einfallen.«

Garnet schlug seinen Kragen hoch, um seine gestärkte Krawatte vor dem Regen zu schützen. »Lass uns nach Hause gehen. Dort kannst du mir erzählen, was genau passiert ist und was gesagt wurde.«

Griffin nickte resignierend, doch tief in seinem Herzen wusste er, dass jene Unterhaltung völlig nutzlos war.

Er hatte das falsche Spiel seines Bruders mitgespielt, und infolgedessen hatte er jede Hoffnung, Miss Chillton für sich zu gewinnen, verspielt. Davon war er überzeugt.

Mr Edgar, der ergebene Butler, öffnete die Tür der Featherton'schen Residenz am Royal Crescent, noch bevor der Lakai die Klinke der Verschlagtür für die beiden Schwestern und Hannah heruntergedrückt hatte.

Durch einen Glücksstreich hob der Regen für einen flüchtigen Moment seinen grauen Umhang und erlaubte den Frauen, die Vortreppe zu erklimmen, ohne dass auch nur ein einziger Wassertropfen auf ihre seidenen Ballkleider fiel.

»Myladys«, begrüßte Mr Edgar sie, »ich habe den Kamin im Salon angezündet, damit Sie es behaglich haben, und ich habe mir die Freiheit erlaubt, drei Gläser Likör einzuschenken.«

»Oh, Kaminfeuer und Likör. Wie aufmerksam von Ihnen, Edgar.« Lady Letitia reichte dem Butler ihre Fransenstola und eilte in den Salon.

Während Hannah ihre Pelisse ablegte, schaute sie zufällig auf, und obwohl sie noch immer den brennenden Stich der Demütigung fühlte, dass sie auf der Tanzfläche stehen gelassen worden war, entgingen ihr doch nicht die seelenvollen Blicke, die Mr Edgar und Lady Viola austauschten, als der Butler der gebrechlichen alten Dame ihren Überwurf abnahm.

Du lieber Himmel! Annie hatte recht gehabt. Wie hatte ihr die Innigkeit zwischen den beiden bislang nur entgehen können? Hannah gab sich alle Mühe, das ungleiche Paar nicht ungebührlich anzustarren, doch der Gedanke, dass sie einander liebten und dies jahrelang geheim gehalten hatten, war einfach zu kurios.

Ja, es war ihre Pflicht, dieses Unrecht wiedergutzumachen. Sie würde gleich morgen früh damit beginnen, einen Schlachtplan zu schmieden.

Wie konnte sie es Lady Viola besser danken, dass sie Hannah in die feine Gesellschaft eingeführt hatte? Sie hätte niemals aus eigenen Stücken die nötigen Verbindungen für ihre Heiratsvermittlung aufgetan, die ihr durch die Featherton-Schwestern beschert worden waren.

Ohne die beiden alten Damen hätte sie gewiss kein Geschäft oder eigenes Einkommen – einmal abgesehen von dem Almosen, das sie von ihrem geizigen Bruder Arthur bekam.

Lady Viola schwebte so schwerelos wie ein Schmetterling in den Salon und sank mit einem beschwingten Lächeln auf den freien Sitzplatz neben ihrer Schwester.

Sie schaute jedoch verwirrt auf, als ersichtlich wurde, dass Hannah ihr nicht folgte. »Da steht ein Likör für dich auf dem Tablett. Komm doch herein, liebes Kind, und gesell dich zu uns.«

»Aber gerne doch.« Hannah hielt ihre Pelisse hoch, so als wolle sie diese dem Butler reichen, doch als er danach langte, ergriff sie seine behandschuhte Hand und zog ihn beiseite. »Ist *er* hier?«

»Meinen Sie Mr St. Albans, Miss?«

Hannah riss ihre Augen weit auf und nickte heftig. Ja, hauchte sie stumm und formte die Worte »Ist er hier?« mit den Lippen.

»Nein, Miss, das ist er nicht«, flüsterte der Butler so leise, dass Hannah kaum ein Wort verstehen konnte. »Er ist noch nicht vom Ball heimgekehrt.«

»Wie bitte?«

»Er sagte, dass Mr St. Albans noch nicht vom Ball zurück ist, Hannah.«

Die Nähe der Stimme ließ Hannah erschrocken herumfahren. Lady Viola stand dicht hinter ihr.

»Komm und setz dich zu uns an den Kamin, Liebes. Vielleicht beruhigt ein Likörchen deine Nerven.«

Hannah schenkte ihrer Anstandsdame ein Lächeln und begab sich pflichtschuldig aus dem Vestibül in den Salon. Doch allem Anschein nach stand den Featherton-Schwestern der Sinn nicht nach einem gemütlichen Ausklang des Abends. Denn Hannah saß noch nicht ganz in ihrem Ohrensessel, als das Verhör begann.

»Mein liebes Mädchen, ich weiß, dass du nicht darüber sprechen möchtest, doch ich fürchte, wir müssen wissen, was sich zwischen dir und Mr St. Albans auf der Tanzfläche zugetragen hat. Schließlich seid ihr beide Gäste in unserem Haus, und wenn etwas unternommen werden muss, um aufkeimende Gerüchte zu ersticken, müssen Viola und ich es umgehend wissen.«

Hannah schluckte den dicken Kloß herunter, der sich in ihrer Kehle gebildet hatte. »E-es ist nichts passiert … genau genommen.«

Die betagten Schwestern erwiderten nichts. Stattdessen starrten sie Hannah an, ohne auch nur zu blinzeln.

»Ich schwöre es Ihnen. Es ist nichts passiert, was erfordert hätte, dass Mr St. Albans *mich* vor den Augen der versammelten Gäste stehen lässt und aus dem Ballsaal stürmt.«

Die beiden alten Damen schwiegen noch immer. Es war deutlich zu erkennen, dass sie an Hannahs Sichtweise zweifelten.

»*Ich* bin es, der hier Unrecht getan wurde. Nicht *er!*«

»Ah, jetzt kommt es, Viola.« Lady Letitia nickte ihrer Schwester zu, dann wandte sie sich wieder an Hannah: »Was hat er dir denn getan, Mädchen, und was in aller Welt hast du im Gegenzug gemacht, dass der arme Bursche sein Heil in der Flucht gesucht hat?«

Hannah senkte den Blick und rang mit den Händen. »Es war etwas … anders an ihm, als er mich nach der Pause zum Tanz geführt hat. Da war eine Intensität, die ich noch nie zuvor an ihm bemerkt hatte. Ich schwöre, ich konnte es fühlen.« Sie ließ ihren Blick zaudernd über den Aubusson-Teppich zu dem Kanapee schweifen, auf dem ihre beiden Inquisitorinnen saßen.

»Aber was hat er *getan*, um dich so zu echauffieren, Hannah?«

Hannah brauchte einen Moment, um die richtigen Worte zu finden, mit denen sie seine Verfehlung beschreiben konnte. »Er … hat beim Tanzen mit seinen Fingern meinen Rücken gestreichelt.«

Lady Letitia gluckste vergnügt. »Nun, das ist natürlich ein unerhörtes Vergehen. Viola, wir sollten auf der Stelle die Konstabler rufen!«

»Mach dich nicht über sie lustig, Letitia. Sie ist eine junge Frau, und es ist ihr vielleicht nicht bewusst gewesen, dass es einen anderen Grund für seine Fingerbewegungen geben könnte.« Sie fixierte Hannah abermals mit ihren blassblauen Augen. »Nervosität zum Beispiel.«

»Oh.« Hannah machte ein betretenes Gesicht. »Daran habe ich nicht gedacht.« Um ehrlich zu sein, sie war so sehr auf sein möglicherweise liederliches Benehmen fixiert gewesen, dass ihr gar nicht in den Sinn gekommen war, dass es eine andere Erklärung für seine Berührung geben könnte.

Hannah hob den kleinen Kristallkelch an ihren Mund und ließ die Flüssigkeit ihre Lippen berühren, doch sie war zu sehr in ihre Gedanken versunken, um zu schlucken. Sie stellte das Glas wieder auf das Serviertischchen.

»Nein, ich stimme Ihnen da nicht zu. Ich glaube einfach nicht, dass Mr St. Albans nervös war«, erklärte sie den Feathertons. »Wir haben den gesamten ersten Tanz zusammen absolviert, und er hat nicht einen Moment lang den Eindruck vermittelt, er wäre auch nur das kleinste bisschen beklommen. Um genau zu sein, wenn ich jemandem sein Verhalten zu Beginn des Abends hätte beschreiben wollen, hätte ich gesagt, dass er ganz seine übliche Überheblichkeit zur Schau gestellt hat.«

»Andererseits hast du gesagt, dass er beim Walzer anders schien, Hannah.« Lady Viola beugte sich vor. »Bei einem Tanz, den er bestellt hatte … für *dich.*«

Hannah schüttelte den Kopf. »Wenn es schlicht Nervosität gewesen wäre, dann hätte ihn meine Bemerkung über seine … *Anzüglichkeiten* nicht so getroffen.«

Bei diesen Worten beugten sich beide Ladys so weit vor, dass sich durch ihr Gewicht und den plötzlichen Schwung ihrer Bewegung die hinteren Beine des zierlichen Kanapees vom Boden hoben.

Lady Letitias Augen funkelten vor Aufregung. »Was hast du denn bloß gesagt, Liebes?«

Hannah erhob sich aus ihrem Sessel und stellte sich vor das gemütliche Kaminfeuer. »I-ich sagte ihm, dass ich nicht wüsste, was für ein Spielchen er spiele, aber dass ich dessen Zweck kenne … oder etwas in der Art. Und dann ist er wortlos aus dem Saal gestürmt.«

»Ah, meine reizende Miss Chillton«, erscholl eine tiefe Männerstimme von der Salontür.

Gütiger Himmel. Panik ergriff Hannah, als sie Mr St. Albans' markante Stimme erkannte.

Hannah fuhr herum. Sie hatte gar nicht gehört,

dass sich die Haustür geöffnet hatte, von Mr St. Albans' Eintreten ganz zu schweigen.

»Ich bitte vielmals um Verzeihung. Sie müssen mich auf dem Ball heute Abend für sehr unhöflich gehalten haben.« Er verbeugte sich tief vor den Featherton-Schwestern, dann bewegte er sich mit einem leichten Hinken auf Hannah zu.

Lady Letitia klopfte mit ihrem Stock auf den Boden, als er an ihr vorbeikam. »Warum humpeln Sie, junger Mann?«

»Es ist nichts, Lady Letitia. Ich bin mit dem Bein gegen ein Geländer geschlagen, als ich versuchte, ein durchgehendes Pferd einzufangen.«

»Wie edelmütig von Ihnen, Mr St. Albans. Nicht jeder Gentleman wäre so ritterlich, einem Reiter in Not zu helfen.«

Er lächelte auf die ihm eigene draufgängerische Art. »Nun, wie schon gesagt, es war im Grunde nichts.« Als Mr St. Albans Hannah erreichte, ergriff er unverfroren ihre Hand und legte dann seine eigene darüber, um sicherzustellen, dass sie sich nicht befreien konnte, wie verzweifelt sie es auch versuchen würde.

Was sie natürlich tat, mit aller Kraft, die sie ins Spiel bringen konnte, ohne die Aufmerksamkeit der Feathertons zu erregen.

Dennoch huschte ihr Blick zu den beiden alten Damen, und sie flehte diese stumm um Hilfe an. Doch wie auf dem Ball schauten sie nur wohlwollend ihren gut aussehenden Hausgast an.

Mr St. Albans sah tief in Hannahs Augen und seufzte leise. »Bitte verzeihen Sie mir, meine teuerste Miss

Chillton«, bettelte er in einem so aufrichtigen Ton, dass Hannah ihm fast glaubte.

Fast.

Hannah riss ihren Blick von ihm los und spähte aus dem Fenster auf die Häuserzeile des verregneten Royal Crescent. »Mich auf der Tanzfläche stehen zu lassen, war mehr als bloß unhöflich … Sir.« Ihr Tonfall war schroffer, als sie es beabsichtigt hatte, doch ehrlich gesagt hatte er für sein Benehmen nichts anderes verdient.

»Nichtsdestotrotz würde ich mir von Herzen wünschen, dass Sie mir vergeben können. Bitte, Miss Chillton.« Mr St. Albans streichelte ungebeten ihren Handrücken, so als wolle er sie mit dieser tröstenden Berührung beschwichtigen. »Denn ich versichere Ihnen, meine Teuerste, dass es eine gute Erklärung für mein augenscheinlich so ungehöriges Benehmen gibt.«

Hannah wand ihre Hand und befreite sie aus seinem Griff. »Und die wäre, Mr St. Albans?« Das würde sie dann doch gern hören.

Den Featherton-Schwestern ging es offenkundig ebenso, denn im Zimmer wurde es schlagartig still, und alle Augen richteten sich auf den Gentleman.

Mr St. Albans ballte seine Finger zur Faust und hielt sich diese vor den Mund, während er sich räusperte. Er schindet Zeit, argwöhnte Hannah.

Dann sah er nacheinander jede der drei Frauen an, so als hoffe er, eine von ihnen würde ihn von der Verpflichtung erlösen, eine Erklärung abgeben zu müssen.

Doch keine der Damen tat dies.

»Na schön.« Mr St. Albans räusperte sich abermals. Die Ränder seiner Ohren liefen krebsrot an, während er zögernd seine Entschuldigung für seine Flucht vom Tanzboden vortrug.

»Ich … ich fürchte, schuld war … der gebackene Schinken.«

Kapitel sechs

Queen Square

»Was zum Teufel? Du meldest dich zwei volle Tage nicht, und jetzt erzählst du mir, dass *das* die Erklärung ist, die du Miss Chillton und den Feathertons gegeben hast?«

Griffin St. Albans sprang aus seinem Sessel auf und hätte dabei beinahe das zierliche Serviertischchen umgestoßen, auf dem Mrs Hopshire gerade eine Auswahl an Aufschnitt, Beeren und Käse angerichtet hatte. »Bitte, Garnet, sag mir, dass du meinen abrupten Abgang nicht wirklich auf ein … Darmgrollen geschoben hast.«

»Leider ja, Griff. In dem Moment, in dem ich erwähnte, dass der gebackene Schinken, den du im Speisesaal gegessen hattest –«

»Aber ich habe keinen Schinken gegessen.«

»Nein, aber *ich* schon.« Garnet hielt warnend seinen Finger hoch. »Willst du nun hören, was ich in deinem Namen erzählt habe, oder nicht, Bruder?«

Griffin fuchtelte resignierend mit seiner Hand in Richtung seines Bruders, und Garnet fuhr fort: »Sobald ich erklärt hatte, dass der Schinken ein schreckliches Magengrimmen heraufbeschworen hatte, wollten die Ladys kein weiteres Wort über den Zwischenfall hören.«

»Und wie konntest du sicher sein, wie sie deine Ausrede aufnehmen würden?«

»Nun, Griffin, sie sind schließlich Damen, und da kann man sich darauf verlassen, dass sie … nun empfindsam sind.« Garnet beugte sich über den Tisch, schnappte sich eine dünne Scheibe Schweinebraten und stopfte sie sich in den Mund. Er schien die Ironie vollends zu genießen. »Du siehst also, es war die beste aller möglichen Erklärungen.«

Griffin stützte seinen Ellbogen auf sein Knie und vergrub das Gesicht in seiner Hand. »Miss Chillton glaubt jetzt also, dass ich auf der Tanzfläche den Charmeur gespielt habe, bis ich gezwungen war, eiligst einen Abort aufzusuchen?«

Er sah Garnet an, welcher grinsend an einer weiteren Scheibe Schweinebraten kaute.

»Ja, Garnet. Ich kann sehen, dass das die bestmögliche Erklärung war.«

»Freut mich, dass du mir zustimmst.«

»Bist du denn wahnsinnig? Wie könnte irgendjemand dir zustimmen? Verflucht noch mal, Garnet, was zum Teufel hast du dir nur dabei gedacht?«

Garnet kicherte leise vor sich hin, während er seinen Siegelring am Revers eines weiteren vom Earl bezahlten Gehrocks polierte. »Ich versichere dir, ich habe keineswegs den Verstand verloren, werter Bruder.« Dann stieß er ein Schnauben aus, das wie ein sarkastisches Lachen klang. »Wir wissen beide, dass die Wahrheit schlichtweg nicht in Frage kam. Unsere kleine Scharade hat nicht nur Auswirkungen auf deine Romanze, Bruder, sondern auch auf meine.«

»Deine?«

»Deine Angebetete Miss Chillton hat mich der wunderschönsten jungen Lady vorgestellt. Eine junge Lady, die ich unbedingt näher kennenlernen möchte. Dazu hatte ich auf dem Ball keine Gelegenheit – denn ich war nun mal … na ja, eben *du.*«

Griffin seufzte aufgebracht. Er stand auf und stellte sich an das Fenster des Salons, just als eine elegante Karosse auf den Platz einbog und überraschend vor dem Haus der St.-Albans-Brüder hielt.

Er klammerte sich ans Fensterkreuz und beugte sich weiter vor, denn er wollte seinen Augen nicht trauen. »Oh *nein.*«

Furcht schnürte ihm den Magen zusammen, und Griffin hielt den Atem an, während er darauf wartete, wer aus der Karosse steigen würde. Er betete, dass es nicht die Person war, die er befürchtete.

Der Lakai öffnete die Wagentür, und heraus stieg kein anderer als der pechschwarz gekleidete Pinkerton, gefolgt vom wohlbeleibten Earl von Devonsfield höchstpersönlich.

Griffin wirbelte herum, um Garnet zu warnen, doch noch bevor er den Mund aufmachen konnte, hörte er das Klicken des Riegels und das darauf folgende Quietschen der verrosteten Angeln, als Mrs Hopshire die schwere Haustür öffnete.

Es war zu spät.

»Wo ist Griffin?« Obgleich er noch immer draußen auf der Vortreppe stand, klang die gewöhnlich barsche Stimme des Earls schwach und angespannt.

»Griff?« Garnets Augen waren tellergroß. »Du hast

mir gar nicht gesagt, dass der –« Seine Worte verklangen, und Garnets Gesichtsausdruck wechselte von Entsetzen zu schierer Freude, als er den Earl und seinen Leibdiener Pinkerton sah. »Mylord, ich hatte Sie überhaupt nicht erwartet. Aber welche Freude, dass Sie uns besuchen kommen … und das in Anbetracht der langen Reise von Devon hierher. Sie erweisen uns eine große Ehre.«

Die Knopfaugen des Earls wanderten forschend von Garnet zu Griffin. »Was soll diese Narretei, Junge? Deine verzweifelte Botschaft ließ mich glauben, dass Garnet vermisst würde und dass du das Schlimmste befürchten musstest. Und dabei steht er hier frisch und frei vor mir.«

Garnet starrte seinen Bruder an. »Griff? Was geht hier vor?«

»Ich muss mich bei Ihnen entschuldigen, Mylord.« Griffin schluckte schwer. »Haben Sie meinen zweiten Brief nicht erhalten, in dem ich Ihnen mitgeteilt habe, dass mein Bruder während der Reise aufgehalten wurde, inzwischen aber in Bath eingetroffen ist?«

»Denkst du, ich würde jetzt hier bei dir in der Tür stehen, wenn ich den Brief erhalten hätte? Denkst du das? Meinst du denn, Devonsfield wäre gleich um die Ecke?«

»Nein, Mylord, wohl nicht.«

»Natürlich *nicht*. Ich bin stehenden Fußes hergekommen, sobald Pinkerton mich von den besorgniserregenden Geschehnissen in Kenntnis gesetzt hat.«

Verflucht noch eins. Der Tag war gerade von schlecht zu entsetzlich abgestiegen.

Garnet rief Mrs Hopshire zu, sie solle eine Karaffe mit Brandy bringen, dann schenkte er dem unmutigen Earl ein aufmunterndes Lächeln. »Aber nun, da Sie schon einmal hier sind, Mylord, muss ich Ihnen von den Fortschritten meines Bruders berichten. Unter uns gesagt, ich wünschte, ich hätte nur halb so viel Glück bei meiner Brautschau wie er.«

Der Earl sah von Griffin zu Garnet und wieder zurück, wobei er seinen Kopf so abrupt herumriss, dass seine Perücke nicht ganz mithalten konnte und nun leicht schief auf seinem kahlen Schädel saß.

»Er hat also Erfolg bei seiner Brautschau, sagst du? Nun, vielleicht war es doch keine Zeitverschwendung, nach Bath zu kommen. Ich könnte eine Weile hierbleiben und mit anschauen, wie sich die Dinge entwickeln. Ja, ja, genau das werde ich tun«, murmelte der Earl vor sich hin, bevor er sich zu seinem Diener umwandte. »Pinkerton, seien Sie so gut und sehen Sie nach, wo der Brandy bleibt. Ich muss gestehen, die Fahrt von Devonsfield hierher hat mir die Kehle ausgetrocknet.«

Pinkerton nickte und verschwand wie angewiesen wortlos in die Diele.

Der Earl ging quer durchs Zimmer zum Sofa, lüftete seine Rockschöße und machte es sich auf den weichen Polstern bequem. »Also, Junge«, sagte er zu Griffin, »setz dich hin und erzähl mir alles über deine junge Lady.«

»Er kann Ihnen natürlich von ihr *erzählen*, Mylord, aber wenn Sie es wünschen, können Sie sie persönlich kennenlernen – heute Abend noch.« Garnet zog eine

Karte mit lavendelfarbenem Rand aus seiner Tasche und wedelte neckend damit.

Griffin riss seinem Bruder die Karte aus der Hand. »Das ist eine Einladung der Damen Featherton – zu einer Soiree in ihrem Haus am Royal Crescent zu Ehren des Kometen.«

Der Earl räusperte sich. »Eine Soiree zu Ehren des Kometen? Was für ein Unfug ist denn das?«

Griffin, der noch einen Moment zuvor mit dem Earl einer Meinung gewesen war bezüglich der Unsinnigkeit einer solchen Festivität, las weiter, und als er dies tat, begann sein Herz wild in seiner Brust zu schlagen. Er reckte sein Kinn hoch und starrte Garnet bohrend an.

»*Miss Caroline Herschel* wird ebenfalls bei dem Fest zugegen sein? Hier, in Bath? Aber sie ist Englands führende Kapazität in Sachen Kometen.«

Garnet nickte auf die gelangweilte Art, die er immer zur Schau trug, wenn ein Gesprächsthema sich nicht um ihn drehte. »Ja, ich glaube, so ist es. Irgendein hoch angesehener Astronom soll heute Abend der Ehrengast der Feathertons sein.«

Griffin stopfte die Einladung in seine Tasche. »Vielen Dank, Garnet, ich werde mit Freuden an der Soiree teilnehmen.«

Diese Bemerkung weckte Garnets volle Aufmerksamkeit. »Nein, nein, nein. Es ist ein Fest, eine Abendgesellschaft – was bedeutet … es ist meine Domäne. Die Einladung gilt klipp und klar Mr St. Albans und Begleitung.«

Die blauen Knopfaugen des Earls blitzten. »Die Begleitung bin natürlich ich.«

»Aber freilich, Mylord. Ich würde niemand anderen auch nur in Betracht ziehen.« Garnet wandte sich zu Griffin um und zog seine Augenbraue hoch. »Es ist dir zweifellos bewusst, dass nur *einer* von uns beiden an der Soiree teilnehmen kann. Und du möchtest doch nicht deine knospende Bekanntschaft mit Miss Chillton aufs Spiel setzen, indem du irgendeinen gesellschaftlichen Fauxpas begehst, oder?«

»Selbstverständlich nicht.«

»Nun, dann sollte *ich* derjenige sein, der an dem Fest teilnimmt.« Garnet schenkte dem Earl ein Lächeln. »Wir sollten das Haus vor acht Uhr verlassen, Mylord. Können Sie sich so schnell ankleiden?«

»Siehst du denn nicht, dass ich angekleidet *bin*, Junge?« Der Earl schüttelte den Kopf, was zu seinem Glück seine Perücke wieder perfekt zurechtrückte.

»Ja, acht Uhr. Aber *ich* werde der St. Albans sein, der an dem Fest teilnimmt, Garnet. Das Haus wird voll sein mit Astronomen und Mitgliedern der Philosophischen Gesellschaft von Bath, die darauf brennen, über den Kometen zu diskutieren – etwas, von dem du nicht das Geringste verstehst. Ich hingegen werde in der Lage sein, mich an diesen Unterhaltungen sachkundig zu beteiligen.« Griffin schlug seine Hacken zusammen. »Entschuldigen Sie mich bitte, Mylord. Garnet wird Sie zu Ihrem Gemach hinaufführen. Ich muss mich jetzt umkleiden, wenn wir um acht aufbrechen wollen.«

»Haben Sie gesehen, was er da gerade getan hat?«, fragte Garnet den Earl verblüfft.

»Ja, das habe ich, Junge,« Der Earl lehnte sich auf dem Sofa zurück und sinnierte über den Austausch zwischen dem beherzten Griffin und dem geschliffenen Garnet, dessen Zeuge er gerade geworden war.

Ja, nach Bath zu kommen, war in der Tat eine gute Entscheidung gewesen.

Hannah folgte ihren Anstandsdamen und ihrem sehr geschätzten Gast, der klein gewachsenen Miss Caroline Herschel, in den von Kerzenlicht erleuchteten Raum. Von hinten gesehen, wie Hannah sie im Blick hatte, war es fast unvorstellbar, dass Miss Herschel eine erwachsene Frau war.

Doch das war sie.

Allerdings war die zierliche Miss Herschel mit ihren zweiundsiebzig Jahren nur knapp einen Meter fünfundzwanzig groß. Ihre Kleinwüchsigkeit war, wie sie ihnen beim Abendessen unverblümt erklärt hatte, die Folge einer Typhuserkrankung im Alter von zehn Jahren.

Jenes Leiden hatte allerdings weder ihren Esprit noch ihren Verstand beeinträchtigt, denn Miss Caroline Herschel gehörte nach Ansicht vieler zu den brillantesten Astronomen und Mathematikern ihrer Zeit – ganz gleich ob Mann oder Frau.

Und im Laufe des Abendessens im privaten Kreis hatte ihr betagter Ehrengast auch noch einen ausgesprochen scharfzüngigen Humor zur Schau gestellt. Was für eine vielschichtige Person diese Frau doch war, sinnierte Hannah.

Eine Stunde später war der weitläufige Salon mit

Angehörigen der feinen Gesellschaft von Bath und der internationalen wissenschaftlichen Welt gefüllt. Während den Gästen Likör, Brandy und Sherry kredenzt wurden, saß Hannah am Pianoforte und unterhielt die Anwesenden mit einer Auswahl von Kompositionen von Haydn.

Es war ein einfaches Stück, das sie wohl schon hundertmal gespielt hatte, was ihr die Freiheit erlaubte, ihre Augen von den Noten zu nehmen und sich im Salon suchend nach dem Wüstling Mr St. Albans umzuschauen.

Die Featherton-Schwestern hatten ihr an jenem Abend mehrfach mitgeteilt, dass er an der Soiree teilnehmen würde. Hannah hatte nicht daran gezweifelt, da sie ja um sein Interesse an der Astronomie wusste, und doch war er den ganzen Tag über nicht in das Haus am Royal Crescent zurückgekehrt, was so gar nicht zu dem Mann passen wollte. Nicht zuletzt würde er sich für das Fest umziehen wollen.

Als Hannah zum dritten Mal in ebenso vielen Minuten vom Pianoforte aufschaute, entdeckte sie ihn endlich. Er sah in seinem dunkelblauen Rock und der hellen Hose schon recht schneidig aus, musste sie bemerken. Wie mehrere andere Gäste schien er völlig gebannt von dem, was Miss Herschel sagte, und schien sogar bezüglich einiger Kernpunkte nachzufragen.

Dennoch hatte Hannah den Eindruck, dass er nicht ganz bei der Sache war, denn mehr als einmal ertappte sie ihn dabei, wie er zu ihr herüberschaute und dabei geistesabwesend den kostbaren Sektkühler aus Sèvres-

Porzellan auf dem Mahagonitisch zwischen den hohen Fenstern betastete.

Plötzlich wurde es still im Raum, und Hannah erkannte, dass alle Augen auf sie gerichtet waren.

Sie riss ihren Blick von St. Albans los und sah, dass ihre Finger sich nicht länger auf den Tasten bewegten, sondern stattdessen in der Luft verharrten. Das Blut schoss heiß in ihre Wangen.

»Ist dir nicht wohl, Hannah?« Lady Viola legte ihr sanft die Hand auf die Schulter. »Du hast mitten im Stück aufgehört zu spielen.«

»Oh, m-mir scheint ein Notenblatt abhandengekommen zu sein, das ist alles.« Sie rang sich ein zu schrilles Lachen ab. »Oje. Wie dumm von mir. Da ist es ja. Es lag nur verkehrt herum.«

»Ich … ich überlasse dich dann wieder deinem Klavierspiel, wenn du sicher bist, dass dir nichts fehlt.«

»Das bin ich. Es geht mir bestens.« Hannah wurde bewusst, dass ihre Antwort ein wenig zu fröhlich klang, um glaubhaft zu sein. »Ehrlich, bitte sorgen Sie sich nicht, und genießen Sie die Soiree.«

»Na schön. Wenn dir denn *wirklich* nichts fehlt.« Als Hannah lächelnd nickte, drehte Lady Viola sich zögernd um und ging wieder zur ihrer Schwester.

Gütiger Himmel.

Nachdem diese peinliche Situation gemeistert war, begann Hannah wieder zu spielen. Sie beugte ihren Rücken und hielt ihr Gesicht dicht über den Tasten, um möglichen abschätzigen Blicken auszuweichen.

Besonders *seinem*.

Und dann, so als hätten ihre Gedanken ihn herbeigerufen, ertönte plötzlich eine tiefe Stimme und liebkoste ihr Ohr: »Dürfte ich die Noten für Sie umblättern?«

Sie wandte ganz leicht den Kopf um und sah ihren allzu beflissenen Helfer an. »Bemühen Sie sich nicht, Mr St. Albans. Ich habe fast mein ganzes Leben lang allein Klavier gespielt. Und außerdem möchte ich nicht, dass Sie auch nur ein einziges weises Wort verpassen, das über Miss Herschels Lippen kommt.«

Hannah verdrehte die Augen. Das klang ein wenig verbittert … beinahe so, als wäre sie eifersüchtig. Was sie selbstverständlich nicht war.

Miss Herschel war eine alte Frau, und, nun, Hannah interessierte sich kein Stück für Astronomie – oder für Mr St. Albans.

Nichtsdestotrotz folgten seine Augen den Noten auf dem Blatt, und als es so weit war, streckte er die Hand aus, um umzublättern, und streifte dabei Hannahs nackten Arm.

Ein warmes, wohliges Kribbeln lief über ihren Arm, und ehe sie noch wusste, was sie tat, hatte Hannah ihre Finger auf die seinen gelegt und hielt seine Hand zurück.

Ihr Blick wanderte hinauf zu seinem Gesicht. Einen Moment lang starrte sie tief in seine Augen, ihre Hand noch immer auf der seinen, während ihr Kopf wie leergefegt war.

Im nächsten Moment bemerkte sie aus dem Augenwinkel einen korpulenten kleinen Mann, der neben Mr St. Albans stand. Wenn sie sich nicht irrte, zupfte er am Rockärmel des höher gewachsenen Gentlemans.

»Na, Junge, willst du mich nun deiner Braut vorstellen oder nicht?«, verlangte der herrische kleine Mann zu wissen.

Hannah zog ihre Hand abrupt von Mr St. Albans' fort, wobei sie aus Versehen seine Finger zur Seite stieß, so dass die Notenblätter sich in alle Richtungen auf dem Boden verstreuten.

»E-entschuldigen Sie bitte, Sir.« Hannah konnte kaum die Worte über die Lippen bringen: »Haben Sie mich gerade Mr St. Albans' … *Braut* genannt?«

»Aber freilich«, erwiderte der dicke kleine Mann. »Ich weiß, dass er noch nicht offiziell um Ihre Hand angehalten hat, aber Sie sind Miss Chillton, nicht wahr?«

»Ich … nun, ja, das bin ich, Sir, aber –«

»*Braut*, sagten Sie?« Lady Letitia tauchte so plötzlich zwischen ihnen auf, als wäre sie vom Kronleuchter gefallen.

Lady Viola eilte an ihre Seite.

In jenem Moment verstummten alle anderen Unterhaltungen im Salon, und die Augen der feinen Gesellschaft von Bath waren auf die fünf gerichtet.

Hannah schaute auf das noch verbliebene Notenblatt auf dem Pianoforte und überlegte, es vor ihr Gesicht zu halten, um ihre Röte zu verbergen.

Da war ein Irrtum passiert, doch Hannah wusste, dass es nicht an ihr war, selbigen zu berichtigen. Sie sah Mr St. Albans flehentlich an. »Mr St. Albans, ich glaube, dass ich noch nicht die Ehre hatte, Ihrem Begleiter vorgestellt zu werden.«

Mr St. Albans schluckte schwer, so als wäre ihm das

Ganze ebenso unliebsam wie Hannah. »Lady Letitia. Lady Viola … und Miss Chillton, bitte erlauben Sie mir, Ihnen den Earl von Devonsfield vorzustellen.«

»Der Earl von Devonsfield?« Lady Letitia zog ihre buschigen weißen Augenbrauen kraus.

»Ja.« Der Earl schien Lady Letitia einen Moment länger, als schicklich war, zu mustern. »Ich bin jüngst aus Devon angereist.«

»Aus Devon? So ein hübscher Landstrich. Dann sind Sie vielleicht ein Verwandter von Mr St. Albans?«, fragte sie verhalten.

»Das kann man wohl laut sagen.« Der rundliche kleine Mann machte sich ein wenig größer. »Mr St. Albans ist … mein *Erbe.*«

Kapitel sieben

Hannah sah, wie Lady Letitia ihrer Schwester einen verstohlenen Blick zuwarf, bevor sie den beiden Gentlemen ein strahlendes Lächeln schenkte.

»Aber Mr St. Albans. Der Erbe eines *Grafentitels*«, gurrte sie. »Sie sind wirklich ein Mann voller Geheimnisse!«

Mr St. Albans starrte den Earl mit einem seltsamen Blick an, beinahe so, als ob er, ebenso wie Hannah, gerade erst erfahren hätte, dass er der Erbe eines Titels war.

Lady Viola schien diese Absonderlichkeit ebenfalls nicht zu entgehen. »Ich bezweifle, dass Mr St. Albans seine Zukunft vor uns geheim halten wollte, Letitia. Ich vermute, dass er sich bis zu der Ankunft des Earls nicht *erinnern* konnte – wegen des –«, Lady Viola senkte ihre Stimme zu einem Flüstern, »– Kutschunfalls.«

»Ah, da wirst du recht haben, Viola.« Lady Letitia öffnete ihren lila Briséfächer und hob ihn schwungvoll vor ihr Gesicht, um ihrer Schwester ein kleines bisschen zu laut zuzuflüstern: »Ihm muss wohl auch entfallen sein, dass er noch nicht um die Hand unserer Hannah angehalten hat und sie deshalb nicht als seine Braut hinstellen sollte.«

»*Letitia.*« Lady Violas blassblaue Augen wurden bei den schockierenden Worten ihrer Schwester tellergroß, und Hannah konnte selbst durch die dicke weiße Puderschicht auf den Wangen der alten Frau erkennen, wie diese feuerrot anliefen.

Mr St. Albans straffte sich. »Meine werten Ladys, ich glaube, der Earl hat das Maß meiner Bekanntschaft mit Miss Chillton missverstanden.«

Der Earl zog seine grauen Augenbrauen kraus und rümpfte seine schmale Nase. »Ich wüsste nicht, wie. War nicht der Grund meines Kommens heute Abend, das Mädchen kennenzulernen?«

Das spitze Lachen, das Mr St. Albans ausstieß, klang alles andere als aufrichtig, zumindest für Hannahs Ohren.

»Ja, ja, Mylord, ich wollte durchaus, dass Sie die Bekanntschaft von Miss Chillton machen – und den beiden Damen Featherton, denn hätten sie mich nach meinem Unfall nicht so fürsorglich bei sich aufgenommen, dann weiß ich nicht, was ich getan hätte.«

Eine kleine Stimme sagte Hannah, dass dies nicht der Wahrheit entsprach – dass es nicht einmal der Wahrheit nahe kam –, doch ihre Anstandsdamen schienen mit der Erklärung zufrieden zu sein.

Während die Featherton-Ladys den Earl für eine formelle Vorstellung zu der berühmten Miss Caroline Herschel führten, fasste Hannah Mr St. Albans ins Auge, der den dreien als Nachzügler folgte, und studierte ihn eingehend, wahrend sie vorgab, ihre Notenblätter zu ordnen.

Er mochte die Feathertons getäuscht haben, welche gänzlich außerstande schienen, hinter seine Fassade zu schauen, doch Hannah war überzeugt, dass er etwas verbarg, und diese Überzeugung stachelte ihre Neugier an.

Mit diesem Mann stimmte etwas nicht, so viel stand fest. Eben noch war er aufgeblasen und arrogant, und im nächsten Moment liebenswürdig und leidenschaftlich. Es war beinahe so, als wäre er zwei gänzlich verschiedene Männer.

Sie beobachtete ihn dabei, wie er höflich ein Glas Brandy von einem vorbeikommenden Diener entgegennahm. *Was verbergen Sie, Sir?*, fragte sie sich.

So als hätte er ihren Gedanken gehört, drehte Mr St. Albans sich um und schaute mit inbrünstigem Blick zu Hannah. Dies verstörte sie zunächst, doch sie lächelte ihn artig an, bis er seine Aufmerksamkeit widerstrebend wieder Miss Herschel und ihrem Zirkel gelehrter Astronomen zuwandte.

Hannahs Augen hingegen blieben starr auf ihn gerichtet. Denn da sie derzeit keine Kunden hatte, die ihrer Verkupplungskünste bedurften, hatte sie den Entschluss gefasst, ihre freie Zeit voll und ganz der Enthüllung der Wahrheit über Mr St. Albans zu widmen. Und herauszufinden, was das alles mit ihr zu tun hatte.

Im Haus der Feathertons am Royal Crescent herrschte helle Aufregung, als Hannah am nächsten Morgen aufwachte. Sie wälzte sich aus dem Bett und legte sich eine Stola um ihre Schultern, bevor sie zur Tür ihrer Kammer eilte und in den Flur hinausspähte.

»Nein, nein! Heb ihn hoch.« Mr St. Albans stand nur wenige Schritte von ihrem Zimmer entfernt und raunzte einen Lakaien an, der sich mit einem übergroßen Reisekoffer abmühte.

»Ja, Sir.«

»Schleif ihn nicht die Stufen hinunter. Das verschrammt das Leder. Ich will nicht eine Schramme sehen, wenn wir unten im Vestibül ankommen. Hast du mich verstanden? Nicht eine Schramme!«

»Mr St. Albans?« Hannah strich sich eine rabenschwarze Locke aus den Augen und zog im Namen der Sittsamkeit ihre Stola fester um ihre Schulter. »Was geht hier vor? Wo wollen Sie hin?«

Mr St. Albans schnaubte. »Wie es *scheint*, habe ich ein Haus am Queen Square gemietet, und ich werde dort umgehend einziehen.«

Das war nun aber Pech für Hannah. Gerade erst hatte sie beschlossen, die Wahrheit über Mr St. Albans ans Licht zu bringen, und da war er plötzlich so weit genesen, um das Haus der Feathertons verlassen zu können. »Aber geht es Ihnen denn wirklich schon gut genug, um allein zu wohnen, Sir?«

»Nun, das ist es ja gerade. Der Earl hat beschlossen, in Bath zu bleiben ... zumindest bis der Komet über die Stadt hinweggezogen ist. Wie es scheint, hat die gestrige Soiree der Feathertons sein Interesse daran geweckt, sich das Schauspiel anzusehen.«

Wahrscheinlicher ist, dass die Soiree sein Interesse an einer gewissen Featherton-Schwester geweckt hat, schoss es Hannah durch den Sinn.

Ihr waren die bewundernden Blicke und die schmeichelnden Komplimente nicht entgangen, mit denen er Lady Letitia den ganzen Abend überhäuft hatte.

Hannah sah eine Gelegenheit, ihr Talent als Ehestifterin zum Einsatz zu bringen.

»Mr St. Albans, wenn sich der Earl für den Kometen interessiert, dann sollte er uns heute Abend Gesellschaft leisten. Miss Herschel wird im Octagon Room der Upper Assembly Rooms die Bahn des Kometen am Firmament und ihre jüngsten Berechnungen erklären. Ich weiß, dass Lady Letitia an dem Vortrag teilnehmen wird, und ich bin überzeugt, dass sie außerordentlich dankbar wäre, wenn der Earl ihr die Ehre erweisen würde, sie zu begleiten.«

»Ach ja?« Mr St. Albans zog eine dunkle Braue hoch. »Ich werde es ihn wissen lassen. Ich bin sicher, dass er mit Freuden zustimmen wird.«

Hannah hatte gedacht, dass die Erwähnung von Miss Herschels Vortrag den leidenschaftlichen Astronomen in Mr St. Albans begeistern würde, doch stattdessen wirkte er beinahe gelangweilt von dem Thema.

Wie sonderbar.

Dann hatte sie einen weiteren Geistesblitz. Die Veranstaltung im Octagon Room würde ihr eine ausgezeichnete Gelegenheit bieten, Mr St. Albans zu studieren.

Sie sah Mr St. Albans artig an. »Ich gestehe, ich hatte überlegt, ebenfalls an Miss Herschels Vortrag teilzunehmen. Doch da meine schulische Ausbildung keine Unterweisung in Astronomie beinhaltet hat, fürchte ich, dass ihre Ausführungen vielleicht für eine Dilettantin wie mich zu schwer zu verstehen sind.«

Mr St. Albans' Augen begannen schlagartig zu leuchten. »Sie sind eine intelligente Frau, Miss Chillton. Wenn ich Sie zu dem Vortrag begleiten würde, könnte ich Ihnen gewiss alles erklären, was Ihnen nicht ganz verständlich ist.«

Hannah lächelte. Er war schnurgerade in ihre Falle getappt. »Ist das eine Einladung?«

»Das ist es, Miss Chillton.«

»Vielen Dank, Sir, ich nehme gerne an.« Hannah zog sich wieder in ihre Kammer zurück, doch bevor sie die Tür schloss, warf sie Mr St. Albans noch ein kokettes Lächeln zu. »Bis heute Abend dann, mein teuerster Mr St Albans.«

Er erwiderte ihr Lächeln und zwinkerte ihr verwegen zu. »Bis heute Abend.«

Hannah hatte sich nicht geirrt, als sie Mr St. Albans sagte, Lady Letitia würde für die Begleitung des Earls dankbar sein. Obwohl *dankbar* kaum der angemessene Ausdruck für Lady Letitias backfischgleiche Freude war, als sie die Karte des Earls erhielt, mit der er sie um die Ehre bat, sie an jenem Abend zum Octagon Room begleiten zu dürfen.

Die aufgeregte alte Dame griff sich die arme Annie und eilte stehenden Fußes auf ihr Zimmer, um sich anzukleiden.

Hannah beglückwünschte sich im Stillen zu ihrer Raffinesse, mit der sie eine potenzielle Verbindung zwischen den beiden eingefädelt hatte. Dann richtete sie ihr scharfes Auge auf Lady Viola.

»Meine teuerste Lady Viola«, leitete Hannah säuselnd ihr zweites Verkupplungsmanöver ein. »Ich muss schon sagen, die feine Gesellschaft von Bath hat noch nie ein solch glanzvolles Fest gesehen wie die gestrige Soiree zu Ehren des Kometen.«

Lady Viola, die mit einem kalten Umschlag auf der Stirn ausgestreckt auf dem Kanapee lag, lächelte stolz.

»Es war ein wunderbarer Abend und ein großer Erfolg, nicht wahr, Hannah?«, fragte sie, auch wenn Hannah wusste, dass keine Antwort erforderlich war.

Es war ein wunderbarer Abend gewesen, und Lady Viola war praktisch allein verantwortlich dafür – etwas, auf das sie sehr stolz war.

»Obwohl ich gestehen muss, dass ich ganz ermattet bin von der Anstrengung, das Fest bis ins kleinste Detail zu arrangieren. Ich werde wenigstens eine Woche brauchen, bis ich mich erholt habe.«

»Man muss Ihnen wirklich gratulieren, dass Sie Ihre Dienerschaft dazu angeleitet haben, Ihnen so tatkräftig zur Hand zu gehen. Ich konnte sehen, wie eifrig sie fast eine Woche lang Tag und Nacht die Vorbereitungen erledigt haben. Und doch sind sie, so erschöpft sie auch sein müssen, heute früh bei Morgengrauen aufgestanden, um ihren täglichen Pflichten nachzukommen. Sie haben sie in wahrlich bewundernswerter Weise unterwiesen.«

Lady Viola machte ein bestürztes Gesicht, und sie richtete sich auf. »Oje, ich war so geschwächt, dass ich gar nicht daran gedacht habe, die Dienerschaft für heute von ihren Pflichten zu entbinden, auch wenn sie sich eine Verschnaufpause ehrlich verdient haben.«

Hannah nickte beipflichtend. »Das haben sie in der Tat, Lady Viola.«

»Sei ein Schatz, Hannah, und ruf doch bitte Edgar für mich.« Lady Viola setzte ihre Füße auf den Boden und reichte Hannah den Umschlag, mit dem sie sich die Stirn gekühlt hatte. »Und tu irgendwas mit dem da, wenn du so gut sein würdest? Ich fühle mich schon viel besser.«

»Aber gerne doch.« Hannah verließ den Salon und eilte in den Dienstbotentrakt, wo der Butler gerade Tee trank mit Mrs Penny, der Haushälterin.

»Miss Chillton.« Mr Edgar sprang augenblicklich auf. »Ist etwas passiert, dass Sie persönlich hier herunter in die Küche gekommen sind?«

»Oh, nein, nein. Ich muss mich entschuldigen, dass ich Sie und Mrs Penny störe, aber Lady Viola möchte Sie sprechen.«

»Mich?« Ein Lächeln huschte über seine Lippen. »Ich hatte angenommen, dass sie heute nicht gestört werden wolle.«

»Sie hat sich schon sehr erholt.« Hannah machte eine Kunstpause, ganz so wie Schauspieler dies tun, um ihren nächsten Worten mehr Nachdruck zu verleihen. »Oh Mr Edgar, ich sollte Lady Viola erlauben, es Ihnen selbst zu sagen, aber ich mache mir solche Sorgen …«

Mrs Penny ergriff Hannahs Hand und zog die junge Frau dichter heran. »Setzen Sie sich hin, Miss Chillton. Sie sind ja ganz aufgelöst.«

»Und das mit gutem Grund. Lady Viola möchte den Bediensteten den Tag freigeben – was sie sich redlich verdient haben nach all ihrer harten Arbeit für die Soiree. Aber Lady Letitia und ich gehen heute Abend aus, und Lady Viola ist all ihrer Bravour zum Trotz viel zu geschwächt, um uns zu begleiten –«

Mr Edgar nickte, denn er hatte ihre Bitte verstanden, noch bevor sie diese ausgesprochen hatte. »Es ist mir eine Ehre, im Hause zu bleiben und für Lady Violas Wohlbefinden zu sorgen. Sie brauchen kein weiteres Wort zu sagen oder sich noch länger Sorgen zu machen, Miss Chillton.«

»Oh, vielen Dank, Mr Edgar. Sie sind ein herzensguter Mann.«

Hannah eilte beschwingt die Treppe wieder hinauf. Alles lief wie am Schnürchen.

Als sie in den Salon zurückkehrte, verkündete sie Lady Viola, dass Mr Edgar sogleich käme. Doch als sie sich zum Gehen wandte, zog sie verstohlen den Schlüssel aus der Salontür und schob ihn unter das rosa Schleifenband, das um das Miederteil ihres Kleides gebunden war.

Es kostete sie alle Kraft, nicht vor Freude laut zu lachen, als sie in ihre Kammer zurückkehrte und den Schlüssel aus seinem Versteck unter dem Schleifengürtel hervorholte.

Ihr Plan war perfekt in seiner Einfachheit.

Denn heute Abend würde sie ein altbewährtes Verkupplungsmanöver der Feathertons zum Einsatz bringen.

Der Anreiz würde seine Wirkung nicht verfehlen, dessen war Hannah gewiss. Denn sie hielt in ihrer Hand den Schlüssel zu Lady Violas und Mr Edgars Herzen.

Und zufällig passte er auch in das Schloss der Salontür.

Kapitel acht

Lady Letitia war viel zu laut, als sie an jenem Abend den Earl und Mr St. Albans überschwänglich begrüßte. Hannah war sicher, dass die alte Frau Lady Viola aufwecken würde, die im Salon ein Nickerchen hielt, und das durfte natürlich nicht passieren.

Es würde einen Strich durch Hannahs Rechnung machen.

»Bitte, alle leise sein. Ssschh.« Hannah hielt sich ihren hochgereckten Zeigefinger vor die Lippen, während sie mit ihrer anderen Hand auf den Salon deutete.

Still und leise fasste Hannah die Messingklinke und zog die Tür zu, wobei sie ihre Bewegungen mit ihrem Körper verbarg, so dass niemand es bemerkte, als sie die Tür eilig abschloss und den Schlüssel in ihrem Retikül verschwinden ließ.

Sie drehte sich mit einem Lächeln wieder zu den anderen um. »Ich glaube, ihr allabendliches Gläschen Likör hat Lady Viola schläfrig gemacht, denn sie ist im Salon eingenickt. Ich habe gerade eben Mr Edgar mit einer Decke für sie hineingeschickt.«

»Ach, wie lieb von dir, dass du dich so um meine Viola kümmerst.« Lady Letitia machte einen Schritt auf die Tür zu, so als wolle sie sich von ihrer Schwester verabschieden, bevor sie alle zum Octagon Room aufbrachen – und dann würde sie natürlich feststellen, dass die Tür abgeschlossen war.

Hannah fasste die alte Frau am Arm. »Wir müssen jetzt gehen. Miss Herschels Vortrag wurde heute Morgen im *Bath Herald* angekündigt, und ich befürchte, wenn wir uns nicht beeilen, wird es keinen freien Platz mehr geben.«

Lady Letitia machte einen weiteren Schritt auf die Salontür zu. »Es dauert nur einen Moment, ich –«

»Mylord –«, panisch wandte Hannah sich hilfesuchend an den Earl von Devonsfield, »– Ihre Kutsche muss an den Upper Assembly Rooms vorbeigekommen sein. Die Straße war gewiss ganz verstopft mit Wagen.« Gütiger Himmel, sie betete, dass sie recht hatte!

Der Earl, der offensichtlich gern im Mittelpunkt aller Aufmerksamkeit stand, hob seinen Kopf, so dass es beinahe so wirkte, als hätte er einen Hals. »Ich fürchte, Miss Chillton hat recht, Lady Letitia. Wir laufen Gefahr, den ganzen Abend über stehen zu müssen, wenn wir nicht umgehend aufbrechen.«

»Oh.« Lady Letitia machte große Augen. »Bei meinem … Leiden ist das Stehen für mich beschwerlich.«

Mit dem Leiden, das sie ansprach, doch in Gegenwart der beiden Gentlemen nicht näher ausführte, meinte sie ihre Gicht.

Selbige war auch der Grund, weshalb die Featherton-Schwestern jedes Jahr nach Bath kamen, um mit dem berühmten Heilwasser des Kurbads ihre Wehwehchen zu kurieren.

Hannah betrachtete es als einen Glücksstreich, dass der Earl Lady Letitias Gedanken auf dieses Thema gelenkt hatte.

»Wollen wir dann?« Mr St. Albans öffnete die Haustür, da Lady Viola gnädig der gesamten Dienerschaft, mit Ausnahme von Mr Edgar, freigegeben hatte. Mr St. Albans wies Hannah mit einer ausholenden Geste und einem Lächeln den Weg zur Kutsche.

Lady Letitia hakte sich hastig beim Earl, der ihr seinen Arm bot, unter und ging – zwar auf ihren Stock gestützt, doch beschwingt wie ein junges Mädchen auf dem Weg zu seinem ersten Ball – zur Tür hinaus und die Vortreppe hinunter zur Kutsche.

Gott sei Dank.

Hannah schaute über ihre Schulter zurück zur Tür des Salons. Jeden Moment musste Mr Edgar feststellen, dass die Tür verriegelt war, und er würde anfangen, gegen die Tür zu hämmern, um herausgelassen zu werden.

Daher stürzte Hannah in solcher Eile zur Kutsche, dass sie ganz übersah, dass Mr St. Albans ihr seinen Arm angeboten hatte und nun mit einem kläglichen Ausdruck auf seinem ansonsten so attraktiven Gesicht auf der obersten Stufe der Vortreppe stand.

Griffin konnte sein Glück nicht fassen. Er würde Miss Caroline Herschels Vortrag über den Bath'schen Kometen hören.

Vor einem Monat hätte er von einer solchen Gelegenheit noch nicht einmal geträumt.

Während sein Blick zu den Sternen ging, war sein Platz auf der Erde aufgrund seiner spärlichen Mittel auf Cornwalls Kennymare Cove beschränkt. Und er war überzeugt gewesen, dass es immer so bleiben würde.

Doch jetzt stand er hier vor den Türen des Octagon Rooms, des berühmten achtseitigen Konzertsaals der Upper Assembly Rooms, und noch dazu mit einer atemberaubenden Schönheit an seinem Arm. Griffin konnte sich an keinen Moment in seinem Leben erinnern, in dem er zufriedener gewesen wäre.

Obgleich er vielleicht etwas zuversichtlicher gewesen wäre, dass Miss Chillton tatsächlich mit ihm zu dem Vortrag gehen wollte, wenn er nicht den starken Verdacht hegen würde, dass Garnet sie mit List und Tücke dazu gebracht hatte, an der Veranstaltung teilzunehmen.

Wie der Earl und Miss Chillton vorausgesagt hatten, war der Octagon Room proppenvoll mit Gelehrten, Wissenschaftlern und elegant gekleideten Mitgliedern der feinen Gesellschaft von Bath.

Miss Herschels Vortrag würde erst in einer Viertelstunde beginnen, doch es war bereits jede Sitzreihe bis auf den letzten Platz besetzt. Wenn auch nur eine Handbreit Holz unter einem Rockschoß oder Kleid hervorlugte, zwängte sich sogleich jemand in jene Lücke.

Plötzlich kam es in der Mitte der vordersten Reihe zu Unruhe. Griffin schob sich ein Stück dichter heran, um besser sehen zu können.

Da er jeden anderen Mann im Saal um Haupteslänge überragte, konnte Griffin deutlich erkennen, dass für das Durcheinander niemand anderes als Pinkerton verantwortlich war.

Ein junger Mann, dessen abgewetzter Rock ihn als einen Studenten oder möglicherweise einen Gelehrten auswies, drängte sich mit eiligen Schritten durch die Menge schnurgerade zu Griffin vor. »Sir, der Gentleman in Schwarz hat mich gebeten, Sie und Ihre Begleiter zu holen. Ich soll Sie vier zu den Plätzen führen, die der Mann für Sie besetzt hat. Würden Sie bitte mitkommen? Ich werde nicht bezahlt, wenn Sie mir nicht auf der Stelle folgen.«

Griffin grinste, und keine zwei Minuten später saßen sie direkt vor dem Rednerpult, auf Plätzen, für die der Earl offensichtlich durch seinen Leibdiener Pinkerton teuer bezahlt hatte.

Gleich darauf betrat auch schon die zierliche Miss Caroline Herschel den Saal, begleitet von donnerndem Applaus. Wegen ihres fortgeschrittenen Alters und ihrer klein gewachsenen Statur wurde ihr die drei hölzernen Stufen hinaufgeholfen, und einen Moment später tauchte ihr streng anmutendes Gesicht über dem Rand des Pults auf.

All jene, die das Glück gehabt hatten, es in den Octagon Room zu schaffen, bevor die Türen geschlossen wurden, verstummten, als die winzige Frau zu sprechen begann.

Doch Griffin, der Miss Herschels Vortrag so entgegengefiebert hatte, konnte sich auf kein Wort konzentrieren. Nicht auf ein einziges.

Aufgrund der gedrängten Sitzverhältnisse drückte Miss Chilltons Schenkel gegen den seinen, und ihr Arm war leicht hinter seinem eingezwängt, wodurch ihr Busen mit jedem Atemzug gegen seinen Bizeps gepresst wurde.

Er könnte den Gentleman zu seiner Rechten etwas

zur Seite schieben, um mehr Platz zu haben. Genau das sollte er tun. *Sollte.*

Doch er tat es nicht.

Nein, die Zufriedenheit, die er empfunden hatte, als sie den Raum betreten hatten, hatte sich in ein gänzlich anderes Gefühl verwandelt, und um der Wahrheit die Ehre zu geben, er war alles andere als zufrieden.

Selbst durch den Stoff seines Hosenbeins konnte er die verführerische Hitze von Miss Chilltons Körper fühlen. Sein Herz schlug schneller, und er wollte mehr fühlen.

Er lehnte sich ganz leicht näher zu ihr und genoss den weichen Druck ihrer Brust an seinem Arm.

Er wusste, dass das, was er tat, nicht recht war.

Genauer gesagt war es die Art von draufgängerischem Benehmen, dessen Miss Chillton ihn beim Ball bezichtigt hatte, doch er wich nicht zurück. Er presste seinen Schenkel fester gegen den ihren und genoss den Kitzel.

Und plötzlich, zum ersten Mal in seinem Leben, verstand er seinen dekadenten Bruder Garnet, der den Reizen des weiblichen Geschlechts so zugetan war.

Sie waren einander ähnlicher, als er sich je hätte träumen lassen.

Ähnlicher, als er je eingestanden hätte.

Bis heute Abend.

Hannah war froh, dass sie sich einen feuchten Kehricht um Kometen scherte – selbst jenen, der bald am Himmel vorbeisausen und glitzernden Sternenstaub auf ganz Bath herabregnen lassen würde.

Ja, sie war erleichtert darüber, denn an diesem Abend hätte sie sich um nichts im Universum auch nur auf ein Wort konzentrieren können, das über den Kometen gesagt wurde.

Wie könnte sie auch, wenn der sündhaft anziehende Mr St. Albans praktisch auf ihrem Schoß saß.

Nicht dass sie an ihm interessiert gewesen wäre. Denn das war sie nicht, eine Tatsache, die sie den Featherton-Schwestern ständig ins Gedächtnis rufen musste … jeden Tag von Neuem.

Sie verdrehte ihre Augen so weit nach rechts, wie es ging, um den Gentleman verstohlen zu mustern, ohne dass er etwas davon merkte.

Er sah ausnehmend gut aus. Das gestand sie gern zu, denn seine maskuline Schönheit stand nicht zur Debatte. Die war eine Tatsache. Der Mann war überdurchschnittlich und unbestreitbar schneidig.

Doch er war auch arrogant und draufgängerisch … die meiste Zeit.

Heute Abend war jedoch keine dieser Zeiten, auch wenn Hannah mit jeder Faser ihres Seins wünschte, dass es so wäre. Wenn Mr St. Albans den Schwerenöter hervorkehrte, fiel es ihr nicht schwer, sich seinen Avancen zu widersetzen und Gift und Galle zu spucken.

Doch da waren auch noch die anderen Zeiten.

Zeiten wie dieser Abend, wenn er sie so zärtlich ansah und wie eine Lady behandelte. Und es waren ebendiese Momente, die Hannah verwünschte. Denn dann brauchte sie nur in seine Augen zu schauen, seine sanfte Berührung zu spüren, und ihr Herz trommelte wild wie ein Sturzregen.

Sie wünschte sich sehr, dass der Saal nicht so überfüllt wäre. Obgleich der Abend kühl war, war es im Octagon Room stickig. Hannah konnte sich noch nicht einmal rühren, ohne gegen Lady Letitia zu ihrer Linken oder Mr St. Albans zu ihrer Rechten zu rempeln.

Anfänglich hatte sie gedacht, sie würde sich die Hitze, die zwischen ihr und Mr St. Albans knisterte, nur einbilden, doch schon bald wurde offensichtlich, dass, wo immer sich ihre Körper berührten, und sei es auch noch so leicht, ein Feuersturm toste.

In diesem Moment rutschte er auf der Bank näher, und Hannah fühlte, wie ihre Brustwarze bei jedem Atemzug gegen seinen Arm rieb. Augenblicklich schossen ihr lustvolle Gedanken in den Sinn, und sie wäre vor Scham am liebsten im Boden versunken.

Sie versuchte, nicht zu atmen, zumindest einen Moment lang, damit sie sich wieder fassen konnte. Doch es half nichts. Wenn sie die Luft anhielt, atmete sie anschließend nur umso kräftiger aus.

Nein, ihr blieb nichts anderes übrig, als sich zu entschuldigen und sich in der kühlen Nachtluft zu erfrischen.

Als sie aufstand und sich flüsternd bei Lady Letitia entschuldigte, hätte Hannah wissen müssen, dass es ihr nicht die gewünschte Erleichterung verschaffen würde, wenn sie den Raum verließ.

Sie hätte ahnen sollen, dass Mr St. Albans, der sich heute ganz als Gentleman erwies, nicht von ihrer Seite weichen würde … und sie berühren würde … während sie den Vortrag verließen.

»Sir, ich möchte nur etwas Luft schnappen.« Hannah zog unauffällig ihren Arm von dem seinen und eilte durch die von Säulen flankierten Türen auf die Bennett Street hinaus. »Ich weiß, wie sehr Sie sich für das Studium des Kometen begeistern, und ich möchte nicht, dass Sie meinetwegen auch nur ein Wort des Vortrags verpassen.«

Mr St. Albans machte einen Schritt auf sie zu und stand nun ganz dicht vor ihr. »Ich werde Sie nicht allein lassen, Miss Chillton.«

Hannah schluckte und wich zurück, bis ihr Rücken gegen eine der Säulen stieß. Sie sah in seine glühenden Augen, und ein leichter Schwindel überkam sie. »Bitte, ich komme gleich wieder. Ich fühle mich bereits erfrischt.«

»Dann werde ich warten.« Er trat noch dichter zu ihr, bis sie nur noch eine Handspanne trennte.

Sie spürte seinen Atem auf ihrem Gesicht, und ihre eigenen Atemzüge gingen schneller. So hatte sie sich den Verlauf des Abends ganz und gar nicht vorgestellt. Sie hatte nur mehr über den Mann herausfinden wollen.

Stattdessen hatte sie nur herausgefunden, dass Mr St. Albans zwar ein arroganter, aufgeblasener Popanz sein mochte … aber nichtsdestotrotz ihr Herz schneller schlagen ließ.

Oh, ihr Verstand war ganz durcheinander, und es war alles Mr St. Albans' Schuld. Das Beste, nein, das Einzige, was sie tun konnte, war, Abstand zwischen sich und Mr St. Albans zu bringen. Nur dann würde sie wieder einen klaren Gedanken fassen können.

Hannah wandte sich abrupt nach rechts um. Sie hatte beschlossen, zu Fuß nach Hause zum Royal Crescent zu gehen. Doch dann erkannte sie, dass sie das nicht konnte.

Noch nicht.

Verflixt!

Lady Viola und Mr Edgar waren noch nicht annähernd lange genug allein.

Und so grub Hannah im Geiste in ihrem Fundus an den Tricks und Kniffen für das Verkuppeln, bis sie die Lösung fand. *Unterhalte dich mit ihm über seine Steckenpferde und nimm dem Moment damit seine Intimität. Ja. Das war's.*

Sie drehte sich wieder zu Mr St. Albans um und sah ihn wimpernklimpernd an. »Sir, würden Sie mich wohl auf einem kleinen Spaziergang begleiten? Die kühle Luft ist immer ein Labsal für Lady Viola, wenn sie eine ihrer Anwandlungen hat. Zweifellos wird sie auf mich die gleiche Wirkung haben.«

Mr St. Albans bot ihr wortlos seinen Arm an, und sie setzten sich in Richtung Circus in Bewegung.

»Haben Sie vor, sich jenen anzuschließen, die den Kometen vom Rasenplatz vor dem Royal Crescent aus anschauen? Es heißt, die Aussicht von dort sei spektakulär.«

Mr St. Albans schnaubte verächtlich. »Für die *gehobene Gesellschaft* vielleicht. Ich habe noch nicht entschieden, von wo aus der Komet am besten zu sehen sein wird. Ich bin derzeit dabei, eine Reihe möglicher Örtlichkeiten in Augenschein zu nehmen, und erst wenn ich alle gesehen habe, werde ich den besten Aufstellungsort für meine Instrumente auswählen.«

»Was können Sie durch Ihr Teleskop sehen? Sind die Sterne wirklich blau und funkeln, so wie sie dem bloßen Auge erscheinen?«

Er blieb stehen und baute sich vor Hannah auf. Seine Augen waren vor Aufregung groß. »Möchten Sie es wirklich wissen?«

»Ja. Freilich. Wer möchte nicht die Sterne sehen, so als wäre man mitten unter ihnen?«

Mr St. Albans sah zum Himmel hinauf, seufzte und wandte seinen Blick dann wieder zu Hannah. »Zu bewölkt heute Abend. Aber morgen Abend soll der Himmel klarer sein. Wir sollten uns nach Einbruch der Dunkelheit treffen. Ich werde Ihnen eine Karte schicken, um Ihnen mitzuteilen, wo Sie mich finden können.«

Hannah schluckte schwer. Ihr war bewusst, dass sie höflich ablehnen sollte, doch die Verlockung war zu groß. Und so nahm sie seine Einladung begeistert an.

Mr St. Albans' Lippen kräuselten sich zu einem beglückten Lächeln. »Sie werden nicht enttäuscht sein, Miss Chillton. Denn morgen Abend werde ich … Sie in den *Himmel* entführen.«

Kapitel neun

Als die Kutsche, die das Quartett vom Octagon Room nach Hause brachte, am Royal Crescent hielt, lud Lady Letitia, wie immer ganz die vollendete Gastgeberin, Mr St. Albans und den Earl noch auf ein Gläschen Likör ein.

Der Schreck fuhr Hannah bis in die Knochen, als ihr bewusst wurde, wo der Likör kredenzt werden würde – nämlich im Salon, ebenjenem Zimmer, in dem sie Lady Viola und Mr Edgar eingeschlossen hatte.

Der Lakai hatte das Treppchen noch nicht ausgeklappt, als Hannah auch schon die Verschlagtür aufstieß, aus der Kutsche sprang und ins Haus stürzte.

Sie angelte hektisch in ihrem Retikül nach dem Schlüssel für die Salontür. Endlich bekam sie ihn zu fassen und steckte ihn eilig ins Schloss. Sie drückte die Klinke herunter und stieß die Tür auf, als Lady Letitias Stock draußen auf der ersten Stufe der Vortreppe aufsetzte.

Hannah wusste nicht, was sie erwarten würde, als sie die Tür aufstieß – ein verschmierter Fleck roten Lippenstifts auf Mr Edgars Wange oder vielleicht Lady Viola mit ganz zerzaustem Haar –, doch die Realität war recht beschaulich. Gediegen.

Lady Viola saß auf dem Sofa und nippte an ihrem allabendlichen Gläschen Likör, während Mr Edgar mit einem Schürhaken im Kaminfeuer stocherte.

Hannah seufzte enttäuscht. Ihr Plan war fehlgeschlagen. Die beiden Liebenden in spe waren so lauwarm wie der Tee an diesem Morgen.

Lady Viola lächelte Hannah an. »Oh, Gott sei Dank, dass ihr endlich nach Hause gekommen seid. Der Wind muss die Tür zugeweht haben, als ihr zum Octagon Room aufgebrochen seid, und ich fürchte, Edgar und ich waren den ganzen Abend hier eingeschlossen.«

»Ich ... ich vermutete schon etwas dergleichen ... äh ... als ich den Schlüssel im Vestibül auf dem Fußboden gefunden habe.«

Hannah war noch nie eine gute Lügnerin gewesen, doch es war nicht die Lüge, die sie stammeln ließ. Denn aus Mr Edgars Rocktasche lugte ein klitzekleiner Zipfel von Lady Violas lavendelfarbenem Strumpfband hervor.

Hannah blinzelte ungläubig. Nein. Unmöglich. Das konnte nicht sein. Die beiden waren ... na ja, eben alt.

Um ganz sicherzugehen, kam sie einen Schritt näher und spähte auf das Satinband. Es bestand kein Zweifel.

Es war ein lavendelfarbenes Strumpfband – Lady Violas, eindeutig. Obwohl Lady Violas gelassene Haltung niemandem verraten hätte, dass etwas geschehen war.

Hannah grinste. Der Erfolg gehörte ihr!

Oder besser gesagt *ihnen*, denn endlich hatten sich Lady Viola und Mr Edgar ihrer Leidenschaft füreinander hingegeben – wie Hannah es nicht anders erwartet hatte.

Hannah hatte ihre Mission erfüllt, und zwar mit Perfektion, wie sie hinzufügen könnte. Es war nur eine Frage der Zeit, bevor die beiden ihre Liebe vor aller Welt eingestanden. Das war unausweichlich.

Als Lady Letitia und die beiden Gentlemen sich ebenfalls in den Salon gesellten und Lady Viola erzählten, was sich beim Vortrag zugetragen hatte, schenkte Mr Edgar, der heimliche Schwerenöter, Likör aus und servierte diesen auf einem Silbertablett.

Lady Letitias dröhnendes Gekicher ließ den kristallenen Kronleuchter klirren und riss Hannah aus ihrer Versenkung. Sie sah die fröhliche alte Dame an, die gerade dem korpulenten kleinen Earl mit ihrem geöffneten Spitzenfächer einen Klaps versetzte. Der Earl lächelte dabei die ausgelassene rundliche Dame schwärmerisch an.

Hannah schmunzelte und hob ihr Glas an die Lippen. Sie musste noch eine zweite Featherton-Schwester unter die Haube bringen, um ihr Talent als Ehestifterin zu beweisen.

Aber die beiden alten Damen machten ihr die Aufgabe wirklich zu leicht.

Der nächste Tag war schon zu drei Vierteln verstrichen, als die Karte, die Mr St. Albans versprochen hatte, Hannah erreichte.

Nicht dass sie sich deswegen Gedanken gemacht hätte. Aber wenn *sie* versprochen hätte, eine Karte mit Ort und Zeit eines Treffens zu schicken, dann hätte sie jedenfalls die Höflichkeit besessen, besagte Karte früh am Tag überbringen zu lassen.

Auf die Weise wüsste die Person, die auf die Karte wartete, wie sie sich für den Anlass kleiden sollte. Denn wenn man die Sterne zum Beispiel vom Turm der Abteikirche aus betrachten wollte, wäre aus Respekt vor dem geweihten Ort ein Seidenkleid angemessen.

Hannah hielt Mr St. Albans' Karte hoch und las die eilig hingekritzelten Worte ein zweites Mal.

Beechen Cliff. Folgen Sie dem Weg vom westlichen Ende des Prior Parks. Vier Stunden nach Sonnenuntergang.

Wenn also hingegen das Beechen Cliff der verabredete Treffpunkt war, wie dies der Fall zu sein schien, dann wäre etwas weniger Elegantes angebracht … ein schickes Kaschmirkleid vielleicht, mit einer passenden Pelisse, die vor der nächlichen Kühle und dem aufziehenden Regen schützen würde.

Denn auch wenn der Himmel im Moment klar war, Lady Violas Gelenke hatten ihr angekündigt, dass Regen vor der Tür stand, und die Gelenke der alten Dame irrten sich nur selten.

In Vorbereitung ihres Studiums der Sterne verbrachte Hannah den Rest des Nachmittags und den frühen Abend damit, eine Auswahl von Miss Herschels Aufsätzen über den Kometen zu lesen.

Es war eine schrecklich trockene Lektüre mit viel zu vielen Gleichungen und Zahlen. Mehr als einmal musste Hannah sich eine stärkende Tasse Tee bringen lassen, um überhaupt die Augen aufhalten zu können.

Sie wagte nicht, den Featherton-Schwestern von ihrer Verabredung mit Mr St. Albans zu erzählen. Das würde die beiden nur in ihrer diebischen Freude darüber bestärken, dass sie mit ihrer Annahme, Hannah und Mr St. Albans wären füreinander bestimmt, richtiglagen.

Doch sie irrten sich.

Der einzige Grund, weshalb Hannah in ebendiesem Moment heimlich aus dem Fenster ihres Zimmers stieg und die Efeuranken hinunterkletterte, war, dass die Featherton-Schwestern ein Stelldichein mit einem Junggesellen auf einem dunklen Hügel außerhalb der Stadt kaum als schicklich erachten würden.

Und damit hätten sie selbstverständlich recht.

Doch Hannah wollte sich tatsächlich durch Mr St. Albans' Teleskop die Sterne anschauen. Wann würde sie dazu jemals wieder Gelegenheit haben?

Daher hielt sie es für gerechtfertigt, an der Rückseite des Hauses hinunterzuklettern.

Es war eine Notwendigkeit, sagte sie sich – und das nicht nur weil die beiden alten Damen immer noch wach waren und im Salon saßen.

Fünf Stunden nach Einbruch der Dunkelheit erreichte Hannah schließlich das Tor des Prior Parks und begab sich über den gepflegten Rasen zu dem steilen Hügelpfad, der zum Beechen Cliff hinaufführte.

Der Wind hatte aufgefrischt und wehte nun bedeutend stärker als zuvor. Hannah schaut auf, und die Sterne über ihr funkelten hell und klar. Doch als sie sich umdrehte und dem Wind zuwandte, sah sie, dass der Himmel von einer pechschwarzen Wolkendecke überzogen war.

Ein Gewitter zog auf. Und so weit vom Royal Crescent entfernt, ohne Kutsche oder auch nur ein Pferd, wurde Hannah bang ums Herz.

Mr St. Albans war nirgends zu entdecken, und so wollte sie gerade umkehren, als sie vor sich plötzlich ein flackerndes Licht ausmachte – eine Laterne.

Das ferne Licht war kaum zu sehen, doch da es sich auf einer Anhöhe befand, dem perfekten Platz für ein Teleskop, entschied sie, dass es Mr St. Albans' Signal für sie sein musste, und hielt darauf zu.

Mehrmals rief sie Mr St. Albans' Namen, doch der Wind hier oben, so nah der Hügelkuppe, war zu stark, und ihre Stimme wurde von den Böen, die durch die Bäume raschelten, verschluckt.

Nach einem längeren Aufstieg, den sie atemlos zurücklegte, erreichte sie endlich die Laterne.

Sie entdeckte Mr St. Albans nicht sogleich, denn er war nirgendwo in der Nähe der Laterne. Hannah drehte sich mit zusammengekniffenen Augen herum und versuchte angestrengt, etwas jenseits des Lichtkegels der Laterne auszumachen.

Dort auf der flachen weitläufigen Kuppe, keine zweihundert Meter entfernt, entdeckte sie Mr St. Albans über sein Teleskop gebeugt.

Sie ging leise zu ihm, um ihn nicht zu stören, doch er schien ihr Herannahen trotzdem wahrzunehmen.

»Es ist spät. Ich dachte, dass Sie sich entschieden hätten, doch nicht zu kommen.« Er hob sein Auge von seinem Teleskop und wandte sich zu ihr um.

»Wie können Sie das denken, Sir? Ich wurde nur aufgehalten.« Sie trat dicht genug zu ihm, dass sie selbst bei dem Wind und der Kühle des Abends die Wärme seines Körpers spüren konnte.

Sie seufzte. Das plötzliche Gefühl des Wohlbehagens in seiner Gegenwart machte ihr nur umso bewusster, dass sie in dunkler Nacht allein mit einem Junggesellen war.

Sie rang nach Worten. »Das … das ist nicht das Teleskop, an das ich mich von den Klippen in Cornwall erinnere.«

Er lächelte sie an, während der Wind sein Haar aus seinem markanten Gesicht blies. »Nein, in der Tat, es ist ein anderes. Dies ist ein sogenannter kleiner Newton-Spiegel. Ich habe ihn auf dreißigfache Vergrößerung und ein Beobachtungsfeld von anderthalb Grad eingestellt.«

Na *wunderbar*. Hannah konnte jetzt schon sehen, dass dieser Abend, dem sie so entgegengefiebert hatte, ebenso öde sein würde wie Miss Herschels Schriften.

Dann wurde schlagartig alles anders.

»Miss Chillton, möchten Sie den Kometen sehen?«

Sie öffnete ihren Mund, um ihm zu antworten, doch bevor sie noch ein Wort sagen konnte, ergriff Mr St. Albans ihre Hand und führte sie zu dem Teleskop.

»Aber der Komet ist noch nicht hier. Miss Herschel hat gesagt, er käme erst in drei Wochen.« Hannah fühlte, wie er sie mit seinen Händen um die Taille fasste und sie vor dem Okular in die richtige Stellung rückte.

»Er ist noch nicht direkt über uns, das stimmt, aber der Komet ist hier.« Seine Hände waren warm, und ein wohliger Schauer lief über ihre Haut, dort, wo er sie berührte. »Schauen Sie nur selbst. Kneifen Sie ein Auge zu, und spähen Sie ins Okular.«

Er strich mit seiner Hand über ihren Rücken und ließ sie dann sanft auf ihrer Schulter ruhen, so als wäre es die natürlichste Geste der Welt zwischen einer Jungfer und einem Junggesellen. Doch sie tat, wie er sie geheißen hatte, obgleich ihr Herz raste.

»Da sind so viele Sterne, ich kann nicht –«

»Wenn Sie direkt in die Mitte schauen, dann sehen Sie ein Objekt, dass an Mr Messiers Hantelnebel erinnert. Die Farbe und Helligkeit sind sehr ähnlich. Sehen Sie es?«

Doch das einzige Objekt, das Hannah wahrnehmen konnte, war der Mann, der direkt hinter ihr stand und sie ganz leicht berührte und ihr zärtlich ins Ohr flüsterte, während sie zum Himmel aufschaute. »Ich … ich bin nicht sicher«, brachte sie mit Mühe heraus.

»Es ist rund und etwas verschwommen wie ein unscharfer Stern. Lassen Sie mich kurz sehen.« Seine Arme legten sich um ihre Taille und zogen sie einen Schritt zurück, was ihr Gelegenheit gab, wieder zu Atem zu kommen.

Er spähte in das Okular und drehte ganz leicht an einem Messingrädchen. »*Da.* Da ist er. Der Bath'sche Komet. Schauen Sie nur, und Sie werden das erste Mitglied der feinen Gesellschaft sein, das den Kometen zu sehen bekommt.«

Hannah strich sich ihre vom Wind zerzausten Strähnen aus dem Gesicht, dann reckte sie eilig ihr Auge über das Okular. Und dort, genau in der Mitte, sah sie es. Ein tropfenförmiges Objekt. Leuchtend, rund und gleißend weiß im Zentrum, doch verwischt dahinter. »I-ich sehe ihn! Ich sehe ihn! Das ist der Komet? Ehrlich? I-ich kann es nicht glauben!«

Sie drehte sich so abrupt um, dass ihm keine Zeit blieb, einen Schritt zurückzutreten. Ihre Körper stießen zusammen, und seine Arme legten sich instinktiv um sie, um sie davon abzuhalten, den Newton-Spiegel umzuwerfen … oder wenigstens nahm Hannah das an.

»Ja, das ist der Bath'sche Komet.« Er sah sie an, und in seinen Augen loderte die gleiche leidenschaftliche Begeisterung, die auch sie gepackt hatte. »Atemberaubend, nicht wahr?«

Hannah blickte in sein Gesicht und stellte fest, dass sie ihm so nah war, dass sie kaum ein Wort herausbrachte. »*Atemberaubend.*«

Und da bemerkte sie, dass er auf ihre Lippen starrte. Ihr Herz schlug so wild in ihrer Brust, dass ihr ganz schwindelig war, und doch legte sie ihren Kopf in den Nacken und öffnete ganz leicht ihre Lippen.

Lud ihn ein.

Drängte ihn, sie zu küssen.

So wie sie es sich wünschte, aber nicht von ihm zu erbitten wagte.

Und er tat es.

Mr St. Albans fuhr sich mit der Zunge leicht über seine Lippen, dann beugte er sich über ihren Mund. Dort hielt er inne und sah tief in ihre Augen.

Und Hannah, ganz die unschuldige Jungfrau, die sie nun einmal war, fühlte tatsächlich, wie ihr von dem Feuer seines Blickes die Sinne schwanden.

Diese Reaktion war ihr schon ein wenig peinlich. Denn nur eine verliebte Frau tat etwas so Dummes, Backfischhaftes, wie in Ohnmacht zu fallen. Und was sie empfand, war eindeutig keine Liebe.

Nein, es war nur die Erregung darüber, den Kometen zu sehen. Ja, das war es. Wie sonst sollte man reagieren, wenn man Zeuge eines himmlischen Wunders wurde?

Doch dann zog er sie enger an sich, und endlich fühlte sie seine Lippen auf den ihren. Fühlte, wie sich ihre Lippen unter seinem zarten Druck öffneten.

Und sie wusste augenblicklich, dass sie all ihren Beteuerungen zum Trotz etwas für Mr St. Albans empfand. Etwas, das sie noch nie zuvor gefühlt hatte.

Doch es konnte nicht … *Liebe* sein.

Das war ganz und gar unmöglich.

Kapitel zehn

Hannah schlug zögernd ihre Augen auf. All ihre Sinne waren noch immer trunken von seinem Kuss. Selbst in der kühlen Abendluft fühlten sich ihr Körper und ihr Verstand wohlig warm und sinnlich, so als hätte sie ein Glas Sherry zu überstürzt geleert.

Seine Augen blickten noch immer gebannt in die ihren, doch er lächelte nicht. Seine Pupillen waren dunkel und geweitet.

»Miss Chillton«, flüsterte er mit belegter Stimme. »Der Anstand verlangt, dass ich mich dafür entschuldige … Sie geküsst zu haben. Aber ich kann es nicht. Ich *werde* es nicht.«

Ein gepresstes Lachen entschlüpfte ihm. »Ich werde es nicht tun, weil es mir ehrlich gesagt kein bisschen leidtut, dass ich Sie geküsst habe.«

Hannah wusste, dass eine wirkliche Dame von seinem Handeln und von seiner dreisten Erklärung entsetzt wäre. Doch sie war eine einfache junge Frau, und wenn sie ehrlich war, bedurfte es keines schlauen Gelehrten aus Oxford, um zu erkennen, dass sie das Verschmelzen ihrer Lippen ebenso genossen hatte wie auch Mr St. Albans.

Sie hatte gerade ihren Mund aufgemacht, um ihm eine Antwort auf seine unverfrorene Feststellung zu geben, als ein eiskalter Regentropfen sie mitten zwischen die Augen traf und erstarren ließ.

Sie hatte zuvor nicht gewusst, was sie sagen sollte, hatte aber gehofft, dass ihr schon etwas einfallen würde. Jetzt war es so, als hätte der Tropfen jegliche sinnvolle Antwort fortgespült, und Hannah stand nur stumm mit heruntergeklappter Kinnlade da.

Mr St. Albans hatte gerade ein Taschentuch aus seiner Rocktasche gezogen und ihr den nassen Fleck vom Gesicht gewischt, als ein weiterer Tropfen ihre Wange traf.

Hannah blickte zum Himmel über Mr St. Albans' Kopf auf und sah, dass eine schwarze Decke die Sterne über dem Steilhang, auf dem sie standen, verhüllte.

Ein weiterer Tropfen klatschte auf ihre Stirn, und sie sah Mr St. Albans hilflos an. »Ich denke, ein Taschentuch wird wohl nicht genügen.« Sie schenkte ihm ein schüchternes Lächeln, obwohl sie bezweifelte, dass er es in der sich zusehends vertiefenden Dunkelheit bemerkte. Denn obgleich noch einen Moment zuvor ihre Augen völlig an die Dunkelheit angepasst gewesen waren und Hannah ihre Umgebung so klar und deutlich hatte erkennen können wie eine Katze, war es jetzt so, als hätte jemand unvermittelt eine Kerze ausgeblasen. Hannah kam es vor, als wäre sie blind.

»Das Gewitter. Es kommt zum ungünstigsten Zeitpunkt.« Mr St. Albans stellte sich neben Hannah, und gemeinsam beobachteten sie, wie ein dichter, wallender Regenschleier durch das dunkle Tal auf sie zugerast kam.

»Wir schaffen es niemals zurück zur palladianischen

Brücke.« Hannah sah Mr St. Albans hilfesuchend an. »Und ich fürchte, das war der einzige schützende Unterstand, den ich bei meinem Aufstieg gesehen habe.«

Mr St. Albans drehte sich abrupt um und griff sich seinen Newton-Spiegel, dann wandte er sich wieder zu Hannah und nahm sie bei der Hand. »Kommen Sie mit. *Schnell!*«, rief er, bevor der Himmel seine Schleusen über ihnen öffnete und sich eisiger Regen rauschend über sie ergoss.

Hannahs Zähne klapperten, während sie zuschaute, wie Mr St. Albans den Docht der Laterne höher drehte, so dass das Licht das Innere des kleinen Zelts erhellte, in dem er mit Hannah Zuflucht gesucht hatte.

Mit äußerster Sorgfalt trocknete er sein Teleskop ab, wickelte es in Segeltuch und band es an eine der hölzernen Zeltstangen. Dann holte er eine Wolldecke aus einem Lederbeutel und hielt sie Hannah hin.

»Legen Sie Ihre nasse Pelisse ab, und wickeln Sie sich in diese Decke. Sie zittern, und das Feuer in der Kohlenpfanne wird nicht lange brennen. Sie werden sich gewiss erkälten, wenn Sie nicht umgehend Ihre nasse Kleidung ausziehen.«

Seine Finger griffen an ihren Hals und zogen die Schleife ihres Hutes auf.

Hannah starrte ihn an, als er ihr den Hut vom Kopf nahm, außerstande, ihre Augen von diesem wunderschönen Mann loszureißen, der dort vor ihr kniete.

Wasser tropfte von seinem Kinn und den nassen Locken, die ihm in die Stirn hingen. Hannah schluckte schwer und fühlte, wie sich etwas in ihrem Körper anspannte.

Sie streckte ihre Hände aus und nahm zaudernd die Wolldecke entgegen. »Wieso ist dieses Zelt hier? Sie scheinen bestens vorbereitet auf dieses Gewitter.« Ihr Zähneklappern wurde stärker, als ihr ganzer Leib zu frösteln begann.

Er hielt sie mit seinem Blick fest, und obgleich er sie nicht anfasste, lange nicht einmal ein Wort sagte, war sie sich doch jeder ihrer Sinne vibrierend seiner körperlichen Nähe bewusst.

»Das Herrenhaus dieses Anwesens ist weit von meinem Aussichtsplatz entfernt, und die hohe Luftfeuchtigkeit ließ mich ahnen, dass heute Abend sehr gut ein Gewitter meine Himmelsbeobachtungen unterbrechen könnte. Ich kann nicht zulassen, dass meine Teleskope beschädigt werden. Also habe ich vorsorglich dieses Zelt mitgebracht.«

»Ja, natürlich.« Hannah zog die Wolldecke fester um ihre Schultern, denn mit einem Mal war das Bewusstsein, wie nah sie einander waren, übermächtig. »Sie sind Ihnen teurer als alles andere.«

Er schaute unwillkürlich zu dem langen, schmalen Kasten hinten im Zelt. »Ich habe sie nach meinen eigenen Vorgaben bauen lassen. Sie sind einzigartig.« Er verstummte unvermittelt und sah Hannah tief in die Augen, dann streichelte er völlig unerwartet mit dem Rücken seiner nassen Hand ihre Wange. »Ebenso einzigartig … wie Sie, Miss Chillton.«

Er wandte seinen Blick ab, so als wolle er ihr einen Moment geben, um seine Worte einsinken zu lassen, und zog unterdessen seinen durchnässten Mantel aus.

Als er dies tat, hüllte die Wärme seines Körpers, die unter dem Mantel gehalten worden war, Hannah ein und weckte ihre Sinne in einer Weise, die sie sich nie erträumt hätte. Ihr Herz begann zu rasen und leitete das Blut von ihrem Kopf fort, so dass ihr ganz schwindelig wurde. Doch gleichzeitig war sie sich Mr St. Albans' Nähe mehr bewusst als je zuvor.

Sie konnte seine schweren Atemzüge über das Prasseln des Regens auf den Zeltwänden hinweg hören. Sie konnte die Erregung in seinen Augen sehen. Und ein Gefühl der Wonne ergriff von ihr Besitz.

Ein wohliger Schauer lief über ihre Haut, und in diesem Moment wurde sie von zwei völlig entgegengesetzten Impulsen gepackt. Sie fühlte, dass sie ungeachtet des Gewitters, das draußen toste, aus dem Zelt stürzen sollte. Doch gleichzeitig fühlte sie, dass sie Zuflucht in seinen wärmenden, starken Armen suchen und ihn küssen sollte.

Sie wusste nicht, was sie tun sollte.

Ach, wenn sie doch mehr wie ihr Bruder Arthur wäre. Er hatte sich immer in der Hand. Sein Handeln war immer von der Vernunft bestimmt. Seine Gefühle waren immer von seinen moralischen Grundsätzen und Prinzipien beherrscht.

Das war bei Hannah anders. Zumindest wenn sie mit Mr St. Albans zusammen war. Denn wenn er ihr nah war, wenn er sie so … so verführerisch ansah, war es um ihre Vernunft geschehen.

Vielleicht brauchte sie nur einen Moment länger, um ihr Urteilsvermögen wiederzuerlangen.

»Bitte, nennen Sie mich … *Hannah*«, sagte sie ihm und hätte die Worte am liebsten sogleich zurückgenommen. Nun, die Bitte verschaffte ihr zumindest eine weitere kurze Gnadenfrist. Obwohl sie dergleichen niemals hätte anbieten dürfen.

Es war nur ein Gedanke gewesen, doch sie musste gestehen, dass es in ihren Ohren aus einem unerfindlichen Grund seltsam klang, wenn der Mann, der sie mit solcher Innigkeit berührt und geküsst hatte, sie als Miss Chillton anredete.

Ihre Wangen liefen krebsrot an, als die Worte ihre Lippen verließen, doch gleichzeitig sehnte sie sich danach, ihn mit seiner vollen, sonoren Stimme »Hannah« flüstern zu hören.

Wenigstens das hatte sie nicht laut ausgesprochen. Wie war es nur möglich, dass sie sich – kaum war sie mit diesem Mann im Dunkeln allein – all ihren Trieben hingeben wollte, so unzüchtig diese auch waren?

»Nun gut, *Hannah.*« Etwas blitzte in seinen Augen auf und erregte ihre Neugier. Zuerst hielt sie ihn für verhalten, vorsichtig, doch dann erkannte sie den Ausdruck tiefster Verunsicherung – etwas, das sie nie bei einem Mann mit Mr St. Albans' ausgeprägtem Selbstvertrauen erwartet hätte. »Ich bin … Griffin.«

»Ich habe mich vergessen, Mr St. Albans«, platzte Hannah heraus. »Verzeihen Sie mir.«

Er schüttelte den Kopf, und ein Tropfen aus seinem nassen Haar landete auf ihrer Wange. »Nein, Hannah, das haben Sie nicht. Ich wollte, nein, ich *musste* Ihnen sagen, wer ich bin – wer ich *wirklich* bin – seit ich nach Bath gekommen bin.« Er atmete tief durch, als wäre ihm eine große Last von den Schultern genommen. »Nennen Sie mich Griffin. *Bitte.*«

Hannah war nicht sicher, dass sie verstand, was er sagen wollte, doch sie erkannte, dass ein Wandel in ihm vorgegangen war. Es war beinahe so, als ob er eine große Erleichterung darüber empfände, ihr etwas so Simples wie seinen Namen gesagt zu haben.

»Griffin.« Es war ihr noch fremd, in dieser Weise an ihn zu denken.

»Ganz genau … ich bin Griffin. Vergessen Sie das nie.«

Was für eine sonderbare Bemerkung. Wieso sollte sie seinen Namen vergessen?

Griffin beugte sich näher heran, flinker, als sie erwartet hatte, und in jenem Moment wusste sie, dass er sie küssen würde.

Hannah legte ihre gespreizten Finger gegen seine Brust, um ihn aufzuhalten, zumindest für einen Moment. Doch seine harten Muskeln, seine Kraft unter ihren Fingerspitzen waren ihr Verderben, und statt zurückzuweichen, lehnte sie sich in seine Umarmung und ließ alle gesellschaftlichen Zwänge durch die flatternde Zeltklappe entschlüpfen.

Sie schloss ihre Augen und drückte ihre Lippen sanft auf die seinen, bis sein Mund leidenschaftlich Besitz von ihrem ergriff.

Warum hatte sie sich so lange gegen diese Gefühle, gegen seine Avancen gewehrt?

Was für eine Närrin sie doch gewesen war.

Sie war nicht wie ihr Bruder Arthur. Doch jetzt, als sie Griffins lustvolle Lippen auf ihrem Mund spürte, fragte Hannah sich, warum sie je wie ihr ach so zugeknöpfter Bruder hatte sein wollen.

Griffin konnte kaum glauben, dass er Hannah in seinen Armen hielt und dass sie ihn mit einer Leidenschaft küsste, die der seinen in nichts nachstand.

Er hatte sie nicht mit Ränken und Kniffen verleitet, wie sein Bruder es getan hätte. Er hatte ihr die Wahrheit darüber gesagt, wer er war, und das hatte ihm anscheinend die Tür zu Hannahs Herzen geöffnet.

Er schlang seine Arme eng um sie und senkte Hannah vorsichtig auf den derben Strohsack, den er früher am Abend auf den Boden gelegt hatte. Die Wolldecke rutschte von Hannahs Schultern.

Er stützte sich auf seine Ellbogen, während er sich über sie beugte und seinen Oberkörper dabei ein klein wenig aufrichtete, um sie anzuschauen … diese Schönheit vor ihm. Es musste ein Traum sein.

Hannah erschauerte, während sie ihn mit halb geschlossenen Augen anblickte. Dann legte sie ihre Hand in seinen Nacken und zog seinen Mund begierig wieder auf den ihren.

Griffin seufzte, als ihre weichen, vollen Lippen die seinen berührten, und die Lust drohte ihn zu übermannen.

Er spürte, wie sich seine Hirschlederhose über seiner Männlichkeit spannte, als ihre zarte Zunge über seine Unterlippe glitt und ihr Mund sich öffnete, um ihn das warme, fleischige Innere erkunden zu lassen.

Er rollte sich nach rechts und ließ seinen Finger sacht über ihre Hüfte wandern. Unter dem klammen Stoff ihres Kleides fühlte er die Kurven ihrer schlanken Figur, die Weichheit ihres Körpers. Seine Fingerspitzen strichen über ihre Rippen höher an ihrem Körper hinauf.

Hannah wand sich unter seinen Berührungen und wich nicht vor ihm zurück – obwohl sie noch Jungfrau war, wie er wusste –, selbst als seine Hand über ihr Mieder zu der harten Perle ihrer Brust glitt. Stattdessen schmiegte sie sich lustvoll an seine Hand.

Griffins Herz schlug in einem wilden Trommelwirbel, ganz wie der Regen, der draußen auf die Erde prasselte. Die lüsternen Triebe, die er mit solcher Macht zu unterdrücken versucht hatte, seit er die verführerische Hannah zum ersten Mal gesehen hatte, brachen sich Bahn.

Sie starrte ihn mit weit aufgerissenen Augen an. Ihr Atem ging schneller, so als würde sie gespannt seiner nächsten Berührung harren.

Griffin nahm seine Hand von ihrer Brust und strich mit seiner Fingerspitze über ihre volle Unterlippe. Ihr Mund öffnete sich bereitwillig. Er hatte erwartet, dass sie ihn anflehen würde innezuhalten, doch stattdessen verblüffte sie ihn mit vier kleinen Worten:

»Küssen Sie mich, Griffin.«

Obgleich ihre Bitte kaum mehr als ein Flüstern war, zaghaft und zaudernd, tat er, wie sie ihm geheißen hatte, und presste seine Lippen auf die ihren.

Sie stöhnte, als er sie küsste, und schlang ihre Arme fest um seine Schultern.

So etwas hatte er noch nie erlebt. Obwohl er schon mit vielen Frauen das Bett geteilt hatte, war es so noch nie gewesen. Er war so angespannt vor Verlangen, dass jede Faser seines Körpers vibrierte, während ihm das Herz schier überging vor Gefühlen.

Er kannte keinen größeren Drang, als ihr die nassen Kleider vom Leibe zu reißen und dann seine eigenen, damit sie ihre nackten Körper aneinanderschmiegen konnten.

Es würde keine Schuldgefühle geben. Das wusste Griffin. Es würde kein schamhaftes Bedauern geben, von der Art, wie er es immer empfand, nachdem er seine männlichen Bedürfnisse mit irgendeiner zügellosen jungen Frau in der Wildnis von Cornwall befriedigt hatte.

Nein, diesmal würde es anders sein.

Denn gleich morgen früh würde er mithilfe des Earls eine Heiratserlaubnis besorgen und mit dieser und Hannah unverzüglich in die Abteikirche von Bath eilen.

Und dort würde er sie … zur Frau nehmen.

Kapitel elf

Hannah hob die Finger an ihre Lippen, welche von Griffins glühenden Küssen ganz feucht und geschwollen waren, und starrte in seine Augen. Sie konnte noch immer nicht ganz fassen, was gerade geschehen war.

Er senkte seinen Blick, als vermeinte er, eine stumme Botschaft von ihr erhalten zu haben – die ihn bat aufzuhören. Doch er hatte sie missverstanden. So gänzlich missverstanden.

»Nein, Griffin.«

Er stemmte sich hoch und machte Anstalten aufzustehen. *Zum Kuckuck auch.* Sie hatte es schon wieder getan!

Ihre Hand schnellte hoch und fasste ihn bei seiner gelockerten Krawatte. Sie wickelte den gestärkten Stoff um ihre Finger und zog Griffin wieder zu sich hinab. »Ich meinte doch nur –« Ihre Stimme wurde sanfter, denn sie wollte nicht weinerlich klingen, wie ihre Mutter es immer tat. »Als ich ›nein‹ sagte, meinte ich damit, dass Sie nicht aufhören sollen.«

Ihre Wangen glühten feuerrot vor Verlegenheit, und diesmal war es an ihr, den Blick abzuwenden, doch irgendwie gelang es ihr trotzdem, noch ein weiteres Wort hervorzubringen: »*Bitte.*«

Ihr Blick kehrte zu seinem Gesicht zurück, und sie hoffte mit jeder Faser ihres Wesens, dass er sie anlächeln und so begierig wie sie darauf sein würde, noch ein wenig mehr von der verbotenen Innigkeit zu genießen, die sie gerade miteinander erlebt hatten.

Doch er tat es nicht.

Der Ausdruck seiner Augen wechselte in diesem Moment von tiefster Ernsthaftigkeit zu Erstaunen und Überraschung. Hannah hörte, wie er einen bebenden Atemzug tat.

Griffin nahm ihre Hand und löste ihre Finger von seiner Krawatte. Dann lehnte er sich zurück.

Verwirrung packte Hannah, und schlagartig schämte sie sich.

Sie hatte sich wie eine Metze aufgeführt, genau die Sorte Frau, vor der ihre Mutter ihren Bruder immer gewarnt hatte. Heiße Tränen stiegen in ihr auf, und sie schlug die Hände vor ihre Augen.

Dann spürte sie, wie er sie am Handgelenk fasste.

»Hannah«, sagte er so leise, dass sie ihn bei dem wütenden Geheul des Regens außerhalb des Zelts kaum verstehen konnte.

Er zog ihre Hand von ihren Augen, und sie sah, dass er mit seiner freien Hand seine Krawatte löste und diese auf den Boden fallen ließ. Seine Weste folgte, und bevor Hannah es sich versah, zerrte Griffin sein Hemd aus der Hirschlederhose, zog den nassen Leinenstoff über seinen Kopf und warf das Hemd ebenfalls achtlos beiseite.

Das Blut rauschte in ihren Ohren. Gütiger Gott, das hatte sie nicht gemeint, ganz und gar nicht … oder doch?

Ach, sie wusste es nicht mehr.

Ihr Verstand war an diesem Abend nichts weiter als ein einziges großes Knäuel von Widersprüchen.

Griffin beugte seinen Kopf vor und küsste sie leidenschaftlich.

Ihre Hände wanderten an seinen Seiten hinauf und auf seinen Rücken. Sie fühlte seine glatte Haut und die harten Muskeln, und ihre Finger genossen dieses sinnliche Erlebnis so sehr, dass sie dort nicht innehielten, sondern auch die wie gemeißelt anmutenden Hügel und Täler seines Brustkorbs erkundeten.

Griffin stemmte sich hoch und schaute ihr in die Augen, während ihre Finger durch die dichten Haare auf seiner Brust strichen, bis sie sein pochendes Herz unter ihren Händen spürte. Ein lustvolles Seufzen entschlüpfte ihren leicht geöffneten Lippen.

Ihr Blick kehrte abermals zu seinem Gesicht zurück, und sie sah, wie er seine Augen schloss, während er einen bebenden, gepressten Atemzug tat.

Er schlug seine Augen wieder auf und legte sich neben Hannah auf die Seite. Seine Finger strichen eine nasse Locke aus ihrer Stirn, dann küsste er ihre Wange.

Sie schloss genießerisch ihre Augen, als seine Finger begannen, die Schleife zu lösen, mit welcher der Ausschnitt ihres Kleides zusammengehalten wurde.

Ihr Herz schlug schneller, und ein Feuer breitete sich tiefer und tiefer in ihrem Körper aus, als sie spürte, wie Griffin erst das Kleid von ihren Schultern strich, dann ihr Korsett nach unten zog und schließlich das mit Spitzenband verzierte Unterkleid ebenfalls zur Seite schob.

Sie wagte nicht, ihre Lider zu öffnen. Die kühle Luft kitzelte ihre Brustwarzen, und in jenem Moment vermeinte sie, vor Scham sterben zu müssen. Allerdings nur, bis sie fühlte, wie sich Griffins warme Hand auf ihre linke Brust legte und er die steife Knospe ihrer anderen Brust in seinen Mund nahm.

Er saugte und knabberte genussvoll daran, während seine Zungenspitze quälend langsam den Rand des rosa Vorhofes nachzeichnete.

Seine linke Hand umfasste unterdessen ihre Brust und massierte diese zärtlich.

Nie zuvor hätte sie sich all dies auch nur träumen lassen.

Na ja, vielleicht den Akt selbst. Etliche Male. Doch niemals *dies*. Niemals.

Hannah stöhnte, trunken von dem Rausch der lustvollen Empfindungen.

Als hätte er sie gehört, nahm Griffin seinen Mund von ihrer Brust. Er beugte sich vor und öffnete mit dem sanften Druck seiner Lippen die ihren, während er sich auf sie legte und ihre Schenkel gerade weit genug auseinanderschob, um sich dazwischen platzieren und sich auf seine Arme stützen zu können.

Sie konnte seine steif aufgerichtete Männlichkeit fühlen, die gegen sie presste … viel zu lüstern … an einer Stelle, die keine anständige junge Dame je von einem Gentleman berühren lassen durfte.

Das wusste Hannah ganz genau, doch ihr Körper schien nichts dagegen einzuwenden zu haben. Um ganz ehrlich zu sein, ihrem Körper schien es zu gefallen.

Instinktiv bewegte Hannah ihre Hüften, rutschte etwas dichter heran, so dass ihre Schenkel ihn enger umschlossen.

Oh, dies alles war so sündig. So, so *sündig*.

Hannah wusste nicht genau, was als Nächstes passieren würde. Doch eins wusste sie. Sie wollte, dass der Regen draußen niemals aufhörte.

Und Griffin natürlich ebenso wenig.

Als sie näher heranrutschte, war er wie berauscht von der Inbrunst ihres Zusammenspiels. Davon, wie sich ihr Körper an ihn schmiegte, wie ihr Mund den seinen suchte. Er hatte eine bedeutend prüdere Reaktion erwartet, als er sich der Hälfte seiner Kleidung entledigt und sich auf sie gelegt hatte.

Griffin wusste, dass er seinen Drang, sie zu nehmen, bezähmen sollte, doch das würde eine schier übermenschliche Kraftanstrengung bedeuten, solange er durch all die Kleidungsstücke hindurch, die sie noch immer trennten, fühlen konnte, wie sich ihre feuchte Hitze gegen ihn presste.

Er neigte seinen Kopf und ließ seine Lippen küssend an ihrem Schlüsselbein entlangwandern, dann wieder tiefer hinab zu ihrer Brust. Er küsste ihre Brustspitze, dann sog er sie sanft in seinen heißen Mund, um sie zu benetzen. Hannah warf ihren Kopf hin und her, und er schaute auf.

Ihre Augen waren fest geschlossen, und sie hatte die Unterlippe halb in ihren Mund gezogen, wo sie das rosa Fleisch mit ihren Zähnen festhielt.

Griffins Lippen kräuselten sich zu einem befriedigten Lächeln. Er wollte ihr Lust schenken. So viel mehr Lust.

Er betete, dass der Regen weiter auf das Zelt über ihnen prasseln möge, während er sich auf einen Arm stützend mit seiner anderen Hand ihre Röcke raffte, um dann seine Finger zwischen ihre Knie zu schieben.

Die Haut ihrer Schenkel war so glatt und weich wie edle Seide, doch er verharrte nicht, um dieses Gefühl zu genießen. Stattdessen glitt seine Handfläche höher, und seine Finger schoben sich an den gebauschten Stofflagen vorbei, bis er die feuchte, glühend heiße Stelle zwischen ihren Beinen fand.

Griffin beobachtete ihr Gesicht, während er einen Finger zwischen die Falten ihres Honigmunds schob und zu seiner Freude feststellte, dass sie bereits feucht vor Begehren war. Er nahm einen zweiten Finger hinzu und ließ sie höher gleiten, rieb ihre empfindsamste Stelle mit kleinen, kreisenden Bewegungen.

Hannah riss ihre Augen weit auf und stieß einen erstickten Laut aus. Er fühlte, wie die Muskeln ihrer Schenkel gegen ihn drückten, als sie verzweifelt versuchte, ihre Beine zusammenzupressen.

Er reckte sich, bis sein Mund auf gleicher Höhe mit dem ihren war, und küsste sie stürmisch, während seine Finger sie weiter massierend streichelten.

Seine Zunge zwang ihre Lippen sanft auseinander, und sie öffnete ihm ihren Mund bereitwillig, während sie ihren Unterleib fest gegen seine streichelnde Hand presste, was sein Verlangen nach ihr ins schier Unerträgliche steigerte.

In seinem Kopf toste ein Sturm der Emotionen. Er wollte sie. Sie wollte ihn – doch wusste sie auch tatsächlich, was das bedeutete?

Griffins Hand hielt inne. Er löste sich aus ihrem Kuss und setzte sich, noch immer zwischen ihren gespreizten Schenkeln kniend, auf.

»Ich will dich, Hannah.«

»I-ich will dich auch.« Doch ihre Stimme zitterte, und Griffin zweifelte an ihrer Entschlossenheit.

»Weißt du, was ich meine, Hannah? Was genau das bedeutet?« Er starrte forschend in ihre Augen. »Ich will dich ganz und gar *besitzen.*«

Ihre Augen waren so groß und rund wie die Spiegel seines Teleskops. Sie nickte und stemmte sich auf ihren Ellbogen hoch. »Ich weiß, was du meinst.«

»Tust du das? Dann weißt du auch, dass es kein Zurück mehr geben wird zu dem, wie es vor dieser Nacht war.« Griffin richtete sich auf seinen Knien auf und beugte sich vor, um sie bei den Schultern zu fassen.

Hannah hob ihre Hand und legte sie auf die stramme Beule in seiner Hirschlederhose. »Ich weiß, Griffin.« Sie strich mit ihrer Hand über den hervorragenden Umriss seiner Männlichkeit, dann nahm sie ihre Hand fort und langte nach dem ersten Knopf.

Hannah setzte sich auf, was Griffin dazu zwang, ihre Schultern loszulassen und sich aufzurichten. Sein Blick folgte den Bewegungen ihrer Hände, während sie geschickt einen Knopf nach dem anderen öffnete und schließlich den Latz beiseitezog, so dass er voll und ganz entblößt war.

Hannah schluckte schwer, als sein Schaft länger wurde und sich gegen ihre nackten Brüste reckte. Das war das einzige Anzeichen von Furcht oder Unsicherheit, das er entdecken konnte. Im nächsten Moment zog sie bereits seine Hose über seine Hüften und Schenkel herunter.

Dann sah sie ihn an, während sie ihn beherzt mit ihrer rechten Hand umschloss und den Ring ihrer Finger höher schob. Kurz bevor sie die Eichel erreichte, hielt sie inne.

Er nahm ihre zarte Hand in die seine und bewegte sie über seine Eichel. Ihre Miene war zuversichtlich und entschlossen, doch ihre Finger zitterten, während er ihre Hand wieder hinabführte, um sie anzuleiten, sie zu unterweisen.

Als Griffin spürte, wie er in ihrer Hand anschwoll, erwartete er abermals, dass sie vor ihm zurückschrecken würde. Doch auch diesmal überraschte ihn ihre Leidenschaft, als sie sanft seine Hand beiseiteschob.

Ihre kleine Hand folgte dem Beispiel, das er ihr gegeben hatte, zuerst ganz sacht, dann fester, als ihr Selbstvertrauen wuchs.

Seine Männlichkeit wurde praller und steifer, bis der Moment erreicht war, in dem Griffin klar war, dass Hannah nun aufhören musste. Er nahm ihre Hand und hielt sie fest, um das auf Explosion drängende Pulsieren zu bezähmen. Er sah ihr tief in die Augen, und sie, die Unschuld, verstand.

Hannah blinzelte nervös und holte tief Luft, so als würde das, was sie gleich zu tun gedachte, großen Mut verlangen. Dann legte sie sich wieder auf den Strohsack zurück. Als ihr Rücken das derbe Sackleinen berührte, ließ sie ihn los.

Ihre Hand jedoch hielt sie erhoben, so als wollte sie ihn heranbitten.

»Nimm mich, Griffin.«

Hannah vermochte nicht zu sagen, was sie zu diesem Entschluss, von dem es kein Zurück gab, getrieben hatte. Doch sie balancierte angespannt auf dem gefährlichen Grat der Lust ... der Dinge harrend, die kommen würden.

Sie war eine Jungfrau, gewiss, doch nicht unwissend, was die verschiedenen Arten der Paarung anging. Da sie nur recht wenig andere Beschäftigungen gehabt hatte, solange ihr Bruder geschäftlich unterwegs war, hatte Hannah viel Zeit in den öffentlichen Bibliotheken zugebracht und Falknerei und Ornithologie studiert. Was sie zwangsläufig in den Bereich der Vieh- und Tierhaltung geführt hatte. Aber sie hatte in den Schriften eindeutig nichts gelesen, das dem hier gleichkam.

Das männliche Wesen war wahrlich ein Tier ganz anderer Art.

Eins, über das sie unbedingt mehr erfahren wollte. Ja, es war sündig von ihr, doch der Instinkt, sich zu paaren, war der natürlichste Trieb der Welt. Das hatte sie mehr als einmal gelesen, und zwar in den Schriften anerkannter Koryphäen des Faches.

Griffins Blick glühte wie Feuer, der Kühle der Nachtluft zum Trotz. Er umfasste ihre gebeugten

Knie, jedes mit einer Hand, und spreizte ihre Beine weiter auseinander.

Ihr stockte der Atem, denn sie wusste, dass er sie nun gleich nehmen würde.

Er langte unter sie, fasste ihr Hinterteil mit beiden Händen und hob sie ganz leicht an. Sie spürte die heiße Spitze seines Schaftes gegen sie pressen, zuerst noch zaudernd.

»Bist du auch sicher, meine Liebste?« Seine Stimme war ein belegtes Wispern.

Warum fragte er das?, wunderte sie sich. Warum wartete er? Sie wusste, dass er sie ebenso leidenschaftlich begehrte wie sie ihn.

Ihre Antwort war rein instinktiv. Sie presste ihren Körper fest gegen ihn und nahm seine pflaumenförmige Spitze in sich auf.

Ihr entfuhr ein erstickter Laut, als sie ihn in sich spürte, und sie wollte mehr. Wollte ihn ganz in sich haben. »Ja, ich bin sicher. Ich weiß, was es bedeutet, Griffin. Und ich will dich.«

Er schloss seine Lider, und sie hätte schwören können, dass er seufzte, als er ihre Worte hörte. Dann beugte er sich über sie und küsste sie, schob seine Zunge in ihren Mund. Und im selben Moment nahm er sie ganz.

Ihre Zehen gruben sich in den Strohsack, und sie zog scharf den Atem ein ob des kurzen Ziehens, als er in sie eindrang. Sie klammerte sich an seine Schultern und bat ihn stumm, einen Moment innezuhalten.

»Habe ich dir wehgetan?«

Sie schüttelte den Kopf, denn das leichte Stechen,

das sie beim Verlust ihres Jungfernhäutchens verspürt hatte, verebbte bereits, und ihre innersten Muskeln entspannten sich. Hannah streichelte Griffins Wange und sah ihn eindringlich an, während sie ihre Hüften zu ihm emporreckte.

Er zog sich zurück, und gerade als sie grundlos befürchtete, er würde ganz und gar aufhören, stieß Griffin tief in sie hinein.

Sie entließ lautstark ihren Atem und schloss die Augen. Diesmal fühlte sie keinen Schmerz, kein Ziehen. Nur ein Glimmen der Lust, und sie wusste, dass sie mehr wollte.

Griffin glitt von Neuem in sie hinein und dann noch einmal. Sie war wie benommen vom Rausch der Erregung und konnte schon bald nicht mehr zählen, wie oft ihre Körper zusammenkamen.

Sie fühlte sich ganz und gar nicht wie eine Unschuld. Sie fühlte überhaupt nichts außer dem Rhythmus ihres Liebesspiels. Hannah spürte, wie sich jedes Mal ihre Muskeln zusammenzogen, wenn er tief in das Innerste ihrer Weiblichkeit hineinstieß.

Ein Wimmern entschlüpfte ihr, doch es war nicht aus Schmerz geboren. Sondern aus Lust. Und dann stöhnte er auf, und sein Atem blies heiß über ihren Mund.

Auch ihre Atemzüge kamen nun schneller und flacher. Ihre Körper waren inzwischen heiß und klebrig von Schweiß, wo sie einander berührten.

Hannah keuchte jetzt, und ihr Körper zog sich mehr und mehr zusammen, während Griffin immer unerbittlicher und tiefer in ihr Innerstes hineindrängte. Etwas in ihr spannte sich schier zum Zerreißen, und sie hob ihre Hüften an, begegnete ihm Stoß um Stoß.

Griffin starrte sie mit weit geöffneten Augen an. Er schnappte keuchend nach Luft, während er in sie hineinglitt, ohne sich auch nur einmal abzuwenden. Ohne die Verbindung ihrer Blicke zu unterbrechen.

Plötzlich erkannte sie, was es war, das sie in seinem eindringlichen Blick sah. Und es ließ ihr schier das Herz übergehen. Heiße Tränen schossen Hannah in die Augen.

»Du liebst mich –« Die Worte schlüpften leise und ungebeten über ihre Lippen, und sie bezweifelte, dass Griffin sie gehört hatte.

»Das tue ich«, antwortete er.

Dann wurde Hannahs Körper unvermittelt von Zuckungen geschüttelt, und sie stieß unwillkürlich einen spitzen Schrei aus.

Im selben Moment drang Griffin tief in sie ein und stöhnte auf. Er sackte auf sie herab und hielt sie in seinen Armen, küsste ihren Hals, während er sie fest an sich drückte.

»Ich liebe dich, Hannah. Von ganzem Herzen.«

Die Sonne strahlte hell, und eine Lerche zwitscherte fröhlich auf einem Ast vor dem Esszimmerfenster. Hannah wusste nur zu gut, wie der Vogel sich fühlte, denn auch sie hatte seit dem Moment, als sie an diesem neuen Tag ihre Augen aufgeschlagen hatte, vor sich hin gesungen.

»Na, na, du bist heute Morgen aber gut aufgelegt.« Lady Letitia setzte sich Hannah gegenüber an den

Tisch und schenkte sich eine Tasse von dem von Mrs Penny frisch aufgebrühten Tee ein. »Hast du gut geschlafen?« Sie sah Hannah eingehend an.

Um ehrlich zu sein, gut geschlafen hatte sie nicht. Sie hatte fast die ganze Nacht in Griffins Armen zugebracht … nicht schlafend.

Das Gewitter hatte schließlich seine letzten Tropfen vergossen, als die Morgensonne hinter den Hügeln hervorlugte, was Griffin nicht viel Zeit gegeben hatte, um Hannah zu dem Rankgitter an der Rückseite des Hauses zu begleiten, das sie als geheime Treppe zu ihrem Kammerfenster benutzte.

Ja, sie sollte heute Morgen eigentlich erschöpft sein. Stattdessen war sie beschwingt, und jede Faser ihres Körpers vibrierte von einer nie gekannten Erregung.

Sie war verliebt. *Verliebt.*

Doch das Erstaunlichste war, dass das Objekt ihrer Zuneigung ihre Liebe erwiderte.

Es war wirklich so, auch wenn Hannah es kaum glauben konnte.

Das berauschende Gefühl, das durch ihre Adern strömte und in ihr den Drang weckte, durch die Straßen von Bath zu tanzen, war für Hannah gänzlich neu. Sie hatte so etwas noch nie empfunden, doch das lag wohl daran, dass sie nie zuvor erlebt hatte, was Liebe ist.

Gewiss, als Kind hatte sie Zuneigung für ihre Eltern empfunden.

Sie erinnerte sich daran, wie ihr Vater sie auf seinen Arm genommen hatte. Es war eine zärtliche Erinnerung, die sie bis zum heutigen Tag wie einen Schatz in ihrem Herzen trug. Doch dann war ihr Vater eines Nachmittags von seinem Pferd gefallen und kurz darauf einem Fieber erlegen. Sie konnte sich noch daran erinnern, wie sie auf dem Schoß ihrer Mutter den Abend und die ganze dunkle Nacht hindurch an seinem Bett gesessen hatte. Beim Morgengrauen war ihre Mutter Witwe gewesen mit zwei kleinen Kindern, für die sie sorgen musste.

Nach jenem schwarzen Tag war alles anders gewesen. Hannah hatte keine Liebe mehr gefühlt. Ihre Mutter hatte ihrer kleinen Tochter wenig Beachtung geschenkt und sich stattdessen mehr und mehr auf Hannahs älteren Bruder gestützt, den neuen Herrn des Hauses. Ihre ganze Zuneigung hatte Arthur gegolten, und Hannah, nun, sie wurde praktisch vergessen.

Und an diesem Punkt hatte Hannah, die sich nach der Aufmerksamkeit ihrer Mutter verzehrt hatte, begonnen, sich in alle möglichen unbesonnenen Unterfangen zu stürzen. Sie hatte sich aufgemacht, das Tal zu erkunden, und war oft erst spät in der Nacht zurückgekehrt. Sie hatte Schlangen mit nach Hause gebracht. Eines Tages hatte sie Shakespeares Ophelia gespielt und dabei aus Versehen das Lieblingsballkleid ihrer Mutter ruiniert, weil sie sich damit in den See gelegt hatte.

Diese Zwischenfälle hatten ihr zwar eine gewisse Aufmerksamkeit eingebracht, doch es war nicht die Art von Beachtung gewesen, nach der es Hannah verlangt hatte. Denn statt die Zuneigung ihrer Mutter zu erringen, war sie zuerst fortgeschickt worden, um bei Arthur zu leben, und von dort war es dann schnurgerade weitergegangen auf eine Schule für eigensinnige junge Mädchen.

Nein, Hannah hatte schon seit vielen Jahren keine Liebe mehr erfahren, und jetzt, nach der vergangenen Nacht – einer Nacht, die sie nie vergessen würde –, fragte sie sich, ob sie jenes Gefühl wirklich jemals kennengelernt hatte.

»Liebes, ist dir nicht wohl?« Lady Viola hatte sich offensichtlich zu Lady Letitia gesellt, während Hannah ihren Gedanken nachgehangen hatte.

»Oh. Bitte verzeihen Sie mir, Lady Viola. Mir geht es bestens … ich habe nur gerade überlegt, heute Morgen Mr St. Albans eine Karte zu schicken.« Hannah trank einen Schluck Tee, um das Backfischgrinsen zu verbergen, das sich bei der Erwähnung ihres Geliebten sonst auf ihre Lippen stehlen könnte.

»Nun, das ist ja mal eine Abwechslung.« Lady Viola warf ihrer Schwester einen kurzen Blick zu. »Ich hatte den Eindruck, dass Mr St. Albans deine Geduld strapaziert.«

»Ganz und gar nicht. Um ehrlich zu sein, wir haben ein gemeinsames Interesse entdeckt – den Kometen. Mr St. Albans verfügt über großes Wissen zu dem Thema und hat sogar angeboten, mich im Gebrauch von Teleskopen zu unterweisen, damit ich die Bahn des Kometen eingehender verfolgen kann.«

»Ach, er hat angeboten, dir sein Teleskop zu zeigen, ja?«, feixte Lady Letitia, und ihre buschigen weißen Brauen flatterten wie die Flügel einer Möwe.

»Oh, das hat er schon.«

»Und war es beeindruckend groß?« Lady Letitia kicherte leise, was ihr einen spielerischen Klaps von ihrer Schwester einbrachte.

»Ehrlich gesagt, nicht so groß, wie man es vielleicht erwarten würde, aber es ist sehr stark –« Hannah verstummte, denn etwas verspätet war ihr die ausgesprochen undamenhafte Neckerei ihrer Anstandsdame aufgegangen. Sie wurde puterrot.

»Nun, Täubchen, ich finde, das Studium des Kometen ist ein lobenswerter Zeitvertreib. Er ist der Höhepunkt dieser Saison«, erklärte Lady Viola. »Astronomie ist der letzte Schrei, und ich kann mir keinen besseren Lehrer für dich vorstellen als unseren Mr St. Albans.«

Lady Viola beugte sich über ihren Teller. »Obwohl der heutige Nachmittag vielleicht besser geeignet ist, um Mr St. Albans einzuladen.«

Lady Letitia rührte einen großzügig bemessenen Löffel Zucker in ihren Tee. »Oh, da stimme ich völlig zu. Viola und ich erwarten alsbald den Besuch von Lady Ebberly und ihrer Enkelin. Die beiden sind erst jüngst vom Kontinent zurückgekehrt, musst du wissen.«

»Sprachen Sie gerade von Mr St. Albans?«, mischte sich Mrs Penny, die Haushälterin, ein. Sie brachte gerade ein kleines Tablett mit Marmeladentöpfchen ins Esszimmer. »Den habe ich vor nicht einmal einer Stunde gesehen.«

»Ach ja?« Hannah zählte im Geiste die Stunden, die seit dem Morgengrauen vergangen waren, als Griffin ihr geholfen hatte, das Rankgitter zu ihrer Kammer hinaufzuklettern.

Zwei Stunden. Nicht eine. Mrs Penny konnte sie nicht zusammen gesehen haben. Hannah atmete erleichtert auf.

»Oh ja, das habe ich. Er machte im Queen Park einen Spaziergang mit Ihrer Freundin, Miss Hannah. Die mit dem wunderschönen goldblonden Haar.« Die Haushälterin stellte das Tablett vor Lady Viola ab und wandte sich zum Gehen.

Hannah sprang auf. »Äh … meine Freundin?« Da Hannah noch nicht lange in Bath weilte, hatte sie noch keine wirklichen Freunde gefunden. Allerdings hatte sie eine Anzahl von Kunden für ihre Dienste als Ehestifterin, unter ihnen auch eine Frau mit flachsblondem Haar.

Hannahs Magen zog sich zusammen. »Ähm … Mrs Penny, meinen Sie vielleicht Miss Howard?«

Mrs Penny drehte sich um. »Stimmt, Miss. Genau die. Ein hübsche junge Dame. Ich kann gut verstehen, warum sich der Herr in sie verguckt hat.«

Es lief Hannah eiskalt über den Rücken. Nein, Mrs Penny musste sich irren. Es konnte nicht sein.

Griffin liebte sie. *Sie.*

Nicht Miss Howard. Ja, sie hatte die beiden miteinander bekannt gemacht, und für eine Weile hatte sie gedacht, dass aus den beiden ein Paar werden könnte – doch jetzt nicht mehr.

Griffin liebte *sie*, sagte Hannah sich abermals. Und sie ihn.

Mrs Penny musste sich irren, was die Identität der Frau anging. Sehr wahrscheinlich war es eine neue Haushälterin oder auch eine Köchin. Schließlich hatte

Mr St. Albans gerade erst das Haus am Queen Square bezogen. Der Mann musste noch seine Dienerschaft einstellen. Das war wahrscheinlich alles, was hinter dem steckte, was Mrs Penny an diesem Morgen gesehen hatte.

Hannah rührte sich eine volle Minute nicht, während sie sich im Stillen die perfekte Erklärung für Mrs Pennys angebliche Beobachtungen einredete.

Als sie so stocksteif und still dasaß wie ein Falke, der von einem Ast hoch über einem von Mäusen wimmelnden Feld aus seine Beute anvisiert, beobachtete sie Lady Viola, die Stachelbeermarmelade auf eine Scheibe getoastetes Brot strich, und Lady Letitia, die mit ihrem dicken Zeigefinger Krümel von ihrem Teller aufstippte.

Schließlich konnte sie es nicht länger ertragen. Sie musste ein für alle Mal wissen, mit wem Griffin heute Morgen spazieren gegangen war.

Hannah entschuldigte sich eilig bei den Featherton-Ladys, dann folgte sie Mrs Penny aus dem Esszimmer.

Sie hielt nicht an, als sie den Flur erreichte. Stattdessen griff sie sich ihre Pelisse und ihr Retikül, dann hastete sie aus dem Haus.

Sie musste Griffin sehen.

Auf der Stelle.

Kapitel zwölf

Ein schneidender Wind pfiff durch den Queen Park und blies böig in die Heckennische, in die Hannah sich gedrückt hatte in der Hoffnung, unbemerkt zu bleiben.

Es war jetzt fast eine Stunde her, seit sie ihr Versteck im Schutz der sorgfältig beschnittenen Buchsbaumhecke direkt gegenüber von Griffins neuer Wohnstatt eingenommen hatte, doch bislang hatte sie noch nicht einmal einen flüchtigen Blick auf den Mann erhascht ... oder auf die geheimnisvolle Frau, von der Mrs Penny erzählt hatte.

Zwanzig Minuten zuvor hatte sie kurz gedacht, die Frage zu der Identität der Frau gelöst zu haben, als ein rußgeschwärzter Schornsteinfeger vom Dach des Stadthauses herabgeklettert und durch den hinteren Dienstboteneingang in die Küche eingelassen worden war. Es war eine schon etwas in die Jahre gekommene Frau gewesen, die ihm die Tür geöffnet hatte. Nicht Miss Howard oder irgendeine andere wunderschöne Frau mit goldenem Haar.

Das verdross Hannah. In ihrer Eile, den Royal Crescent zu verlassen, hatte sie sich nicht warm genug angezogen für das kalte Wetter, und inzwischen fror sie bis ins Mark, war jedoch einer Antwort noch keinen Schritt näher.

In ihrer Verärgerung wandte Hannah ihren Blick

himmelwärts. Der helle kornblumenblaue Morgenhimmel hatte abermals aufziehenden dunklen Wolken Platz gemacht, und die Straße würde zweifellos schon bald regennass sein.

Zumindest sagte Hannah sich das, und der Gedanke war Grund genug, um ihre Mission für den Moment aufzugeben, aus dem Schutz der Hecke zu treten und sich hangaufwärts auf den Heimweg zu machen.

Der Tag, der so wunderbar begonnen hatte, wurde mit jeder Stunde schrecklicher. Sie hatte die Hälfte der steilen Gay Street hinter sich gebracht, als sie einen Gentleman bemerkte, der hangabwärts auf sie zukam.

Sie erkannte jene Schultern. Die hochgewachsene Gestalt. Hannah wurde von Panik gepackt. Gütiger Himmel. Es war Griffin!

Seine Augen waren starr auf die gefaltete Zeitung in seiner Hand gerichtet, und es war ein Gottesgeschenk, dass seine Aufmerksamkeit abgelenkt war und er sie noch nicht entdeckt hatte. Sie kehrte ihm ihren Rücken zu und schaute suchend die Straße entlang. Es gab nirgends einen Platz zum Verstecken. Oder einen Fluchtweg. Die hellen, bräunlichen Häuser standen dicht gedrängt zu beiden Seiten der Straße, eins kaum vom anderen zu unterscheiden, so dass es Hannah förmlich wie ein Spießrutenlauf vorkam.

In jenem Moment erkannte sie, dass ihr nur zwei Möglichkeiten blieben: die Straße hinauf oder hinunter, und keine der beiden Möglichkeiten sagte Hannah besonders zu.

Als Griffins Schritte laut genug waren, um sie wissen zu lassen, dass er sie sogleich erreicht haben würde, drehte Hannah sich daher abrupt um und setzte ein gekünsteltes Lächeln auf. »Guten Morgen.«

Er sah von seiner Zeitung auf. »Oh, guten Tag, Miss Chillton.« Er erwiderte ihr Lächeln freundlich, doch ansonsten verriet seine Miene nichts.

Es gab nicht die leiseste Andeutung von Leidenschaft und der unbeschreiblichen Innigkeit, die sie gerade erst in der vergangenen Nacht gemeinsam erlebt hatten.

Eben in diesem Moment bemerkte sie, dass er sie fragend ansah. »Sind Sie vielleicht für einen … Besuch beim Zahnarzt hier in die Gay Street gekommen?«

Hannah hatte nicht die leiseste Ahnung, wovon er redete. »Ein B-Besuch beim Zahnarzt?«

»Wegen Ihres Zahns.«

»Ich verstehe nicht ganz, Sir.« Hannah runzelte ihre Brauen. Nichts von dem, was er sagte, ergab einen Sinn.

Er neigte seinen Kopf zur Seite und musterte sie kurz. »Ihr Mund ist so seltsam verzerrt. Da dachte ich, dass Sie wohl an Zahnweh leiden.«

Hannah versuchte, ihren Mund zu entspannen, aber ihre Lippen hatten sich ob seiner lächerlichen Bemerkung völlig verkrampft. »Ich habe *gelächelt* … Als ich Ihrer ansichtig wurde, habe ich gelächelt.«

Griffin lachte laut auf. »Ich bitte um Verzeihung, Miss Chillton. Ganz ehrlich und von ganzem Herzen. Ich habe einfach nur noch nie jemanden gesehen, der mich mit einem so gequälten Gesicht angelächelt hat.« Er klopfte ihr auf die Schulter. »Und haben Sie sich bei der Soiree der Feathertons gut unterhalten?«

Ob sie sich bei der Soiree gut unterhalten hatte? Und warum nannte er sie Miss Chillton? Sie hatte ihm erlaubt, sie Hannah zu nennen – was er letzte Nacht auch getan hatte!

Hannah starrte den Mann vor sich an. Bestürzung und Verzweiflung überwältigten sie. Wollte er etwa so tun, als hätte es die Intimitäten, denen sie sich letzte Nacht hingegeben hatten … nie gegeben?

Er schaute die Straße entlang und erkannte plötzlich, aus welcher Richtung sie gekommen war. »Wo sind Sie gewesen?«

Hannah wusste nicht, was sie sagen sollte. Daher entschied sie sich, seine Frage zu übergehen, und stellte stattdessen die Frage, die ihr auf dem Herzen lag. »Ich bin gekommen … ich wollte Sie etwas sehr Wichtiges fragen.«

Sie sah kurz auf ihre Füße und betete in jener flüchtigen Gnadenfrist um Mut. Dann richtete sie ihren Blick wieder auf Griffin. »Ich wollte wissen, ob Sie gemeint haben, *wirklich* gemeint haben, was Sie zu mir sagten.« Das Herz hämmerte in ihrer Brust, während sie auf seine Antwort wartete.

Er runzelte die Stirn und kaute an seiner Unterlippe. »Was genau meinen Sie? Was habe ich gesagt?«

Tränen brannten in ihren Augen, und Gott stehe ihr bei, sie wusste, dass sie jeden Moment anfangen würde zu weinen.

Was für eine Närrin sie doch war! Sie hatte Merediths Buch *Die kleine Wüstlingsfibel* gelesen – hatte geargwöhnt, wozu dieser Mann fähig war, und dennoch hatte sie zugelassen, dass er sie … *benutzt* hatte.

Wie hatte sie nur glauben können, dass der Mann, der bei der Soiree die Noten für sie umgeblättert hatte, der Mann, der sie geküsst, liebkost und in der letzten Nacht geliebt hatte – der wahre Mr St. Albans war?

Verflixt noch mal! Ihr Instinkt in Bezug auf ihn hatte sie also nicht getäuscht. Sie hatte nur nicht auf die leise warnende Stimme in ihrem Hinterkopf hören wollen.

St. Albans war ein Wüstling. Ein liederlicher Weiberheld. Er hatte ihr gesagt, dass er sie liebe, und sie war dumm genug gewesen, ihm zu glauben und zu vertrauen.

Und in diesem Vertrauen hatte sie ihm ihr Herz geschenkt. Das war es, was sie am meisten schmerzte.

Ach, er hätte ihr ebenso gut bei lebendigem Leibe das Herz aus der Brust reißen und achtlos auf den Bürgersteig werfen können. Das hätte ihr weniger wehgetan.

Eine einzelne Träne kullerte über ihre Wange, unerträglich heiß in der kühlen Luft.

»Meine Liebe, was haben Sie denn?« Er fasste sie bei den Schultern und drückte diese ganz leicht. »Habe ich Sie verärgert? Sagen Sie es mir, und ich werde es wiedergutmachen. Das verspreche ich.«

Hannah schlug mit verkniffener Miene ihre Handflächen gegen seine Brust, so dass er unwillkürlich ihre Schultern losließ und zwei Schritte nach hinten stolperte.

Verletzung und Zorn verschmolzen in Hannah.

Sie machte beherzt einen Schritt nach vorn, und

bevor sie sich zurückhalten konnte, holte sie mit ihrer Hand aus und versetzte ihm eine schallende Ohrfeige.

Bestürzt über diese Tätlichkeit fuhr seine Hand an seine brennende Wange. »Miss Chillton! Ich verstehe nicht, was in Sie …«

Doch Hannah hatte kein Ohr für seine Worte. Stattdessen rannte sie wie von Furien gehetzt die Straße hinauf, ohne sich um seine verzweifelten Rufe, sie möge doch bitte stehen bleiben, zu kümmern.

Die Tränen strömten noch immer über ihre Wangen, als sie die Tür des Dienstboteneingangs der Featherton-Residenz aufstieß und an dem großen ungebeizten Küchentisch zusammensackte, an dem Annie gerade saß und eine Teepause machte.

»Miss Hannah!« Annie eilte um den Tisch herum und nahm Hannah in ihre Arme. »Geht es Ihnen gut?«

Hannah hob ihren Kopf und sah die Zofe mit rot geränderten Augen an. »Nein, Annie, das tut es nicht.« Ein Wimmern stieg in ihrer Kehle auf und brach sich Bahn. »Und ich bezweifle, dass es mir je wieder gut gehen wird.«

Griffin St. Albans schaute aus dem Wagenfenster, als er und der Earl vor dem Haus der Feathertons am Royal Crescent vorfuhren. Das vorherige Gewitter verbarg noch immer alle Sterne, selbst den Schein des zunehmenden Mondes … und natürlich den fieberhaft erwarteten Bath'schen Kometen.

Irgendwie hatte Griffin sich diesen Abend gänzlich anders vorgestellt, mit klarem, leuchtend hellem Himmel, so funkelnd und strahlend wie der mit einem Brillanten und Saphiren besetzte Verlobungsring, den er in seiner Rocktasche bei sich trug.

Die Wagentür quietschte, als der Lakai sie öffnete und das kleine Treppchen ausklappte. Griffin machte nicht die geringsten Anstalten, aus der Kutsche auszusteigen.

»Was zögerst du denn noch, Junge? Du hast es doch wohl nicht mit der Angst zu tun bekommen, oder?«

Der Earl, der ihn an diesem Tag begleitet hatte, um ihm bei der Erledigung seiner dringendsten Aufgaben zur Seite zu stehen, stieß Griffin aufmunternd an der Schulter an. Sein Feuereifer, seinem potenziellen Erben ins Haus zu folgen, war unverkennbar.

Der Earl verschränkte seine Arme vor der Brust, so dass seine Unterarme auf seinem Kugelbauch ruhten. »Das Mädel ist *dort drinnen* und wartet auf deinen Heiratsantrag. Es wird Ja sagen. Schau dich doch nur an. Gut aussehend, intelligent … und der Erbe eines Earls.« Der alte Mann kicherte. »Du hast nichts zu befürchten, St. Albans.«

Griffin nickte, rührte sich aber noch immer nicht. »Ich werde allein hineingehen. Ich muss mit ihren Anstandsdamen sprechen, dann mit Miss Chillton selbst. Doch unsere Unterhaltung ist eine vertrauliche Angelegenheit, die ich unter vier Augen führen möchte.«

Diese Forderung überraschte den Earl. Er schnaubte ungehalten und winkte Griffins Ansinnen – das er offenkundig für lächerlich hielt – mit einer verächtlichen Geste ab. »Dein Heiratsantrag für Miss Chillton kann wohl kaum als vertrauliche Angelegenheit betrachtet werden. Viel hängt von der Besiegelung dieser Verbindung ab. Die Zukunft von Devonsfield steht auf dem Spiel. Hol's der Teufel, Junge, der Fortbestand der Familie ist in Gefahr, bis du oder dein Bruder zu meinem Erben erklärt wird.«

»Das verstehe ich sehr wohl.«

»Verstehst du also auch, dass ich nichts als gegeben annehmen kann? Es darf keinen Irrtum geben, kein Versehen. Der Kontrakt muss fachmännisch aufgesetzt und ausgefertigt werden – ohne den kleinsten juristischen oder formalen Fehler.« Der Earl keuchte fast vor Erregung, und seine Wangen glühten rot. »Dann begreifst du also, dass ich dich begleiten muss?«

»Nein, Mylord. Ich versichere Ihnen, mein Wunsch, Miss Chillton zu ehelichen, hat nichts mit dem Devonsfield'schen Titel zu tun, sondern nur mit der Liebe. Wenn ich um die Hand der Lady anhalte, dann werde ich es im Namen meiner tiefen Zuneigung für sie tun.«

Griffin stand auf und duckte sich durch die offene Kutschentür. Er stieg das Treppchen hinunter, dann schaute er noch ein letztes Mal zurück auf das völlig verblüffte runde Gesicht des Earls. »Wenn Sie mich jetzt entschuldigen würden, ich werde zum Queen Square zurückkehren, sobald die Feathertons mir ihren Segen gegeben haben und Miss Chillton ihre Hand. Guten Abend, Mylord.«

Griffin schloss die Wagentür, verriegelte sie, dann rief er dem Kutscher zu, er solle den Earl zum Queen Square zurückfahren.

Er schaute der eleganten Karosse nach, während diese den Platz vor der Häuserzeile umrundete, in die Brock Street einbog und verschwand. Dann zupfte Griffin seinen Rock zurecht und eilte durch den Nieselregen zur Haustür.

Es war so weit.

Als Hannah auf Geheiß ihrer Anstandsdamen an jenem Abend die Treppe herunterkam, konnte sie das helle Klirren anstoßender Gläser hören.

Obgleich es für einen Besucher schon recht spät am Abend war, vermutete Hannah, dass es sich wahrscheinlich um Lady Ebberly handelte, die zurückgekehrt war, um die Schilderungen ihrer Reisen auf dem Kontinent fortzusetzen.

Sie würde sich selbstverständlich niemals vor ihren gesellschaftlichen Pflichten gegenüber der Busenfreundin der Featherton-Ladys drücken.

Ebenso wenig würde sie länger als höchstens ein paar Minuten so tun, als wäre sie glücklich und zufrieden. Würde sie es länger versuchen, würden die beiden alten Damen sofort erkennen, dass etwas im Argen lag.

Ihre Strategie war simpel. Sie würde die Besucherin begrüßen, dann alsbald Müdigkeit bekunden und in ihr Zimmer zurückkehren. Die Feathertons würden Verständnis dafür haben, denn Hannah zweifelte nicht daran, dass sie genauso erschöpft aussah, wie sie sich fühlte.

Sie blieb einige Schritte vor der Tür stehen und hielt die Kerze hoch, die auf dem Ablagetisch stand, um sich in dem großen Wandspiegel zu betrachten. Sie seufzte ihr Spiegelbild auf der silbrigen Fläche an. Ihre Augen waren verquollen und rot gerändert, und ihr Gesicht hatte eine fast gespenstisch bleiche Farbe.

Im Moment konnte sie sowieso nichts an ihrem Aussehen ändern. Außerdem kümmerte sie es nicht im Geringsten, wie sie aussah. Es gab in ganz Bath niemanden, dem sie gefallen wollte.

Jetzt nicht mehr.

Aufgrund des plötzlichen Wetterumschwungs waren das Sofa und die beiden Ohrensessel näher am Kamin aufgestellt worden, wo es wärmer war. Hannah konnte Lady Ebberly nicht auf den ersten Blick sehen, denn die hohe Lehne ihres Sessels war zu Hannah gewandt.

Hannah strich hastig eine Knitterfalte in ihrem Rock glatt, setzte das freundlichste Lächeln auf, das sie sich unter den gegebenen Umständen abringen konnte, und trat mit ausgestreckter Hand in die Mitte des Raums, um den geschätzten Gast der Feathertons zu begrüßen.

Nur dass es nicht Lady Ebberly war, die sich aus dem Sessel erhob.

Es war Griffin. Der Mensch, den Hannah von allen in Bath am wenigsten sehen wollte.

Der Mann, den sie nicht sehen durfte.

Nicht jetzt.

Nicht solange ihr Herz in tausend Scherben zerbrochen war.

Zu ihrer Verblüffung sah sie, dass seine Augen strahlten und seine Miene beinahe erwartungsvoll war, als er auf sie zukam und ihre Hand überschwänglich ergriff, wie es seine Art war.

In dem Moment, in dem sich ihre Hände berührten, lief ein Schauer durch ihre Finger, ihren Arm hinauf und schließlich über Hannahs ganzen Körper. Alle Kraft schien aus ihren Gliedern zu entweichen, und für einen Augenblick wurde Hannah so schwindelig, dass sie sich nicht sicher war, ob sie sich würde auf den Beinen halten können.

»Miss Chillton«, sagte Griffin, und seine Stimme war so fröhlich, wie seine Laune anmutete. »Ich freue mich ja so, Sie zu sehen. Ich bin ganz verzückt, muss ich sagen. Ich schwöre, mein Verlangen, Sie zu sehen, war so groß, dass ich es kaum abwarten konnte, bis Sie die Treppe herunter- und den Flur entlangkommen.«

»Mein liebes Mädel.« Lady Viola stand vom Sofa auf, stellte sich neben Hannah und legte ihren zierlichen Arm um Hannahs Taille. »Mr St. Albans möchte dich etwas fragen … und Letitia und ich möchten dich wissen lassen, dass er sein Anliegen mit unserem *vollsten* Segen vorbringen wird.«

Bei diesen Worten war Hannah vollends verwirrt. Nach dem Zwischenfall am Nachmittag auf der Straße war es unvorstellbar, dass Griffin –

»Miss Chillton.« Griffin kniete sich vor Hannah hin.

Ihr zog sich der Magen zusammen. Das konnte doch nicht wahr sein.

»Seit wir einander zum ersten Mal auf den Klippen von Kennymare Cove begegnet sind, bin ich von Ihrem Esprit, Ihrer Schönheit, Ihrer Stärke und Ihrer

Intelligenz beeindruckt. Ich wusste, dass ich Sie näher kennenlernen wollte, so sehr, dass ich Ihnen nach Bath gefolgt bin. Wie konnte ich ahnen, welch tiefe Liebe für Sie in meinem Herzen heranwachsen würde? Eine Liebe, die Sie, wie ich glaube, in gleichem Maße erwidern.«

Griffin senkte seinen Blick und schwieg einen Moment. Als er wieder aufschaute, funkelten seine grünen Augen vor dem Sturm seiner Gefühle.

Als sie dies sah, schossen Hannah Tränen in die Augen, und sie bemühte sich nach Kräften, ihre Hand wegzuziehen, doch er gab sie nicht frei und sprach weiter.

»Meine teuerste Miss Chillton, ich weiß, dass wir einander noch nicht lange kennen. Doch ich weiß mit aller Überzeugung meines Herzens, dass es niemals eine andere geben wird, die ich so lieben werde wie Sie. Und deshalb habe ich Ihre Anstandsdamen um die Erlaubnis gebeten, Sie so schnell wie möglich heiraten zu dürfen. Ich … ich bin gleich heute früh losgegangen, um eine offizielle Heiratserlaubnis für uns zu besorgen. Ich fürchte, der Earl musste seinen Einfluss geltend machen, um die Dinge zu beschleunigen, doch ich habe darauf bestanden, dass kein Hindernis zwischen uns und dem Altar bestehen bleibt.«

Hannah fühlte, wie ihre Unterlippe zu zittern begann. Sie versuchte ein letztes Mal mit schwacher Geste, ihre Hand wegzuziehen, doch es nützte nichts.

Sein Blick ruhte auf ihr, hielt sie ebenso unerbittlich gefangen wie sein Griff, so dass sie nicht entfliehen konnte, bevor er ihr seinen Antrag machte. »Und so bitte ich Sie, Hannah, sagen Sie Ja. Werden Sie meine Frau.«

Und zum zweiten Mal an diesem Tag brach sich eine unaufhaltsame Flut von Tränen Bahn und strömte über Hannahs Wangen.

Ihre Kehle war rau und ließ keine Worte zu. Hannah schüttelte heftig ihren Kopf und wich entsetzt vor Griffin und Lady Viola zurück.

Sie taumelte dichter an den Kamin, lehnte sich haltsuchend gegen den Sims und vergrub ihr Gesicht in ihren Händen. »Warum tun Sie mir das an, Griffin?« Ihre Stimme war kaum mehr als ein heiseres Flüstern.

»Hannah?«, fragte Griffins tiefe Stimme.

Sie hob ihr Gesicht von ihren tränennassen Händen und starrte in seine Augen. »*Warum*?«

Griffin sprang abrupt auf. Er machte einen Schritt auf sie zu, doch sie erhob ihre Hand und hielt ihn auf, bevor er sie erreichte. »Ich verstehe nicht«, sagte er. »Bitte, was habe ich getan?«

»Sie haben mich ausgenutzt. Oh, ich weiß nicht, welches Spielchen Sie jetzt treiben. Vielleicht wollen Sie Ihr Gewissen beruhigen, nachdem Sie mich entehrt haben, oder vielleicht hat der Earl sein Teil dazugetan. Aber ich werde es nicht tun.«

Hannah atmete tief ein, dann schleuderte sie ihm ihre nächsten Worte entgegen: »Ich werde Sie nicht heiraten, Mr St. Albans. Weder heute noch sonst irgendwann. Ich weigere mich, eine Schachfigur in Ihrem abgefeimten Spielchen zu sein.«

Ihre Worte hingen noch immer schicksalsschwer im

Raum, als Hannah ihre Röcke raffte und aus dem Salon lief.

Griffin stürmte in das Haus am Queen Square und marschierte ohne ein Wort an seinen Bruder oder den Earl, die gemütlich zusammen im Salon Brandy tranken, zu seinem Schlafgemach hinauf. Er riss die Schranktür auf und holte seinen Newton-Spiegel heraus, der auf dem Schrankboden lag.

Er würde zum Beechen Cliff gehen, wo er Hannah den Kometen gezeigt hatte. Und dort würde er warten, bis sich der Himmel klärte.

Als er sich umdrehte, um das Zimmer zu verlassen, fand er die Tür von Garnet und dem Earl versperrt.

»Herzlichen Glückwunsch, Griffin!« Garnet hielt prostend seinen Brandyschwenker hoch.

»Ja, ja. Ich denke, dieses Ereignis muss angemessen gefeiert werden.« Die schief sitzende Perücke des Earls verriet Griffin, dass der Brandy in seiner Hand nicht der erste des Abends war. »Pinkerton hat bereits alle nötigen Dokumente aufgesetzt, aber ich sehe keinen Grund, weshalb wir nicht schon heute Abend auf die Zukunft von Devonsfield anstoßen können.«

Garnet hielt die zittrige Hand des Earls zurück, als auch dieser sein Glas erheben wollte. Er sah Griffin durchdringend an, und ein besorgter Ausdruck trübte seinen Blick. »Nicht so schnell, Mylord. Ich fürchte, die Sache steht nicht zum Besten.«

Der Earl starrte Garnet mit seinen dunklen Knopfaugen an. »Was redest du denn da? Das Mädel hat doch wohl kaum seinen Antrag abgelehnt. Schließlich erbt er ein verdammtes Grafentum. Sie wird eine Countess werden. Sie müsste ja verrückt sein, wenn sie –«

Griffins Miene wurde verkniffen, und der Earl verstummte augenblicklich.

»Heiliges Kanonenrohr.« Garnet ließ den Arm des Earls los und ging zu Griffin. »Sie hat dir einen Korb gegeben, stimmt's? Ich wusste gleich, dass etwas passiert sein muss, als ich ihr heute Morgen auf der Straße begegnet bin.«

Griffin sah ihn mit bohrendem Blick an. »Heute Morgen auf der Straße? Du hast Miss Chillton getroffen ... heute?«

»Habe ich das nicht gerade gesagt? Sie war in einer verflucht merkwürdigen Laune. Aber was soll's, du hast ihr einen Antrag gemacht. Warum hat sie abgelehnt?«, fragte Garnet, aber etwas in den Augen seines Bruders verriet Griffin, dass er die Antwort darauf bereits kannte.

Eine Antwort, die Griffin bislang noch vorenthalten war.

»Würde wohl jemand so freundlich sein, mir zu erklären, was hier vor sich geht?« Der Earl leerte sein Brandyglas, dann schaute er sich mit glasigem Blick nach der Karaffe um.

Griffin war mit einem Satz bei seinem Bruder und packte ihn bei seinem Krawattenknoten. »Du weißt, was passiert ist. Spuck's aus. Sag mir, was du getan hast, um mein Leben zu zerstören.«

Kapitel dreizehn

Ein lautes Klopfen an der Haustür riss Hannah aus einem traumlosen Schlaf. Sie drehte sich auf den Rücken und rieb sich die Augen.

Wer in drei Teufels Namen verlangte denn so früh am Morgen Einlass?

Das Klopfen ging unerbittlich weiter, und sie fragte sich, ob die Dienerschaft überhaupt schon auf war.

Ihr Verstand war noch immer benebelt vom Schlaf, doch nichtsdestotrotz stand Hannah aus ihrem warmen Bett auf, zog die schweren Vorhänge auf und schaute aus dem Fenster nach vorn auf die Straße darunter.

In einiger Entfernung holperte eine dunkle Kutsche die Brock Street hinunter. Sonst rührte sich nichts. Nichts, was sie nicht schon hundertmal oder öfter gesehen hatte.

Sie presste ihre Stirn gegen das kühle Glas, um einen besseren Blick auf den Wagen zu erhaschen, doch er war bereits aus ihrem Sichtfeld verschwunden.

Der Himmel war klar, und ein leuchtend blauer Streifen färbte den Horizont und versprach einen Wetterumschwung. Doch der Tag war noch viel zu jung für Besuch.

Der Morgentau funkelte noch immer auf den breiten Rasenbeeten, die den imposanten Royal Crescent säumten. Die Sonne konnte vor höchstens einer Stunde über der Kurstadt aufgegangen sein. Wer kam so früh zu Besuch?

Sobald Hannahs Verstand ganz aufgewacht war, zog sie die Klingelschnur, um Annie herbeizurufen, damit sie ihr beim Anziehen helfen konnte.

Wenn jemand zu dieser frühen Stunde vor der Tür stand, hatte er kaum gute Nachrichten zu überbringen. Nein, sehr wahrscheinlich war es eine Fortsetzung der aufwühlenden Ereignisse des vergangenen Abends.

Hannah lief nervös in ihrer Kammer auf und ab, während sie darauf wartete, zu den Feathertons zitiert zu werden, denn wenn sie mit ihrer Annahme bezüglich des Besuchers recht hatte, würden die beiden Damen gewiss jeden Moment nach ihr schicken.

Ihr Herz pochte laut, als sie an der Tür vorbeiging, sich umdrehte und dann innehielt, um nach Schritten draußen auf der Treppe zu lauschen. Fast augenblicklich, wie es schien, hörte sie Getrampel auf den Stufen. Sie hielt den Atem an und trat eilig ein Stück zurück, als sich die Messingklinke herabsenkte und die Tür aufging.

Doch es war nur Annie. Gott sei Dank. Hannah entließ den angehaltenen Atem, während die Kammerzofe hereinstürzte und die Tür nachdrücklich hinter sich schloss.

»Oh, wir sitzen in der Tinte, Miss Hannah. Bis zum Hals, sage ich Ihnen! Ich habe kein Wort von dem verstehen können, was der Earl gesagt hat, aber was immer es war, er hat es sehr lautstark gesagt. Ich glaube nicht, dass er es nur aus Höflichkeit getan hat, weil doch die Damen ein bisschen schwerhörig sind!«

Hannah plumpste auf ihr Bett. »Der *Earl* ist hier? Der Earl von Devonsfield?«

Annie nickte heftig. »Aber ja.«

»Bist du sicher, dass der Besucher nicht … Mr St. Albans ist, vielleicht in Begleitung des Earls?«

»Nein, Miss. Es ist der Earl, ohne Frage. Sein Diener – Sie wissen schon, dieser seltsame Vogel mit den schwarzen langen Haaren, der immer angezogen ist wie für eine Beerdigung – hat Mr Edgar gebeten, ihm einen Stuhl zu bringen … ganz dreist und hochnäsig, so als wäre er der Herr und nicht einer von der Dienerschaft, wie wir alle. Er hat den Earl beglcitet.«

»Aber bist du sicher, dass Mr St. Albans nicht auch mitgekommen ist?«

Annie schnaubte verdrossen. »Ganz sicher. Es ist der Diener des Earls in der Diele. Sie können ja hingehen und mit eigenen Augen nachschauen, wenn Sie wollen. Er sitzt direkt vor dem Salon wie ein verfluchter Wachposten.« Sie schlug sich die Hand vor den Mund. »Meine Ausdrucksweise schon wieder. Lady Letitia tadelt mich ständig für die Worte, die ich in den Mund nehme. Ich bitte um Verzeihung, Miss Hannah.«

Plötzlich kratzte es leise an Hannahs Tür. Annie sah Hannah erschrocken an, und einen Moment lang rührte sich keine der beiden und gab auch keinen Laut von sich.

»Miss Hannah?« Es war Mrs Pennys Stimme, die vom Flur hereindrang. »Sind Sie da drin?«

Hannah nickte Annie zu, und die Zofe drückte den Riegel herunter und öffnete die Tür eine Handbreit. Mrs Penny stand ganz aufgeregt im Flur.

»Miss Han…« Mrs Penny stellte sich auf ihre Zehenspitzen, um über Annie hinweg Hannah direkt anzuschauen. »Die Ladys wünschen, dass Sie in den Salon kommen, Miss Hannah. Sie sagten, Sie sollen sich beeilen, denn es geht um eine Angelegenheit von größter Wichtigkeit.«

Annie nickte. »Gut, ich werde meiner Herrin die Nachricht überbringen.«

Mrs Penny, plötzlich verärgert über Annies Blockade, schob die Zofe beiseite und betrat das Zimmer. »Miss Hannah, die Ladys haben mir nicht die Erlaubnis dazu gegeben, aber ich finde, ich sollte Ihnen sagen, dass der Earl von Devonsfield bei den Ladys ist. Gewiss wollen Sie sich ankleiden.«

»Vielen Dank, Mrs Penny. Das werde ich tun.«

Der Blick der Haushälterin wanderte zu Annie, und sie seufzte missbilligend. »Und was stehst du noch immer da herum und hältst Maulaffen feil, Annie? Beeil dich, Mädel, bevor der Earl es sich in den Kopf setzt, die Treppe heraufzukommen und selbst nach Miss Hannah zu suchen!«

Hannah stieß völlig unbeabsichtigt einen bestürzten Laut aus, denn Mrs Penny traf mit ihrer Einschätzung des Charakters des Earls genau ins Schwarze.

Jeder, der mit ihm zu tun hatte, lernte sehr schnell, dass er nicht der geduldigste Mensch war, und die Treppe heraufzukommen, um Hannah zu holen, nun, das würde ihm schon ähnlich sehen. Ihre einzige andere Möglichkeit, abgesehen davon, dem Wunsch der Feathertons zu entsprechen, war die Flucht.

Klammheimlich, damit niemand es merkte, schaute Hananh zu dem kleinen Fenster, das Ausblick auf den Garten bot.

Sie könnte das Rankgitter hinunterklettern. Das war ein Kinderspiel. Sie hatte es schon wenigstens dreimal getan, ohne dass sie sich auch nur ihren Rock eingerissen hatte.

»Oh nein, Miss Hannah.« Annie schüttelte bereits ihren Kopf, so als hätte sie Hannahs Gedanken gelesen.

»Ich weiß gar nicht, was du meinst.«

»Ach, nichts. Ich dachte nur bei mir, dass ich an Ihrer Stelle die Feathertons nicht zu lange warten lassen würde. Sie haben Lady Letitia ja vielleicht noch nie gesehen, wenn sie wütend ist, aber ich schon. Und was würde es Ihnen denn nutzen? Irgendwann müssten Sie doch nach Hause kommen, und sobald Sie es tun, müssen Sie den Feathertons Rede und Antwort stehen. Aber dann hätten Sie nicht mehr ihr Wohlwollen, so wie jetzt.«

Hannah bedachte Annie mit einem bösen Blick, so als ob ihr der Gedanke an Flucht nie gekommen wäre. Doch die Zofe hatte recht, und Hannah tat gut daran, sich das Rankgitter aus dem Kopf zu schlagen.

Sie wandte sich wieder an Mrs Penny: »Würden Sie den Damen bitte sagen, dass ich mich derzeit ankleide, aber in Kürze nach unten kommen werde?«

Mrs Penny verließ mit einem beflissenen Nicken die Kammer und schloss die Tür hinter sich.

Hannah wandte sich den beiden Kleidern zu, die Annie inzwischen aus dem Schrank geholt und auf dem Bett ausgebreitet hatte.

Sie zeigte auf das Kleid zur Linken. »Das blaue, denke ich. Es verleiht mir immer ein gewisses Selbstvertrauen, wenn ich es trage … und Gott weiß, heute werde ich alles Selbstvertrauen brauchen, das ich aufbringen kann.«

Nachdem sie schließlich ihr Lieblingskleid aus blauem Batist angezogen hatte und ihr Haar zu der aufwendigsten verschlungensten Frisur, die Annie zuwege bringen konnte, aufgedreht und festgesteckt war, legte Hannah haltsuchend ihre Hand auf das Geländer und stieg die Treppe zum Vestibül hinunter, als wäre es der Gang zum Schafott.

Ihre Glacélederpantoffeln machten keinen Laut auf dem Fußboden, als sie sich dem Salon näherte.

Bevor sie die Tür erreichte, hielt sie inne, um sich eine kurze Gnadenfrist zu verschaffen, in der sie all ihren Mut zusammennehmen konnte, bevor sie dem Earl gegenübertrat.

Hannah vermochte nicht zu sagen, warum der Earl sie so einschüchterte. Nur sehr wenige Menschen auf der Welt taten das, und sie konnte nicht zulassen, dass er eine solche Wirkung auf sie hatte.

Sie war wenigstens einen Kopf größer als der beleibte, von der Statur her unbeeindruckende Gentleman.

Er machte auf sie nicht den Eindruck, dass er sonderlich intelligent oder irgendeiner Fertigkeit besonders fähig wäre. Als sie über die Qualitäten nachsann, die ihn auszeichneten, musste sie zu ihrer Schande erkennen, dass sie sich von seiner erhabenen gesellschaftlichen Stellung hatte blenden lassen. Nichts weiter.

Doch nun tat sie das nicht mehr. Nicht nach diesem Morgen.

Adelswürde hin oder her, es blieb eine Tatsache, dass Hannah ein Unrecht angetan worden war und sie allen Grund hatte, Mr St. Albans' Heiratsantrag abzulehnen.

Hannah reckte ihr Kinn vor und wollte gerade entschlossenen Schrittes in den Salon marschieren und dem Gentleman ebendieses zu verstehen geben, als sie hörte, wie der Earl äußerst ungehalten ihren Namen sprach.

Sie erstarrte mitten im Schritt, setzte vorsichtig ihren Pantoffel wieder auf dem Fußboden auf und drückte sich an die Wand des Flurs.

Es wäre gewiss unklug, unvorbereitet einzutreten, oder?, sagte sie sich. *Ja, das wäre es.*

Ganz leise schlich sie an der Wand entlang so nah an die offen stehende Tür, wie sie es wagte. Sie lauschte mit gespitzten Ohren.

»Das Mädel muss doch die Vorteile einer solchen Verbindung erkennen«, erklärte der Earl gerade den Featherton-Schwestern. »Sie wäre eine Countess. Sie würde Rang und Ansehen in der feinen Gesellschaft genießen, etwas, das sie als bloße Bürgerliche sonst niemals erreichen könnte, einmal abgesehen … durch ihre Verbindung zu Ihnen beiden.«

Die Feathertons schnaubten etwas brüskiert.

Der Earl senkte seine Stimme, so dass Hannah gezwungen war, näher an die Tür zu schleichen.

»Aber meine Teuersten, was Sie nicht wissen – und ich erzähle Ihnen das nur, weil ich weiß, dass ich Ihnen blind vertrauen kann und dass Sie niemandem ... *niemandem* verraten werden, was ich Ihnen nun sage – was Sie nicht wissen, ist, dass die gesamte Zukunft des Devonsfield'schen Grafentitels von einer unverzüglichen Heirat zwischen Mr St. Albans und ... einer Frau von Stand abhängt.«

Die beiden Ladys stießen ob dieser Enthüllung einen überraschten Laut aus – wie auch Hannah es beinahe getan hätte, hätte sie nicht eilig die Hand vor den Mund geschlagen.

»Seine Wahl ist aus Gründen, die er mir gegenüber nicht weiter ausführen will, auf Ihr Mündel, Miss Chillton, gefallen«, fuhr der Earl fort.

»Ähm ... was genau wollen Sie damit andeuten, Mylord?«, fragte Lady Letitia. »Ich fürchte, Ihre Worte sind zu schleierhaft, als dass mein nach Tee dürstender Verstand sie heute Morgen entschlüsseln könnte.«

Der Earl seufzte und senkte seine Stimme noch mehr, so dass sie kaum mehr als ein Flüstern war. »Meine Söhne, und jüngst auch noch mein Bruder, sind unerwartet verschieden, so dass Devonsfield während der vergangenen Wochen ohne einen direkten Erben war.«

»Oh weh.« Lady Violas Stimme klang ungewöhnlich hoch und dünn für Hannahs Ohren. »Aber Mr St. Albans ist –«

»Ja. Ja, das ist er.« Der Earl atmete tief durch, und

eine Weile klang es so, als würde er nach Luft ringen. »Ich … ich will Sie nicht mit den Einzelheiten langweilen«, fuhr er schließlich fort, »aber damit Mr St. Albans vom möglichen Anwärter auf den Devonsfield'schen Titel zum rechtmäßigen Erben wird, muss er heiraten, bevor ich sterbe.«

»Aber Mylord, Sie sehen gesund aus wie ein Fisch im Wasser«, hörte Hannah Lady Viola sagen. Mit Süßholz war sie niemals sparsam, wenn eine kleine Beschönigung der Wahrheit notwendig war.

»Mein Arzt stimmt Ihnen da nicht zu, Mylady. Er erwartet, dass ich das Jahr nicht überleben werde.« Es verstrichen einige Momente schweigend, bevor der Earl weitersprach: »Sie sehen also, Mr St. Albans muss heiraten – umgehend.«

Hannah hörte das Scharren von Schuhsohlen auf dem Fußboden und fuhr herum.

»Soll ich Bescheid geben, dass Sie da sind, Miss Chillton? Ist das der Grund, weshalb Sie noch immer dort stehen?«, erscholl eine tiefe Stimme aus den undurchdringlichen morgendlichen Schatten im Flur.

Hannah bekam eine Gänsehaut. »Wer ist da?«, fragte sie zaghaft.

Eine Gestalt erhob sich von einem Stuhl in der Ecke und trat in das helle Dreieck aus Licht, das durch das Fenster fiel.

»*Pinkerton.*« Hannah atmete auf. Sie hatte völlig vergessen, dass Annie sie gewarnt hatte, dass der Leibdiener des Earls vor dem Salon Posten bezogen hatte. »Sie brauchen mich nicht anzumelden«, erwiderte sie verhalten. »Ich wollte gerade eintreten.«

Pinkerton sagte dazu nichts.

»*Ehrlich*«, zischte sie aufgebracht.

Angesichts der Tatsache, dass ihr nun keine andere Wahl mehr blieb, da zweifellos alle im Salon Pinkertons rüde Aufforderung gehört hatten, holte Hannah tief Luft und betrat entschlossen das Zimmer.

Der Earl sprang augenblicklich auf.

Hannah wusste, dass sie nicht wie Lady Viola die Fähigkeit besaß, ihre Worte zu versüßen oder die Wahrheit zu verbrämen.

Sie hatte zum Guten oder Schlechten immer unverblümt ihre Meinung gesagt, und in jenem Moment entschied sie, es auch diesmal zu tun.

»Mylord.« Ihr Ton war schrill, selbst für ihre eigenen Ohren. »Mr St. Albans mag ja umgehend heiraten müssen, um die Zukunft des Devonsfield'schen Titels zu sichern. Aber ich fürchte, ich bin nicht die Frau, mit der er dies tun wird.«

»Hannah!« Lady Letitia sah entsetzt zum Earl. »Bitte verzeihen Sie ihr Benehmen, Mylord. Miss Chillton ist aufgewühlt und handelt daher überspannt.« Sie sah wieder zu Hannah. »Ist es nicht so, Liebes?«

»Ja, ich bin aufgewühlt. Ich bin außer mir. Doch die Schuld daran liegt wohl kaum bei mir. Mr St. Albans und sein schmähliches Benehmen haben mir das angetan.«

»Hannah … du überraschst mich, mein Kind. Ich weiß, wie es um dein Herz bestellt ist, und ich würde schwören, dass es Mr St. Albans gehört.« Lady Viola kam mit ausgebreiteten Armen zu ihr. »Erzähl mir, was geschehen ist, Täubchen.«

Hannah schüttelte den Kopf und hob die Hand, um weitere Fragen abzuwehren.

»Nun, egal was sich zwischen dir und unserem Mr St. Albans abgespielt hat, es wird schon wieder ins Lot kommen. Bitte, willige doch ein, mit ihm zu sprechen. Ich bin fest davon überzeugt, dass es nur ein Missverständnis ist, das zwischen euch steht.«

Lady Letitia erhob sich vom Sofa und gesellte sich ebenfalls zu Hannah. »Wir werden sogleich nach ihm schicken, um euch beiden etwas Zeit unter vier Augen zu geben. Ich stimme meiner Schwester zu. Gewähre Mr St. Albans ein Gespräch, und ich bin überzeugt, wir werden noch vor dem Abend auf eine bevorstehende Hochzeit anstoßen.«

Der Earl schenkte Hannah ein hoffnungsvolles Lächeln. »Ja, ja. Noch vor dem Abend. Er hat ja bereits die Heiratserlaubnis. Ihr beide könntet noch vor dem Wochenende verheiratet sein, wenn ihr wollt …«

Lady Letitia klatschte in die Hände und schaute den kleinen Earl bewundernd an. »Was für ein famoser Einfall, Mylord. Der Salon ist wie geschaffen für einen Hochzeitsempfang. Wir brauchen nur ein paar Blumengestecke dort auf dem Tisch und dort drüben ein paar Torten. Ich werde Mrs Penny anweisen, sogleich mit dem Backen zu beginnen –«

»Nein, *nein*! Es wird keine Hochzeit geben.« Hannah schüttelte ihren Kopf, und einige heiße Tränen, die sich von ihr selbst unbemerkt in ihren Wimpern verfangen hatten, flogen in alle Richtungen. »Und ebenso wenig werde ich Mr St. Albans ein Gespräch gewähren. Es besteht keine Notwendigkeit dafür, denn ich weiß bereits, was für ein Mann er wirklich ist. Sie alle offenkundig nicht.«

Sie sah den Earl an, der wie vor den Kopf gestoßen schien.

»Es tut mir leid um Sie und Ihre Familie, Mylord, aber wie ich ihm bereits erklärt habe, ich werde Mr St. Albans nicht heiraten. *Niemals.*«

Kapitel vierzehn

Am Ende des Tages, nachdem sie allen Glauben an die ewige Liebe verloren hatte – an die Liebe im Allgemeinen, zumindest soweit es sie selbst anging -, gab Hannah sich alle Mühe, den Schmerz des Verlustes, der noch immer in ihrer Brust brannte, zu verdrängen und ihr Leben wieder der Aufgabe zu widmen, passende Gefährten für andere Unglückliche zu finden.

Bis zum Ende der Woche war ihre Zuversicht in das Gute, das sie für andere tun konnte, so gewachsen, dass Hannah es wagte, eine Annonce im *Bath Herald* aufzugeben.

Sie hatte einmal mit den Featherton-Schwestern gescherzt, dass sie sich ein Geschäftsschild anfertigen lassen sollte, um ihre Heiratsvermittlungsdienste zu bewerben, doch vor zwei Tagen hatte sie genau das getan. Und als das Schild einen Tag später geliefert wurde, hatte sie es stolz hinausgetragen und über dem Dienstboteneingang aufgehängt, direkt unterhalb des Haupteingangs zur imposanten Residenz der Feathertons.

Als sie das Schild vom Gehweg jenseits des Eisengeländers aus betrachtete, gestattete Hannah sich ein zufriedenes Lächeln.

Das Schild war leuchtend bunt bemalt. Zwei verschlungene Goldringe schimmerten in der Mitte des Schildes. Selbst Annie, die eigentlich immer etwas zu mäkeln hatte, sagte, dass die Wirkung sehr augenfällig sei. Und das war sie auch.

Niemand, der Nummer eins Royal Crescent besuchte oder auch nur daran vorbeispazierte, konnte das Schild übersehen, besonders wenn die Sonne in dem Winkel stand, wie sie es im Moment tat, so dass die Ringe beinahe magisch glitzerten.

Allerdings war Hannah nicht so verblendet, dass sie sich einredete, die feine Gesellschaft von Bath würde ein solches Unterfangen gutheißen. Ganz im Gegenteil. Die Hautevolee würde sich gewiss über ihre Unverfrorenheit, eine Heiratsvermittlung zu eröffnen, echauffieren.

Es würde nicht leicht werden, sich mit ihrem Geschäft durchzusetzen, und schon gar nicht im eigenen Haus. Die beiden Featherton-Schwestern würden ihr Schild unverzüglich entfernen lassen, sobald sie es bemerkten, denn selbst die verschrobenen, schelmischen alten Damen hatten ihre Prinzipien.

Doch die ein, zwei Tage, die das Schild bis dahin für alle Passanten deutlich sichtbar hängen bliebe, würden genügen, dass sich die Neuigkeit über ihre Heiratsvermittlung wie ein Lauffeuer verbreiten würde.

Selbst wenn sie das Schild umgehend wieder entfernen müsste, war Hannah überzeugt, dass es ihrem Geschäft nicht wirklich schaden würde.

Ihre Dienste waren bereits jetzt sehr gefragt – und dabei war es gerade erst einmal neun kurze Tage her, dass Mr St. Albans ihr gesagt hatte, dass er sie liebe, und sich dann plötzlich nicht mehr daran erinnern konnte.

Der schamlose Herzensbrecher.

Erstaunlicherweise brachten ihr selbst die Versionen ihres schmerzlichen Verlustes, die die Klatschbasen verbreiteten, neue Kundschaft, so unwahr und hanebüchen diese Geschichten auch sein mochten.

Hannahs eigene Glaubwürdigkeit litt jedenfalls keineswegs darunter. Wenn überhaupt, regte der tragische Verlust ihrer großen Liebe ihre Kunden eher an, sich ihr bedingungslos anzuvertrauen.

Das war natürlich nicht bei allen Kunden der Fall. Doch es kümmerte Hannah nicht im Geringsten, dass etliche Mütter ihre unverheirateten Töchter nur deswegen zu ihr schleiften, weil sie daran interessiert waren, wie eine simple Bürgerliche den Erben eines Earls zu amourösen Avancen hatte verleiten können.

Es spielte keine Rolle, ob ein potenzieller Kunde ihren Rat suchte oder wünschte, dass Hannah eine Begegnung mit dem Gentleman oder der Lady seiner Träume einfädelte.

Geschäft war Geschäft, und ihr Verfahren war immer das gleiche, ebenso wie ihr Honorar: eine einzige Guinee.

Und kein Kunde hatte sich je über die Kosten beschwert. Nicht ein einziger.

Hannah betrachtete lächelnd ihr Schild, stolz auf alles, was sie in jener Woche erreicht hatte. Sie fragte sich, ob sie ihrem Bruder Arthur schreiben und von all dem Geld, das sie verdiente, berichten sollte, doch sie entschied sich dagegen.

Arthur würde nur das ohnehin kleine Taschengeld, das er ihr schickte, streichen. Und wer konnte schon sagen, wie lange ihre Heiratsvermittlung florieren würde.

Es gab schließlich nur eine begrenzte Anzahl von geeigneten ledigen Menschen in Bath. Und wenn es in diesem Tempo weiterging, hatte sie die alle bis zum Maifest unter die Haube gebracht.

Am Abend ging Hannah recht zufrieden mit sich und der Welt zu Bett.

Sie war hundemüde, nachdem sie sich an diesem Tag mit drei potenziellen Kunden getroffen hatte. Doch zwischen dem Aufstehen am Morgen und dem Zubettgehen hatte sie darüber hinaus zwei neue Vermittlungsaufträge in Angriff genommen und eine »Zufallsbegegnung«, ihre Spezialität, arrangiert zwischen einem Wissenschaftler, der wegen Miss Herschels Vortragsreihe über den Bath'schen Kometen in der Stadt war, und einer nicht mehr taufrischen Modistin, die wohlsituiert, doch allein über ihrem Geschäft in der Trim Street lebte.

Ja, sagte Hannah sich, als sie ihre Augen zumachte und sich in ihr Kissen kuschelte, schon sehr bald würde der Komet über Bath hinweggezogen sein, und alle gelehrten Besucher der Stadt würden wieder nach Hause fahren. *Alle.*

Und ehe sie es sich versah, würde sie Mr St. Albans völlig vergessen haben.

Und dann wäre es beinahe so, als ob sie einander nie begegnet wären.

Genau das würde geschehen.

Dessen war sie sich sicher.

Griffin wollte seinen Ohren nicht trauen. Zugegeben, er hatte kaum etwas anderes erwartet vom Earl, dessen wenige verbleibende Zeit auf dieser Erde nur einem einzigen Ziel gewidmet war – den Fortbestand des Devonsfield'schen Grafentitels zu sichern.

Aber auch Garnet – sein eigen Fleisch und Blut?

Er hätte nie gedacht, dass einmal der Tag kommen würde, an dem sein Zwilling Reichtum und gesellschaftliche Stellung über das Glück seines eigenen Bruders stellen würde. Doch anscheinend war es so gekommen.

»Nimm meine Warnung nicht auf die leichte Schulter, Junge.« Der Earl baute sich dicht vor Griffin auf, schaute in seine Augen auf und wedelte mit einem dicken Finger vor seinem Gesicht. »Du kannst weder Miss Chillton noch sonst jemandem sagen, dass der Grafentitel in Gefahr ist – *aufgrund einer ungeklärten Geburtsreihenfolge.*«

»Nachdem, was Sie mir berichtet haben, Mylord, scheint es aber so, als hätten Sie das den Feathertons und meiner Hannah praktisch bereits erzählt.« Er packte den rüde vor seinem Gesicht wedelnden Finger des Earls und legte ihn nachdrücklich in dessen Handfläche hinein.

»Warum muss ich eine Tatsache geheim halten, die sie mir zurückbringen könnte?«, fragte er. »*Ich liebe sie.* Ich habe noch nie für jemanden so empfunden. Bedeutet euch mein Leben, mein Glück denn gar nichts?«

Garnet legte beschwichtigend seine Hand auf die Schulter seines Bruders. »Du weißt, dass uns dein

Glück am Herzen liegt, Bruder. Sehr sogar. Aber die Zukunft der Familie steht auf dem Spiel.«

Griffin zuckte mit der Schulter, um Garnets Hand abzuschütteln.

»Ich weiß, dass wir ihr vertrauen können –«

Garnet drehte sich um und füllte ein Glas mit Brandy, dann drückte er Griffin den Schwenker in die Hand. »Griffin, Miss Chillton ist wütend auf dich … oder möglicherweise auf *mich*.«

Griffin schnitt eine Grimasse. »Ich bin ganz sicher, dass sie auf *dich* wütend ist, Garnet.«

Garnet schüttelte den Kopf. »Nun, das ist gehupft wie gesprungen, oder? Was ich sagen will, ist, dass sie tief verletzt wurde, und wenn Frauen ein gebrochenes Herz haben, dann steht ihnen der Sinn nach Rache. Denk doch mal darüber nach. Wer weiß, was Miss Chillton tut, wenn sie erfährt, dass wir Zwillinge sind und Devonsfield keinen eindeutigen Erben hat.«

Der Earl machte Anstalten, von Neuem seinen Finger zu heben, doch dann schien er sich eines Besseren zu besinnen und verschränkte seine Hände stattdessen nachdrücklich hinter dem Rücken. »Sie könnte auf der Stelle einen Brief an den Privilegienausschuss schicken – der Devonsfield'sche Titel könnte erlöschen! Das Risiko können wir nicht eingehen. Um keinen Preis!«

»Es ist wahrscheinlicher, dass Miss Chillton überhaupt nichts sagen und stattdessen einwilligen würde, mich zu heiraten!« Griffin trank seinen Brandy in einem Zug, dann drängte er sich wütend am Earl vorbei und durchquerte den Salon mit vier langen Schritten.

Er hob die Brandykaraffe aus ihrem abschließbaren Ständer und schenkte sich ein großzügiges Maß der bernsteinfarbenen Flüssigkeit nach. »Seit fast zwei Wochen weigert sich Miss Chillton, mit mir zu sprechen oder mir auch nur zu erlauben, meine Karte abzugeben. Aber sobald sie weiß, dass Garnet und ich Zwillinge sind … und praktisch nicht zu unterscheiden für ihr Auge, wird sie erkennen, dass, was immer sie verletzt hat, höchstwahrscheinlich auf *deine* Kappe geht, Garnet. Nicht auf meine. Ihr Zorn oder Schmerz, wenn sie diesen denn empfindet, wird augenblicklich verpuffen, und wir müssen uns nicht länger Sorgen machen.«

Der Earl schüttelte aufgebracht seinen Kopf. »Unmöglich. Wir können es nicht riskieren.«

Griffin atmete tief durch. Wie sollte er die beiden je überzeugen? »Unser Vertrauen in sie würde dieses Risiko schmälern. Sie ist keine nachtragende Natur, die um der bloßen Rache willen so tief sinken würde.« Griffin ließ sich in den Sessel neben dem Fenster fallen. »Sie ist eine ehrliche, warmherzige Frau, die zu solcher Durchtriebenheit nicht fähig ist.«

Die Knopfaugen des Earls funkelten argwöhnisch. »Ach ja, Junge? Bist du da sicher?«

»Das bin ich.«

»Also wirklich. Wie interessant.« Der Earl rief nach Pinkerton, und als der pechschwarz gekleidete Mann das Zimmer betrat, flüsterte ihm der Earl etwas ins Ohr. Als sein Leibdiener kurz darauf zurückkehrte, brachte er dem Earl eine makellos glatt gebügelte Zeitung.

Der Earl überflog die erste Seite, dann drehte er die Zeitung herum und ließ seinen Blick über die Spalten schweifen, bis er fand, wonach er suchte. »Lies das. Mach schon, schnell, schnell.«

Griffin nahm zögernd die Zeitung entgegen. Er sah, dass es die jüngste Ausgabe des *Bath Herald* war.

Der Earl stellte sich dicht hinter ihn und tippte mit seinem abgekauten Fingernagel auf eine kleine Annonce. »Lies das bitte sehr genau, und dann sag mir noch einmal, wie sicher du dir in Bezug auf Miss Chilltons Charakter bist.«

Griffin las die Überschrift:

Heiratsvermittlung mit Garantie

»Ich verstehe nicht. Warum zeigen Sie mir das? Ich bedarf wohl kaum der Dienste eines Brautwerbers.«

»Lies weiter, Junge.« Der Earl tippte abermals auf die Seite.

Und so überflog Griffin widerstrebend die Aufzählung der angebotenen Dienste, einen nach dem anderen, bis er zum Namen der Anbieterin kam.

Sein Herz setzte einen Schlag aus.

Miss Hannah Chillton, Heiratsvermittlerin

»Wie kann das sein?« Griffin sah seinen Bruder an. »W-wusstest du davon?«

Garnet nickte. »Ich habe allerdings erst jüngst davon erfahren, das schwöre ich. Miss Howard hat mir gestanden, dass sie vor einigen Wochen Miss Chillton engagiert hat, um eine Begegnung mit mir ... *oder dir* ... zu arrangieren. Hat sie eine Guinee gekostet.«

»Und ...« Griffin schluckte die Galle herunter, die ihm in der Kehle aufstieg. »Sie hat es getan.«

»Überleg doch mal, Bruder.« Garnets Stimme war jetzt versöhnlicher. »Wenn sie dich wirklich lieben würde, würde sie dann Geld annehmen, um dich einer anderen vorzustellen? Könnte sie dich vielleicht einfach nur benutzt haben, um ein Geschäft mit dir zu machen?«

»Ich weiß, dass es schmerzlich für dich sein muss, das zu hören, aber die Bedenken deines Bruders sind nicht von der Hand zu weisen, oder?« Der Earl legte seine fleischige Hand auf die Lehne von Griffins Sessel. »Bist du dir immer noch so sicher, was deine Miss Chillton angeht? Sicher genug, um deine Zukunft aufs Spiel zu setzen, ebenso wie die deines Bruders und die meine?«

Griffin stützte seinen Ellbogen auf die Knie und legte den Kopf auf seine Hand.

Noch vor wenigen Tagen war alles ganz anders gewesen. Er hätte dem Earl sagen können, dass er von ganzem Herzen an Miss Chillton und ihre Liebe zu ihm glaube. Sein Vertrauen in sie war vollkommen gewesen.

Doch irgendwie bewegten er und Hannah sich nicht mehr im selben Orbit. Und jetzt, nachdem er von ihrem Gewerbe erfahren hatte, fragte er sich, ob sie das je getan hatten – oder ob er vielleicht nur von seiner Schwärmerei für sie so verblendet gewesen war, dass er sich nur eingebildet hatte, dass sie einer gemeinsamen Bahn folgten, die zu einer gemeinsamen Zukunft führte.

Verflucht noch eins. Er war sich über gar nichts mehr sicher.

Über rein gar nichts mehr.

Am nächsten Morgen forderten die Featherton-Schwestern Hannah auf, sie zum berühmten Pump Room, der Trinkhalle im Kurhaus von Bath, zu begleiten, wo sie sich täglich zur Einnahme des Heilwassers einfanden.

Hannah war sich nicht sicher, weshalb sie an diesem speziellen Tag darauf bestanden, dass sie mitkam. Die alten Damen wussten, dass sie den ekligen Geschmack des Heilwassers nicht ertragen konnte und dass sie sich beim Flanieren im Pump Room – als wäre der Saal von Gartenwegen durchzogen – nie wohl fühlte. Es war alles ein wenig absonderlich dort, wenn man sie fragte … und na ja, ein wenig verrückt auch.

Aber die feinen Leute liebten nun einmal die Traditionen der Trinkkur, und jedes Mal, wenn Hannah durch den Eingang des Pump Room trat, bemerkte sie überrascht, dass die Zahl der elegant gekleideten Ladys und Gentlemen, die durch die Trinkhalle schlenderten, abermals um ein Dutzend oder mehr gestiegen zu sein schien.

Wie immer, wenn sie mit den Feathertons den Pump Room besuchte, gab Hannah dem Kellner pflichtschuldig einige Münzen und drehte sich dann herum, um das warme, salzige Wasser an die Damen zu verteilen.

Doch diese standen bereits nicht mehr hinter Hannah. Stattdessen hatten sie in der Mitte des weitläufigen Saals Stellung bezogen. Ihre Köpfe drehten sich nach rechts und dann nach links, als hielten sie nach jemand Bestimmtem Ausschau.

Hannahs Miene verfinsterte sich, während sie sich suchend im Saal umschaute. Sie hatte den unbestimmten Verdacht, dass die beiden alten Damen Mr St. Albans als Teil irgendeines abgekarteten Hinterhalts hierher eingeladen hatten.

Ihr Blick schweifte im Einklang mit dem Pendelrhythmus der Köpfe der Feathertons umher. Doch Griffin war sehr hochgewachsen, selbst für einen Mann aus Cornwall, und wäre ihr daher sofort ins Auge gestochen.

Doch dann erspähte sie ihn durch das Fenster auf dem Platz vor der Abteikirche. Ihr drehte sich der Magen um. Wie hatte sie ihn übersehen können? Er und Miss Howard mussten gerade eben erst den Pump Room verlassen haben.

In Hannahs Kopf begann sich alles zu drehen, und sie schwankte auf den Absätzen ihrer Pantoffeln. Himmel, ihr war speiübel – und dabei hatte sie noch nicht einmal einen Schluck des Heilwassers getrunken, das diese Übelkeit hervorrufen könnte.

Sie sah hinüber zu den Feathertons, die nicht weit von dem Musikerquartett standen, in der Hoffnung, sie könne sich entschuldigen und auf der Stelle den Pump Room verlassen.

Dann trat plötzlich jemand von weniger beeindruckender Statur in ihr Blickfeld, und ihre Blicke trafen sich. Es war die junge Frau, deren Feder Cupid am See stibitzt hatte.

Die junge Frau starrte sie unverwandt an, denn sie hatte Hannah offenkundig ebenfalls wiedererkannt.

Sie hob ihren Fächer vor ihren Mund, während sie der imposanten Matrone neben ihr etwas zuflüsterte. Jetzt starrte auch die ältere Frau herüber und hob ihren Fächer, um dem Gentleman an ihrer Seite etwas zuzuflüstern.

Zu Hannahs Bestürzung senkten die beiden Frauen wie aufs Stichwort ihre Fächer, dann kamen sie und der Gentleman auf Hannah zu.

Hannah war jetzt noch mulmiger zumute. Ein klammes Gefühl der Besorgnis, einem kalten Luftzug in einem ansonsten warmen Zimmer vergleichbar, überkam Hannah, und ihre Nackenhaare richteten sich auf.

Wer vermochte zu sagen, was das Trio, das da mit ausholenden Schritten auf sie zumarschierte, von ihr wollte? Nach der Annonce im *Bath Herald* war es mehr als wahrscheinlich, dass die junge Frau erkannt hatte, dass sie Opfer eines von Hannahs Ränkespielen geworden war – und dass sie das nicht sonderlich glücklich machte. Vielleicht fühlte sie sich sogar gedemütigt!

Hannah warf einen Blick zu der nahe gelegenen Tür zum Platz vor der Abteikirche. Sie könnte es aus der Tür hinaus schaffen, wenn sie sich beeilte. Ihr Blick wanderte zu den drei Bechern Heilwasser in ihren Händen, dann zu den Featherton-Schwestern, die ebendiesen Moment ausgesucht hatten, um Hannah zu sich zu winken.

Verflixt.

Ihr blieb nichts anderes übrig, als das Wasser so schnell wie möglich abzuliefern und dann unbemerkt durch die Menge hindurch und zur Tür hinaus zu entschlüpfen.

Hannah warf ihren Anstandsdamen ein schales Lächeln zu, dann hob sie ihren Becher an die Lippen und trank das Wasser in einem einzigen abscheulichen Zug aus.

Sie gab den leeren Becher an den Kellner zurück, dann hastete sie mit jeweils einem Becher in jeder Hand zu den Feathertons, die Arme ausgestreckt, um Lady Letitia und Lady Viola die Becher rascher übergeben zu können.

Wasser schwappte über die Ränder der Becher, als sie diese den beiden alten Damen in die Hände drückte. Sobald sie ihre Aufgabe erfüllt hatte, machte Hannah Anstalten, sich an Lady Viola vorbeizudrücken und sich von der umherwimmelnden Menge verschlucken zu lassen, als in Lady Letitias Augen plötzlich ein aufgeregtes Funkeln entflammte.

»Schau nur, Viola, Viscount Titchmarsh kommt in unsere Richtung … oh, und in Begleitung Ihrer Ladyschaft und Miss Petula O'Mara noch dazu.«

Lady Viola lächelte strahlend, und Hannah wusste, dass das Trio direkt hinter ihr stand. Sie drehte sich zaudernd um, den Blick gesenkt, um den bitterbösen Mienen zu entgehen, denen sie sich gewiss gegenübersehen würde. Doch ihr Lächeln entgleiste, all ihren angestrengten Bemühungen zum Trotz.

Die Featherton-Damen begannen sogleich eine

muntere Unterhaltung mit Lord und Lady Titchmarsh. Erst als es Zeit für die Vorstellungen wurde, um alle miteinader bekannt zu machen, war Hannah gezwungen, ihren Blick zu heben, während sie ihre Begrüßung murmelte.

Doch es waren keine verkniffenen Mienen und bösen Blicke, denen sie sich gegenübersah, sondern freundlich lächelnde Gesichter und ausgestreckte Hände.

»Wir sind einander bislang noch nicht offiziell vorgestellt worden«, sagte Lady Titchmarsh fröhlich, »aber wir sind alle bestens mit Miss Chilltons Talenten bekannt.«

Ojemine. Jetzt begriff Hannah. Da sie von Adel war, war die Familie schlicht zu wohlerzogen, um sie und ihr Ränke rundheraus zu verdammen. Sie würden ihr die Klinge ganz sacht und höflich, doch umso unerbittlicher ins Herz stoßen.

Just in dem Moment gesellte sich ein junger Mann zu ihrer kleiner Runde, und auch er wurde herzlich begrüßt. Hannah wollte ihren Augen nicht trauen. Denn der junge Mann war kein anderer als der Handwerkersohn, der Hannah dafür bezahlt hatte, eine Zufallsbegegnung zu arrangieren zwischen ihm und einer gewissen namenlosen jungen Lady, die jeden Tag zum Lesen an den See kam!

»Lady Letitia, Lady Viola, erlauben Sie mir, Ihnen Mr Whitworth vorzustellen. Ich glaube, Sie kennen seinen Vater –«

Den Schlachter aus der Milsom Street, fügte Hannah im Stillen hinzu.

»Baron Taverner«, beendete Lady Titchmarch den Satz. »Ich gehe wohl recht in der Annahme, dass er und Miss Chillton bereits bestens miteinander bekannt sind. Welch glückliche Fügung für uns alle, nicht wahr?«

Das war nun aber wirklich eine Überraschung. Hannah starrte den jungen Mann an, während sie artig knickste. »Mr Whitworth, wenn ich mich nicht irre? Sohn von Baron Taverner?«

Mr Whitworth lachte. »Sie müssen mir verzeihen, Miss Chillton. Wie der Zufall es wollte, bin ich einmal auf der Straße hinter Ihnen und Ihrer Zofe gegangen und habe eine Unterhaltung über Ihre Erfolge beim Ehestiften mit angehört. Das weckte meine Neugier, und als ich die Zofe sagen hörte, dass sie noch ein Stück Hammelbraten für Ihre Köchin besorgen müsse, bin ich vorausgeeilt und habe den Schlachter überredet, mich als seinen Sohn auszugeben.«

»Du lieber Himmel, wie sind Sie denn auf diesen Einfall gekommen?« Lady Violas blaue Augen funkelten amüsiert.

»Ich weiß, es muss Ihnen recht verrückt erscheinen. Aber Sie müssen wissen, ich war überzeugt davon, mein Vater würde entsetzt sein von der Vorstellung, dass sein Sohn und Erbe sich der Dienste einer Ehestifterin bediente, um eine Braut zu finden. Wie sich jedoch herausgestellt hat, hätte es ihn nicht geschert. Er hat meine Mutter auf dem gleichen Wege kennengelernt.«

Hannah zog ihre Augenbrauen hoch. »Dann haben Sie also nur vorgegeben, der Sohn des Schlachters zu sein. Kein Wunder, dass Sie keine Ahnung von dem Unterschied zwischen Hammel und Lende hatten.«

Sie konnte ein Kichern nicht unterdrücken. »Bitte verzeihen Sie mir, dass ich das ausgeplaudert habe, aber die ganze Sache ist wirklich zu amüsant. Unsere Zofe fand, dass Sie für einen Schlachterssohn ein … ziemlicher Hanswurst seien.«

Miss Petula O'Mara hielt sich verlegen ihre behandschuhten Finger vor den Mund, um ein verschüchtertes Kichern zu verbergen.

Mr Whitworth grinste sie strahlend an, bevor er sich wieder Hannah zuwandte. »Sie müssen mich verstehen. Für mich war Anonymität von allergrößter Bedeutung, und dies war der Grund dafür, warum ich Ihnen meine wahre Identität nicht offenbart habe. Ich wollte unbedingt die Bekanntschaft von Miss Petula O'Mara machen, doch ihre zurückhaltende Natur stand dem entgegen. Sie waren meine einzige Hoffnung.«

Lord Titchmarshs Mundwinkel hoben sich, und er strahlte Hannah an. »Damit wir hier nicht den ganzen Morgen stehen und palavern, lassen Sie mich Ihnen meinen Dank aussprechen dafür, dass Ihnen ein Weg eingefallen ist, wie meine Tochter ihre Schüchternheit lange genug überwinden konnte, um Vertrauen zu Mr Whitworth zu fassen.«

Die scheue junge Frau lächelte nun ebenfalls. »Sie müssen wissen, Miss Chillton, Mr Whitworth und ich werden heiraten. Etwas, was meine Eltern und ich angesichts meiner scheuen Natur niemals für möglich gehalten hätten. Doch Sie, meine teure Freundin, haben all das geändert. Und für Ihr Einwirken stehe ich tief in Ihrer Schuld.« Sie machte einen verhaltenen Schritt auf Hannah zu und beugte sich vor, um ihre Wange zu küssen.

Heiße Tränen sprangen Hannah in die Augen, und als sie ihren Kopf umwandte, um zu den Featherton-Schwestern zu sehen, bemerkte sie, dass auch deren Augen feucht glänzten.

»Du meine Güte.« Lady Titchmarsh schaute sich um und erkannte, dass ihre eigentlich vertrauliche Geschichte von wenigstens einem Dutzend anderer in der Nähe mitgehört worden war. Sie machte eine nonchalante Geste mit ihrer behandschuhten Hand. »Ach, welche Rolle spielt es schon? Miss Chilltons Gabe, in die Herzen anderer zu schauen, ist außergewöhnlich. Sie hat uns ein Wunder beschert. Ein wahres Wunder. Meine Tochter ist verliebt und wird schon nächste Woche heiraten.«

Plötzlich erhob sich von feinen Handschuhen gedämpfter Applaus im Pump Room, als sich die Neuigkeit von Hannahs Verkupplungswunder verbreitete.

Als das Klatschen lauter wurde, legte Lady Letitia ihren Arm um Hannahs Schulter und umarmte sie, dann beugte sie sich dichter heran und flüsterte in ihr Ohr: »Das hast du gut gemacht, Kind. Du hast die Gabe.«

Von rechts umarmte sie Lady Viola und küsste sie ebenfalls. »Denk immer daran, Täubchen, setz dein Können nur für die Liebe ein, niemals für Geld, dann werden deine Bemühungen immer von Erfolg gekrönt sein.«

Hannah nickte, während eine Träne des Glücks über ihre Wange kullerte.

Sie stimmte Lady Violas Rat zu.

Von ganzem Herzen.

Und sie würde die weisen Worte der alten Frau befolgen – gleich nachdem das halbe Dutzend Aufträge erfüllt war, die sie jüngst angenommen hatte … und einige von ihnen vielleicht nicht *gänzlich* um der Liebe willen, wie sie gestehen musste.

Kapitel fünfzehn

»Miss Chillton.« Mrs Penny klopfte an die Tür von Hannahs Kammer. »Sie haben einen Besucher.«

»Ich?« Hannah streifte ihre Feder am Rand des kristallenen Tintenfässchens ab und legte diese dann in den dazugehörigen Halter mit der eleganten Wurzelmaserung. Dann klappte sie ihre in purpurfarbenes Leder gebundene Kladde mit den Notizen zu ihren Aufträgen und Strategien zu, stand von ihrem Sekretär auf und eilte zur Tür. »Ich erwarte niemanden«, antwortete sie der Haushälterin.

»Nichtsdestotrotz wartet im Salon ein Gentleman auf Sie, Miss. Er war zum Tee bei den Ladys, als er darum bat, mit Miss Chillton sprechen zu dürfen, also haben sie mich sogleich geschickt, um Sie zu holen.« Die Haushälterin musterte Hannah kurz von Kopf bis Fuß, dann schüttelte sie den Kopf. »Wieder hart bei der Arbeit, wie ich sehe. Aber Sie wollen sich gewiss ein wenig zurechtmachen, denn der Gentleman ist niemand anders als Mr Hercule Lestrange. Soll ich Annie zu Ihnen heraufschicken?«

Hannah schüttelte den Kopf. »Nein, nein. Die ein oder andere Haarnadel sollte genügen. Aber … Sie erwähnten einen gewissen Mr Lestrange, und ich bin sicher, dass ich niemanden dieses Namens kenne.« Obwohl Hannah gestehen musste, dass ihr der Name irgendwie bekannt vorkam.

»Das glaube ich gern. Seine Identität ist ein gut gehütetes Geheimnis, für die meisten Leute jedenfalls. Die Feathertons kennen ihn selbstverständlich sehr gut, über die frühere Verbindung meiner Tochter zu ihm, versteht sich.« Mrs Penny beugte sich dichter heran, so als wolle sie Hannah etwas Vertrauliches zuflüstern. Als sie sprach, war ihre Stimme so leise, dass Hannah die ältere Frau kaum verstehen konnte. »Sie gehören ja praktisch zur Familie, Kind, daher werde ich Ihnen seine wahre Identität offenbaren, noch bevor Sie ein einziges Wort mit ihm gesprochen haben. Mr Hercule Lestrange ist der Klatschkolumnist des *Bath Herald* – also geben Sie acht, was Sie sagen. Seien Sie auf der Hut.«

»Gütiger Himmel, warum möchte ein Klatschkolumnist mich sprechen?« Ein banger Schauder lief Hannah über den Rücken. »Es sei denn, er weiß von dem Zerwürfnis zwischen Mr St. Albans und mir. Sie denken doch nicht, dass er davon gehört hat, oder?«

»Da habe ich keine Ahnung, Miss. Obwohl ich sagen muss, ihm entgeht nicht viel von dem, was in den gehobenen Kreisen von Bath vor sich geht. Ich habe gehört, er hätte überall Spione. Und er bezahlt sie ausgezeichnet für den pikantesten Tratsch. Verstehen Sie mich nicht falsch, Miss. Lestrange ist ein guter Mann, aber auch ein verschlagener. Seine Kolumne bedeutet ihm alles, wie es heißt. Wenn es also etwas gibt, was er wissen will, dann hält ihn nichts davon ab, es herauszufinden.«

»Na wunderbar. Vielen Dank für die Warnung, Mrs Penny.« Hannah atmete tief aus, dann setzte sich sich an ihren Frisiertisch. »Ich werde ihn in Kürze empfangen.«

Mrs Penny nickte.

Hannah hörte sie jedoch nicht weggehen. Daher schaute sie in den Frisierspiegel und neigte ihren Kopf so weit, bis sie eine gespiegelte Mrs Penny in der Tür verharren sah. »Gibt es noch etwas?«

»Ach, ich sollte nichts sagen, aber … na ja, Lestrange ist nicht annähernd so hochgewachsen wie ein gewöhnlicher Mann – um ehrlich zu sein, es ist überhaupt nichts Gewöhnliches an seiner Erscheinung. Ich … ich fand nur, dass ich es Ihnen sagen sollte, damit Sie nicht *überrascht* sind.«

Hannah drehte sich auf ihrem Stuhl herum, um zu fragen, was die Haushälterin damit meinte, doch der Türrahmen war nun leer. Mrs Penny war gegangen.

Hannah wandte sich seufzend wieder dem Spiegel zu. Sie langte in die kleine Silberschüssel auf dem Frisiertisch, griff sich zwei Haarnadeln und steckte die zarten Strähnen fest, die ihr ins Gesicht gefallen waren, während sie ihre Verkupplungsstrategien für die kommende Woche ersonnen hatte.

Ihr war, als würde ein Schwarm Stare in ihrem Bauch umherflattern, als ihr alle möglichen Gründe für Mr Lestranges unerwarteten Besuch durch den Sinn schossen.

Ihre Finger umklammerten die Haarnadeln fester. Pah, warum erlaubte sie ihren Nerven, ihren Verstand in dieser Weise zu überwältigen?

Schließlich war sie stolz auf den Ehevermittlungsdienst, den sie anbot.

Es gab keine Verbindung zwischen ihr und Mr St. Albans mehr.

Ganz ehrlich, sie hatte nichts vor Mr Lestrange zu verbergen. Absolut nichts.

Gestählt von dieser Überzeugung stand Hannah auf, strich mit der flachen Hand ihr geblümtes Musselinkleid glatt, atmete tief durch und ging zur Treppe.

Hannah wand sich unbehaglich auf ihrem Sessel, der aus einem ihr unerklärlichen Grund in der Mitte des Salons stand, etwas abseits vom Zentrum der Unterhaltung. Das Gespräch hatte recht unverfänglich begonnen, zumindest ihrem Eindruck nach, doch nun wurden Mr Lestranges Fragen langsam unbequem.

Nichtsdestotrotz lächelte sie Mr Hercule Lestrange an und gab sich alle Mühe, auf seine Erkundigungen zu antworten, ohne etwas Persönliches preiszugeben. Dies wurde jedoch zunehmend schwieriger, je bohrender seine Fragen wurden.

Mrs Penny hatte gut daran getan, sie auf Mr Lestranges erstaunlichen Anblick vorzubereiten. Hätte sie es nicht getan, hätte sein Äußeres Hannah sehr wahrscheinlich erschreckt.

Er war ein kleiner Mann, noch gute zehn Zentimeter kleiner als die zierliche Miss Herschel. Darüber hinaus war sein Kopf seltsam geformt, beinahe wie eine auf der Seite liegende Rübe, und er trug bunt zusammengewürfelte zerschlissene Kleider.

Aber trotzdem saß er hier im eleganten Salon der Feathertons und plauderte mit den beiden hochgeborenen Damen über Empfänge und andere Festivitäten der gehobenen Gesellschaft, ganz wie man es von einem gebildeten, kultivierten Gentleman erwarten würde.

Doch es war seine Stimme, die Hannah am meisten erstaunte, denn diese war tief und sonor, mit einem beinahe aristokratischen Klang. Ganz und gar nicht das, was sie von einem so kleinen Mann erwartet hätte.

»Ihr Talent als Ehestifterin ist bemerkenswert, Miss Chillton. Ich kenne niemanden sonst, einmal abgesehen von den liebreizenden Damen Featherton hier vielleicht –«, er schmeichelte den Ladys mit einem charmanten Lächeln, »– der imstande gewesen wäre, die Verbindung zwischen einer so schüchternen jungen Dame wie Miss Petula O'Mara und Mr Whitworth einzufädeln.«

Hannah spürte, wie sie errötete. Sie öffnete ihren Mund, um zu antworten, doch Mr Lestrange fuhr fort.

»Sie müssen Ihr Talent von klein auf gelernt haben.« Er machte eine kurze Pause, und Hannah bemerkte ein Funkeln in seinen riesigen blauen Augen. »Vielleicht … war Ihre Mutter ebenfalls eine Ehestifterin, selbstverständlich nur für den Hausgebrauch.« Er leckte mit seiner Zungenspitze über seine Unterlippe, während er auf Hannahs Antwort wartete.

»*Meine Mutter*?« Jeder Muskel in Hannahs Rücken verkrampfte sich abrupt. Ihr gefiel die Richtung, die seine Fragen nahmen, kein bisschen. Sie hatte es jahrelang vermieden, ihre Mutter auch nur zu erwähnen, und sie hatte nicht vor, Mr Lestrange zu erlauben, dieses schmerzliche Thema anzuschneiden. »Ganz sicher nicht.«

Ihre Antwort befriedigte Mr Lestrange offenkundig nicht, denn er hakte nach. »Aber, aber, Miss Chillton, sie wird sich doch gewiss darin *versucht* haben, wenn schon nichts sonst.«

Die Zornesröte schoss in ihre Wangen und übertünchte die zarte Röte der Verlegenheit. Sie wollte nicht über ihre Mutter sprechen. Die Frau hatte nichts mit ihrem derzeitigen Leben oder ihrer Berufswahl zu tun. Nicht das Geringste! »Nein, Sir.«

»Ach, kommen Sie, hat sie nicht Ihren Bruder Arthur ermutigt, die Großnichte der Feathertons, Miss Meredith, zu heiraten?« Seine Fragen kamen jetzt wie aus der Kanone geschossen.

»Nein … ich meine, *ja*, sie mag ihn ermutigt haben, aber die beiden waren einander längst –«

»Nun, Miss Chillton, dann hat sie sich also doch als Ehestifterin betätigt.«

Hannah sprang auf. »Nein! Meine Mutter verfügt über keinerlei gesellschaftliche Verbindungen. Was denken Sie denn, warum ich hier bin, Mr Lestrange?«

Die Augen des kleinen Mannes wurden tellergroß. »Das ist die große Frage, nicht wahr, Miss Chillton? Warum sagen Sie es mir nicht?«

Hannah begann, am ganzen Leib zu zittern. Das war es also, worauf er es abgesehen hatte. Er interessierte sich keinen Deut für ihre Erfolge beim Ehestiften. Er wollte mehr über ihre Mutter erfahren – über ihre Krankheit. Über die Gerüchte, dass sie wahnsinnig sei.

Aber sie hatte nicht den Verstand verloren. Sie war nach dem Tod ihres Mannes schlicht von Angst überwältigt worden. War so furchtsam geworden, dass sie das Haus nicht mehr verlassen konnte, nicht einmal für einen kurzen Moment – ohne Arthur.

Hannah war noch ein kleines Mädchen gewesen, als ihr Vater vom Fieber dahingerafft worden war. Vor jenem Tag war das Leben für Hannah und ihren älteren Bruder Arthur froh und glücklich gewesen.

Damals hatte ihre Mutter sie geliebt. Sie hatte sie jeden Morgen mit einem zärtlichen Kuss auf ihre Apfelbäckchen geweckt. Hannah hatte ihre Tage an der Seite ihrer Mutter verbracht, mit ihr gemeinsam Besuche abgestattet, den Speiseplan für die Familie ersonnen und die Runde bei den Pachtbauern gemacht, welche die Ländereien bewirtschafteten, die nach dem Tod von Großmutter Weston in den Besitz der Familie übergegangen waren.

Arthur hingegen hatte an der Seite seines Vaters gearbeitet und das Kaufmannsgewerbe erlernt. Doch irgendwie hatte Hannah selbst damals schon geahnt, dass ihre Mutter Arthur vorzog. Dennoch hatte sie sich geliebt gefühlt und war glücklich gewesen.

Bis ihr Vater starb. Von jenem Tag an hatte Hannahs Mutter begonnen, sich in sich selbst zurückzuziehen. Sie hatte Hannah nicht mehr geherzt, sie nicht mehr berührte, hatte es nicht mehr ertragen können, sie ständig um sich zu haben. Schon bald war sie nicht mehr aus dem Haus gegangen, es sei denn in Begleitung von Arthur, wenn er sie einmal im Monat aus London besuchen kam. Sie war vergesslich geworden und hatte begonnen, an all ihren Entscheidungen zu zweifeln. Schließlich war eine Frau aus dem Dorf eingestellt worden, um für sie zu kochen und sie zu versorgen.

Hannah hatte man nach London zu ihrem strengen, geizigen Bruder Arthur geschickt, der sie prompt in Mrs Bellburys Mädchenpensionat gesteckt hatte, wo sie bis zu ihrem sechzehnten Lebensjahr geblieben war.

Niemand durfte ihre traurige Geschichte erfahren. Niemand durfte von ihrer Mutter erfahren – jener Frau, die einst so lebendig und liebenswert gewesen war … und die jetzt an ihr Bett gefesselt war, außerstande, sich an ihre Tochter oder selbst an ihren heiß geliebten Arthur zu erinnern.

Niemand.

Hannah reckte ihr Kinn vor. Sie hatte sich geirrt. Sie wusste jetzt, dass sie tatsächlich etwas vor Mr Lestrange zu verbergen hatte. Die Wahrheit über ihre Mutter.

»Ich bin hier, Mr Lestrange, weil … weil … *meine Mutter tot ist!*«

»Oh weh.« Lady Letitia machte große Augen angesichts Hannahs Lüge. Sie stand auf. »Vielleicht sollten Sie jetzt gehen, Mr Lestrange.« Sie ging zur Klingelschnur, zog daran, und sogleich erschien Mr Edgar in der Tür.

Lady Viola, die jetzt sehr steif auf dem Kanapee saß, sah den Butler mit all der Erleichterung einer Lady an, deren Ritter in schimmernder Rüstung gerade zu ihrer Rettung herbeigeeilt war. »Bitte, Edgar, geleiten Sie Mr Lestrange zur Tür. Unserer lieben Hannah ist nicht wohl.« Sie hob ihren bleichen Handrücken an ihre Stirn. »Und bitten Sie doch Mrs Penny, mir eine Arznei zu bringen. Mir ist mit einem Mal, als würde mir der Schädel zerspringen.«

Mr Lestrange rutschte an die Kante des Sessels, so dass seine Beine herabbaumelten, dann sprang er mit einem Satz vom Sitz. »Ich bitte um Verzeihung, Myladys. Es war nicht meine Absicht, Ihnen Unbill zu bereiten. Bitte vergeben Sie mir.« Er verabschiedete sich mit einem knappen Nicken seines Rübenkopfes und folgte ohne ein weiteres Wort dem hochgewachsenen, hageren Butler in den Flur hinaus.

Sobald das Klicken des einrastenden Riegels der Haustür ertönte, kamen die beiden Featherton-Schwestern auf ihre Gehstöcke gestützt zu Hannah hinüber.

Lady Viola umarmte sie, ganz wie Hannahs Mutter es vor so langer Zeit getan hatte. »Liebes, deine Mutter ist nicht tot.«

Tränen glitzerten in Hannahs Augen, traten aber nicht über ihre Wimpern. Sie würde nicht zulassen, dass all dieses Gerede über ihre Mutter ihr auch nur eine Träne abnötigte. Sie hatte in all den Jahren bereits zu viele vergossen.

Hannah legte Zeigefinger und Daumen über ihren Nasenrücken und drückte ihre inneren Augenwinkel lang genug, dass das heiße Brennen der aufsteigenden Tränen nachließ. »Die Mutter, an die ich mich erinnere, gibt es nicht mehr. Sie ist krank und wird nie wieder genesen. Es ist ein Leid, das Arthur und ich ganz allein tragen müssen. Die feine Gesellschaft von Bath braucht nichts davon zu erfahren.«

Lady Letitia runzelte die Stirn, und das gütige Lächeln, das sie gemeinhin auf ihrem runden Gesicht trug, wurde von einem Ausdruck tiefer Sorge verdrängt. »Es war nicht recht von Mr Lestrange, dich derart zu bedrängen. Aber ich fürchte, dass ist nun einmal seine Natur. Die Stadt ist nicht sonderlich groß, und neuer Klatsch ist schwer zu finden. Wir müssen auf der Hut sein vor Mr Lestrange, für den Fall, dass er versucht, mehr über unsere Familie herauszufinden. Ich werde die Dienerschaft eindringlich warnen – jeder, der in irgendeiner Weise mit Mr Lestrange verkehrt, wird auf der Stelle entlassen.«

Hannah richtete sich auf, ging gedankenverloren zum Fenster und schaute hinaus auf das Halbrund prächtiger Häuser, die den Royal Crescent bildeten.

Zorn stählte ihre Entschlossenheit. Sie würde nicht zulassen, dass Mr Lestrange das Leiden ihrer Mutter bloßstellte. Nein, sie musste Lestrange von seinen Nachforschungen ablenken. Sie hob ihre Finger an ihren Mund und trommelte auf ihre Lippen, während sie grübelte.

»Ich wünschte, wir könnten mehr tun, um dir Seelenfrieden zu geben, Täubchen.« Hannah war so in Gedanken verloren, dass Lady Violas Stimme nur ein unbestimmtes Summen in ihrem Kopf war.

»Wie bitte?« Hannah drehte sich herum, um wenigstens den Anschein zu erwecken, sie würde der alten Dame ihre ganze Aufmerksamkeit schenken.

»Liebe Hannah, ich weiß, dass Mr Lestrange dich aus der Fassung gebracht hat«, sagte Lady Letitia. »Warum begleitest du Viola und mich nicht heute Nachmittag zu Miss Herschels nächstem Vortrag im Octagon Room? Ich bin sicher, eine kleine Zerstreuung würde deine Nerven beruhigen.«

Hannah schüttelte den Kopf. »Nein, Lady Letitia. Ich weiß Ihre freundliche Einladung zu schätzen, doch ich fürchte –« Draußen kreischte Cupid in seiner Voliere und erinnerte Hannah daran, dass er seine Flügel strecken musste. »Ich fürchte –«, begann sie von Neuem, doch dann verstummte sie abrupt, als ihr eine mögliche Lösung aufging.

Ja. *Ja.* Ihre Lippen kräuselten sich zu einem boshaften Grinsen, als ihr Plan Formen annahm.

Hannahs Laune verbesserte sich schlagartig. »Nein, Sie haben ganz recht. Eine kleine Zerstreuung ist *genau* das, was ich brauche. Es wäre mir eine Freude, Sie zu dem Vortrag zu begleiten. Eine *große* Freude sogar, denn es gibt niemanden, den ich heute lieber sehen würde als Miss Herschel.«

Als die Standuhr im Flur des eleganten Stadthauses in der Brock Street, in dem Miss Herschel während ihres Aufenthalts in Bath wohnte, die volle Stunde schlug, schaute die alte Frau von ihren Berechnungen auf und sah Griffin an.

»Zeit für eine Tasse Tee, denke ich. Wir haben die Sternenkarten lange genug studiert.« Sie erhob sich behäbig von ihrem Stuhl und ging auf die Klingelschnur auf der anderen Seite der Bibliothek zu.

Griffin sprang auf, eilte zum Kamin und griff nach der Schnur, bevor ihre Finger sie erreichen konnten. »Erlauben Sie mir, Miss Herschel.«

Die alte Frau kicherte. »Sie müssen sich nicht so bemühen, Mr St. Albans. Ich habe ja bereits zugestimmt, Ihre Mentorin zu sein.« Sie kehrte mit langsamen Schritten zu ihrem Stuhl zurück und lachte schallend, als sie aufblickte und sah, dass Griffin diesen bereits für sie zurechtgerückt hatte. »Es waren Ihre brillanten Berechnungen und Ihr Können als Astronom, die mich überzeugt haben, Sie als Schüler anzunehmen – nicht Ihr Diensteifer.«

Griffin beugte sich dichter zu ihr und lächelte sie an. »Meine liebe Miss Herschel, Sie verwechseln meine Zuvorkommenheit mit Beflissenheit, wo es doch tatsächlich nur die angemessene Höflichkeit eines Gentlemans gegenüber einer Lady ist.«

Die alte Frau seufzte gutmütig. »Ah, und ich wähnte mich in dem Glauben, Sie würden von Ihrer Liebe zu mir getrieben. Welche Enttäuschung. Aber wenn Sie Ihr Herz bereits einer anderen geschenkt haben, dann will ich Ihrem Glück nicht im Wege stehen.« Sie grinste ihn verschmitzt an.

Griffins Brust schnürte sich zusammen, und er brauchte einen Moment, bevor er antworten konnte. Er kam um ihren Stuhl herum und nahm abermals seinen Platz neben ihr am Tisch ein.

Er musste nicht antworten, das wusste Griffin. Ihre Bemerkung war nur ein harmloser Scherz gewesen.

Doch etwas in ihm drängte ihn, seine Gefühle für Hannah einzugestehen. »Ich … dachte, dass es da jemanden gäbe. Ich dachte, ich wäre verliebt, und dass sie es ebenfalls wäre. Ich war mir dessen sicher, um genau zu sein, aber –«, er holte tief Luft und seufzte trübselig, »– aber allem Anschein nach habe ich mich in dem Punkt geirrt.«

»Das ist *wirklich* schade. Sie sind so ein fescher Bursche.« Miss Herschel schaute auf, als die Zofe ein Tablett mit Tee und Gebäck hereintrug und auf dem Tisch aufdeckte. »Aber Sie werden noch genug Zeit für die jungen Damen haben, sobald wir in London sind – nachdem der Bath'sche Komet seine Bahn über uns vollendet hat.«

Griffin schaute perplex von der wackelnden Teetasse, die Miss Herschel ihm reichte, auf. »Wie bitte, Miss?«

»Hatte ich das nicht erwähnt? Nun, Mr St. Albans, ich habe beschlossen, Sie mit nach London zu nehmen, wenn Sie willens sind. Ich möchte Sie dort einigen Mitgliedern des Königlichen Observatoriums vorstellen.«

Griffins Herz tat einen Sprung. »Mich?«

»Ja, Sie, St. Albans. Wir werden *gemeinsam* unsere Forschungsergebnisse über den Kometen vorstellen.«

»I-ich weiß nicht, was ich sagen soll –«

»Sie müssen überhaupt nichts sagen. Sie müssen sich nur von heute Abend an bis zu dem Moment, in dem er über uns hinwegzieht, voll und ganz dem Studium des Kometen widmen. Wenn Ihre Berechnungen die gleiche Brillanz beweisen wie jene, die ich bereits geprüft habe, dann sehe ich keinen Grund, weshalb ich Sie nicht für eine Stellung beim Königlichen Observatorium vorschlagen sollte.«

»S-Sie scherzen, Miss Herschel.« Doch er hoffte von ganzem Herzen, dass sie es nicht tat. Obgleich er kaum glauben konnte, was sie ihm da offerierte.

»Ich neige durchaus hin und wieder zum Scherzen, doch ich versichere Ihnen, St. Albans, was Ihre Zukunft in der Astronomie angeht, meine ich jedes Wort ernst.«

»Gütiger Himmel!« Griffin sprang auf. »Tausend Dank, meine teuerste Lady. Tausend Dank!«

Miss Herschel winkte mit ihrer bleichen, schmalen Hand ab und gebot Griffin, sich wieder zu setzen. »Sie müssen sich nicht bei mir bedanken. Sie müssen nur hart arbeiten.«

»Aber ich muss mich bedanken. Sie – Sie haben ja keine Vorstellung, was das für mich bedeutet. Was Sie mir da in Aussicht stellen … nun, das habe ich mir mein ganzes Leben lang gewünscht. Eine Stellung am Königlichen Observatorium ist die Erfüllung meines größten Traums.«

Ein Funkeln trat in ihre Augen. »Nun, wenn Sie mir *wirklich* Ihre Dankbarkeit beweisen wollen, dann wäre vielleicht ein Küsschen auf die Wange akzeptabel.« Ihre welken Lippen kräuselten sich zu einem kessen Lächeln.

Griffin lachte, als er aufstand und der alten Dame einen züchtigen Kuss auf die Wange gab.

»Oh, St. Albans, wie sehr ich mir wünsche, ich wäre wieder jung«, neckte Miss Herschel. »Wenn Sie denn unbedingt wollen, habe ich nichts dagegen einzuwenden, wenn Sie mir noch einmal *danken* wollen …«

Abermals platzte der Octagon Room schier aus den Nähten von zu vielen Leibern, eingezwängt auf zu wenigen Sitzen.

Die Featherton-Schwestern, zweifelsohne dank einer aus fortgeschrittenem Alter geborenen Bravour und gut gefüllter Geldbörsen, begaben sich schnurgerade zur vordersten Reihe.

Lady Letitia vergeudete keine Zeit und verteilte großzügig glänzende Münzen in die begierigen Hände zweier junger Wissenschaftler, und gleich darauf saßen sie und ihre Schwester direkt vor dem Podium.

Hannah gesellte sich allerdings nicht zu ihnen, ungeachtet allen Winkens und der drängenden Gesten der beiden alten Damen. Stattdessen stand sie lieber an der Rückwand des achtseitigen Saals, dicht neben dem Eingang. Von hier aus konnte sie, sollte sie den Drang verspüren, den Saal zu verlassen, ohne Verzögerung hinauseilen. Und das war wichtig.

Angesichts der Tatsache, dass das Thema des Vortrags der Bath'sche Komet war, hegte sie keinen Zweifel daran, dass Mr St. Albans anwesend sein würde.

Dieser Gedanke machte sie etwas beklommen. Doch es ließ sich nicht ändern. Miss Herschel war die Rednerin, und das war der einzige Grund dafür, dass Hannah sich den Feathertons an diesem Nachmittag angeschlossen hatte.

Sie hatte einen Plan – einen, der Mr Lestrange vielleicht von seinen Nachforschungen über ihre Mutter ablenken würde. Es würde die größte Herausforderung an ihre Fähigkeiten als Ehestifterin darstellen.

Vorn im Saal klopfte ein schlanker Gentleman, der eine Perücke trug, mit einem langen hölzernen Stab zweimal auf den Boden. Das Publikum wurde still, als Miss Herschel zum Rednerpult ging.

Während Hannah die zierliche alte Frau mit ihrem Blick verfolgte, erkannte sie, dass ihr Plan zum Scheitern verurteilt war. Miss Herschel war wenigstens zwanzig Jahre älter als Mr Lestrange. Warum hatte sie das nicht zuvor bedacht? Wie war sie nur auf die Idee gekommen, das klein gewachsene Paar miteinander zu verkuppeln?

Es hatte keinen Sinn, noch länger zu bleiben. Hannah hob seufzend ihre Hand an die Stirn und machte Anstalten, aus dem Saal zu schlüpfen.

Unvermittelt packten starke Hände ihre Oberarme, und noch bevor sie aufgeschaut hatte, wusste sie, dass Griffin vor ihr stand und sie festhielt.

Zögernd sah sie auf, bis ihr Blick auf St. Albans' leuchtend grüne Augen traf.

»Hannah.« Seine Stimme war leise, um die Zuhörer im Saal nicht zu stören, und Hannah fühlte, wie ihr geflüsterter Name warm über ihre Wangen strich. »Mein Gott, Sie sind es. Sie sind es wirklich, Liebste.«

Griffin umfasste ihre Arme fester. Er konnte Hannah nicht wieder loslassen, nicht jetzt. So nah waren sie einander seit Wochen nicht mehr gewesen. »Hannah, bitte kommen Sie mit mir in den Speisesaal. Wir müssen miteinander reden.«

Hannahs Augen glänzten feucht, als sie ihn ansah. Ihre Unterlippe bebte. »Das werde ich nicht tun, Sir.«

Verflucht noch eins. Sie musste mitkommen. Er musste ihr von Garnet erzählen. Unbedingt.

Zum Teufel mit dem Grafentitel.

Er kannte Hannah. Sie würde das Geheimnis niemals verraten, egal, wie groß ihr Liebeskummer war.

»Bitte, Hannah. Ich muss Ihnen etwas gestehen. Etwas, das den Bruch zwischen uns wieder einrenken wird, dessen bin ich sicher.«

»Und was soll das sein, wenn ich fragen darf? Ich kann mir kein Geständnis vorstellen, das jemals wiedergutmachen könnte, wie Sie mich behandelt haben.« Ihre Stimme zitterte vor der Flut ihrer Gefühle.

»Dann stellen Sie sich das *Unvorstellbare* vor. Denn genau das ist mein Geständnis.« Just in diesem Moment hörte er Garnets Stimme vom Eingang herüberschallen. Ihm stockte der Atem.

Hannah würde ihn jeden Moment erspähen.

Nein, nicht auf diese Weise. Er konnte nicht zulassen, dass sie Garnet sah. Er brauchte Zeit, um ihr alles zu erklären, um ihr begreiflich zu machen, warum er ein so großes Geheimnis vor ihr verborgen hatte.

Garnets Stimme wurde lauter. Griffin drehte Hannah abrupt herum, so dass ihr Gesicht zur Tür in den Saal gewandt war.

Dann tauchte Garnet auf … mit Miss Howard am Arm!

Heiliges Kanonenrohr.

Griffin warf Garnet einen warnenden Blick zu, in der Hoffnung, dass sein Bruder ihn sehen und Hannah von hinten erkennen würde, dass er Miss Howard daraufhin eiligst wegführen würde, bevor sie ihm alles kaputt machten.

Hannah wand sich in seinem Griff, doch er würde sie um keinen Preis loslassen.

»Mr St. Albans, *bitte*. Sie tun mir weh.« Zorn, nicht Tränen, blitzte jetzt in ihren silbrig blauen Augen. »Lassen Sie mich auf der Stelle los, oder ich schreie.«

Er schaute auf und sah den entsetzten Blick seines Bruders, als Garnet die Frau in Griffins Armen und den Ernst der Lage zu spät erkannte.

Garnet wirbelte herum und stürzte wieder auf den Eingang der Upper Assembly Rooms zu, wobei er eine verwirrte Miss Howard hinter sich herzerrte.

Griffin stieß einen erleichterten Seufzer aus und lockerte seinen Griff um Hannahs Arme. »Bitte. Ich bitte Sie nur um drei Minuten Ihrer Zeit. Dann können Sie gehen, wenn Sie es wünschen, und ich werde Sie nie wieder belästigen.«

Bitte.

Hannah hätte Griffin von Herzen gern die wenigen Minuten zugestanden, um die er bat.

Es war doch wirklich nicht zu viel verlangt, oder? Sie konnte in seinen flehenden Augen lesen, wie sehr er darauf brannte, mit ihr zu reden. Es war ihm aus irgendeinem Grund unendlich wichtig.

Tief in ihrem Herzen wusste Hannah, wenn sie ehrlich war, was ihre eigenen Gefühle anging, dass auch sie mit Griffin allein sein wollte – allerdings durchaus länger als den kurzen Moment, um den er gebeten hatte. Sie verzehrte sich danach, ihn abermals in ihren Armen zu halten. Verzehrte sich danach, seine glühenden Lippen im Kuss auf den ihren zu fühlen.

Sie verzehrte sich danach, ihn zu lieben und seine Liebe zu empfangen.

Und sie wusste, wenn sie ihm drei Minuten gewährte, würde er sich wieder in ihr Leben stehlen, und sie würde ihm so viel mehr geben, als sie beabsichtigte.

Und das würde ihr Stolz nicht zulassen.

Er war ein Wüstling. Er hatte sie ausgenutzt, oder etwa nicht? Er würde sie gewiss wieder ausnutzen, wenn sie es ihm erlaubte. Und beim nächsten Mal würde sie vielleicht nicht die Kraft haben, ihm den Rücken zu kehren.

Griffin schien den Atem anzuhalten, während er auf ihre Antwort wartete. Sein Blick huschte von ihren Augen zu ihrem Mund und wieder zurück.

Es war so schwer. So unendlich schwer, doch Hannah musste sich immer wieder ins Gedächtnis rufen, dass sie das *Opfer* seines schändlichen Spiels gewesen war.

»Es tut mir leid, Sir, aber das kann ich nicht.« Sie öffnete ihren Mund, in der Hoffnung, dass ihr etwas Geschliffenes und Schlagfertiges einfallen würde, doch nichts kam. Und so griff sie auf das Einzige zurück, was sie tun konnte, um sich aus dieser misslichen und schmerzlichen Lage zu befreien.

Mit einer blitzschnellen, fließenden Bewegung entwand sie sich Griffins Händen und lief den Gang entlang zum Ausgang, der auf die Bennett Street hinausführte.

Er folgte ihr nicht, und sie hatte irgendwie schon geahnt, dass er es nicht tun würde. Etwas in seinem Blick hatte es ihr gesagt.

Und etwas in seinem Blick weckte in ihr den brennenden Wunsch, ihm alles zu vergeben, was er ihr angetan hatte. Weckte in ihr den brennenden Wunsch, kehrtzumachen und zu ihm zurückzukehren.

Doch das konnte sie nicht. Egal wie sehr sie danach verlangte, ihm zu verzeihen, ihn abermals in ihren Armen zu halten, sie konnte es nicht.

Hannah lehnte sich gegen eine der Säulen des Portikus der Upper Assembly Rooms und vergrub ihr Gesicht in den Händen.

Sie bekam keine Luft mehr. Sie wartete etliche Minuten und versuchte nach Kräften, sich zu beruhigen. Versuchte nach Kräften, Griffin zu vergessen.

Sie hob ihr Gesicht von ihren Händen und schaute zum goldenen, sonnenhellen Himmel hinauf, während sie ihre Tränen zurückdrängte, dann raffte sie entschlossen ihre Röcke und machte sich auf den kurzen Weg zurück zum Royal Crescent.

Hannah begann, den Circus zu umrunden. Sie ging mit schnellen Schritten, so als würde ein Gewitter aufziehen, doch sie wusste, dass der Sturm in ihrem Innern toste, und egal wie viel Abstand sie zwischen sich und Griffin brachte, sie konnte niemals vor dem Schmerz und der Leere in ihrem Herzen davonlaufen.

Dann hörte sie plötzlich ein vertrautes Lachen aus Richtung der Gay Street. Sie blieb wie angewurzelt stehen und sank gegen den schmiedeeisernen Zaun neben sich, um sich aufrecht zu halten. Ihr Herz schlug so schnell, dass es sich anhörte wie prasselnder Regen auf einem Kutschendach.

Es konnte nicht sein. Aber sie kannte das Lachen. Sie hatte es unzählige Male gehört, als St. Albans während seiner Genesung bei den Feathertons logiert hatte.

Und genau in diesem Moment sah sie ihn.

Mit *ihr*.

Kaum eine Viertelstunde nachdem er sie angefleht hatte, ihn anzuhören. Und jetzt amüsierte er sich hier mit Miss Howard, während Hannah sich in Herzschmerz erging. Das war einfach zu viel. Zu viel.

Ein brennender Schmerz breitete sich in ihrer Brust aus, und sie presste ihre Hand auf ihr Herz. Dunkle Flecken flatterten wie Raben vor ihren Augen. Mit der anderen Hand klammerte sie sich kraftlos an den Zaun, während Schweißperlen auf ihre Stirn traten.

Gott stehe ihr bei.

Er hatte sie noch nicht bemerkt, und so hastete Hannah, um sich eine weitere Demütigung zu ersparen, einige Stufen hinunter, die zu irgendeinem Hintereingang im Souterrain führten.

Dort versteckte sie sich und wischte einige verirrte Tränen fort, während Mr St. Albans und Miss Howard um den Circus herum in Richtung Bennett Street schlenderten.

Sobald die beiden verschwunden waren, legte Hannah ihren Kopf in den Nacken und atmete durch.

Warum ließ sie zu, dass dieser Mann eine solche Wirkung auf sie hatte?

Warum?

Kapitel sechzehn

Als die Featherton-Schwestern an jenem Abend aus dem Octagon Room heimkehrten, zitierten sie Hannah sogleich zu sich in den Salon, genau wie Hannah es erwartet hatte.

Sie hatte ihre Anstandsdamen bei ihrem überstürzten Weggang aus den Assembly Rooms nicht informiert, und die beiden hatten sich wahrscheinlich Sorgen gemacht, doch Hannah war sicher, wenn sie den Grund für ihr plötzliches Verschwinden erfuhren, würden sie ihr diese Verfehlung nicht übel nehmen. Ganz im Gegenteil, sie würden sie liebevoll in den Arm schließen und trösten, denn sie hatte heute wirklich schon viel durchgemacht.

So klagte Hannah auf Nachfrage den beiden alten Ladys freimütig ihr Leid. Doch statt zu ihr zu eilen und sie zu umarmen, wie Hannah es erwartet hatte, saßen die beiden nur stumm da und warteten ungeduldig darauf, dass Mr Edgar ihnen ihr allabendliches Gläschen Likör reichte.

Schmollend lümmelte Hannah sich tiefer in die Polster des Ohrensessels neben dem Kamin. »Wie schon gesagt, es besteht sowieso keine Beziehung mehr zwischen mir und Mr St. Albans. Ich mag einstmals eine vage Hoffnung auf eine solche Verbindung gehegt haben, doch jetzt weiß ich, dass ich mir etwas vorgemacht habe.«

Sie spürte ein leises Kribbeln in ihrer Kehle. Es war das vertraute beunruhigende Gefühl, das sie immer überkam, bevor sich die Flut der Gefühle Bahn brach.

Nun, sie würde dem nicht nachgeben. Sie empfand nichts mehr für Mr St. Albans. Sie musste nur von Zeit zu Zeit ihrem Verstand – und vielleicht auch ihrem Körper – diese Tatsache in Erinnerung rufen.

Hannah winkte mit träger Hand ab. »Außerdem habe ich gar keine Zeit für Liebeleien – nicht für meine eigene zumindest. Seit Mr Lestrange gestern in seiner Kolumne meine Ehestifterei erwähnt hat, habe ich mehr zahlende Kunden, als ich bewältigen kann. Wenn es in diesem Galopptempo weitergeht, werde ich bis zum Sommer ebenso reich – ich meine so *wohlhabend* – sein wie Sie.«

»Ja, Liebes, es stimmt, dass du eine Menge Geld haben und nicht länger auf ein Taschengeld von deinem Bruder angewiesen sein wirst.« Lady Viola nahm einen Likör von Mr Edgar entgegen. Bevor sie fortfuhr, erlaubte sie sich kurz, dem Butler einen jener liebevollen Schlafzimmerblicke zu schenken, mit denen sie ihn so oft bedachte. Sie nippte an ihrem Likör, dann richtete sie ihre blassen blauen Augen wieder auf Hannah. »Du hast mehr als genug zu tun, um dich beschäftigt zu halten, das stimmt. Aber du bist nicht glücklich, das können Letitia und ich sehen … selbst mit unseren steinalten Augen.«

»Ich war sehr glücklich … bis ich Mr St. Albans Arm in Arm mit Miss Howard umherschlendern sah – gleich nachdem er mich angebettelt hatte, unter vier

Augen mit ihm zu sprechen, weil er mir irgendein Geständnis machen wollte.«

Lieber Himmel, die bloße Erinnerung an die beiden zusammen ließ von Neuem heiße Tränen in Hannahs Augen schießen. Nur ein oder zwei. Doch das bedeutete nichts, schon gar nicht, dass er ihr immer noch etwas bedeutete.

Es war genau so, wie sie es den Feathertons gesagt hatte. Er hatte nicht länger einen Platz in ihrem Herzen inne. Ja, sie war völlig über jegliche Gefühle hinweg, die sie einstmals für ihn gehegt haben mochte. Das war sie schon seit einiger Zeit, um genau zu sein. Sie war nur nicht gänzlich sicher gewesen, dass sie ihn nicht mehr liebte, bis sie ihn mit einer anderen gesehen hatte.

Jetzt war sie sich sicher. Ganz sicher.

Denn jetzt … hasste sie ihn.

Lady Letitia rümpfte ihre Nase. »Was regst du dich denn so darüber auf, dass du Mr St. Albans mit einer anderen gesehen hast, Mädchen? Sei doch nicht kindisch. Du hast selbst gesagt, dass eine Verbindung zwischen euch nun nicht mehr in Frage kommt.«

Hannah setzte sich in ihrem Sessel auf und sann über Lady Letitias bohrende Frage nach. »Nun … weil Miss Howard einfach nicht die Richtige für ihn ist. Sie haben nichts gemein, abgesehen von der Tatsache, dass sie beide bemerkenswert gut aussehen vielleicht, aber mehr gewiss nicht.«

Die Featherton-Ladys beugten sich beide gleichzeitig vor, so als würden sie von einer Marionettenschnur zu Hannah gezogen.

»Täubchen, warst du es nicht selbst, die die beiden im Rahmen deiner ›Heiratsvermittlung gegen Honorar‹ einander vorgestellt hat?« Lady Viola hob ihre Hand und tippte mit ihrem Zeigefinger zweimal gegen ihre Unterlippe. »Hmm, ja, ich glaube, dass warst du. Und verzeih mir, falls ich mich irre, aber Miss Howard hat dich für diese arrangierte Begegnung bezahlt, nicht wahr?«

Hannah versank etwas tiefer in den Polstern des Sessels. »Es ist im Rahmen des Möglichen, dass ich die Sache mit den beiden etwas überstürzt habe. Und vielleicht hätte ich mir wirklich mehr Zeit nehmen sollen, Miss Howard zuerst besser kennenzulernen. Zugegeben, sie ist schön, wohlhabend, eine Frau von Stand. Andererseits ist sie schon sechsundzwanzig … und noch immer nicht verheiratet. Das hätte mir sagen sollen, dass da etwas im Argen liegt.« Hannah setzte sich mit einem Ruck auf. »Wenn ich es recht überlege, dann ist es meine Pflicht, Mr St. Albans von meinen Bedenken in Kenntnis zu setzen. Schließlich war ich es, die die beiden zusammengeführt hat, wie Sie richtig bemerkten.«

»Nein, tu das nicht!« Lady Letitia bedachte Hannah mit einem strengen Blick. »Wie kannst du auch nur mit dem Gedanken spielen? Ja, das Mädel ist kein Backfisch mehr und noch immer nicht verheiratet. Doch daran ist nichts Verdächtiges. Schau dir Viola und mich an. Keine von uns ist verheiratet, und dennoch denke ich nicht, dass du eine von uns beiden für gefährlich hältst.«

Lady Viola nickte beipflichtend. »Das hast du ganz

richtig gesagt, Letitia. Und, Hannah, Miss Howard mag ein bisschen hübscher sein, als es dir bei einer Bekannten von Mr St. Albans lieb ist, aber es gibt nichts, *absolut nichts*, das auf etwas Ruchloses in ihrem Charakter hindeutet.«

Lady Viola stellte ihr Likörglas auf dem Tisch ab und hielt ermahnend ihren Finger hoch. »Verstehst du nun endlich die Lektion, die Letitia und ich dir seit Wochen zu erteilen versuchen? *Es ist nicht recht, zwei Menschen zusammenzuführen, nur weil sie es sich wünschen und das nötige Geld haben, es zu arrangieren.* Die Gabe einer Ehestifterin ist es, die Knospen der Liebe zu erkennen und dieser Liebe eine helfende Hand beim Wachsen und Gedeihen zu geben.«

»Ja, ja. Das verstehe ich durchaus. Ehrlich.« Hannah nickte zuerst zögernd, dann nachdrücklicher, als sie Lady Violas Worte mit Herz und Verstand in sich aufnahm. »Und ich verspreche … spätestens nächsten Monat, denn ich habe noch einige Aufträge, die ich erst zu einem erfolgreichen Abschluss bringen muss –«

Lady Viola sah sie rügend an. »Das hast du schon einmal versprochen. Warum kannst du nicht auf der Stelle aufhören?«

Lady Letitia sah ihre Schwester ärgerlich an. »Viola, ich vermute, Hannah will damit sagen, dass sie bereits eine Entlohnung für ihre Dienste angenommen hat und daher verpflichtet ist, die versprochene Gegenleistung für das erhaltenen Geld zu erbringen.«

»Oh, stimmt das, Hannah?« Hannahs Wangen begannen unter Lady Violas durchdringendem Blick zu glühen. Die Augen der dünnen alten Dame wurden riesengroß. »Oh weh, sie hat recht! Tss, tss, Hannah. Tss, tss.«

Hannah schnaubte aufgebracht. »Ja, es ist wahr, ich habe das Geld bereits angenommen. Aber das spielt überhaupt keine Rolle. Ich werde aufhören, jene zusammenzuführen, die nicht füreinander bestimmt sind – sehr bald schon. Das verspreche ich. Diesmal habe ich meine Lektion gelernt, darauf können Sie sich verlassen.«

Das beharrliche Klopfen neben Griffins Ellbogen wurde immer enervierender. Doch der Earl, der perückenlos neben ihm stand, so dass sein kahler Kopf im flackernden goldenen Schein des Kronleuchters glänzte, sagte kein Wort.

Klopf, klopf, klopf.

»Mylord, haben Sie mir etwas zu sagen, oder lernen Sie irgendeinen neuen Kode?« Griffin schaute von seinem Berg von Sternenkarten und Kladden auf und starrte den Earl, der weiter rüde mit einem gefalteten Brief auf die Ecke des Schreibtisches klopfte, mit einem bösen Blick an.

»Lies das.«

»Was ist das?«

»Das Mittel, um die Zuneigung von Miss Chillton zurückzugewinnen, das ist es! Lies es, sage ich.«

Griffin langte nach dem Brief, stand auf und überflog das Blatt. Als er fertig war, sah er wieder zum Earl. »Aber das ist die Einladung zu einem *weiteren* Ball in den Upper Assembly Rooms.« Er ließ den Brief seufzend sinken. »Ich habe keine Zeit für derartig gedankenlose Zerstreuungen, Mylord. Ich muss meine Berechnungen vor dem Eintreffen des Kometen fertigstellen. Miss Herschel zählt darauf, dass meine Kalkulationen fehlerfrei sind.«

Der Earl atmete durch die Nase aus und stieß dabei ein mäusegleiches Fiepen aus. »Pah! Du weißt wirklich nicht, was im Leben wichtig ist. Ein Himmelskörper hält dich nachts nicht warm, oder, mein teurer Junge? Aber ein himmlischer Körper wie Miss Chilltons täte das gewiss.« Der Earl grinste, als er seine Rockschöße hochwarf und sich auf einen wackeligen Holzstuhl neben Griffins mit Papieren überhäuften Schreibtisch setzte.

Griffin schüttelte den Kopf. »Was kümmert Sie plötzlich mein Verhältnis zu Miss Chillton? Garnet und Miss Howard sind nur Tage davon entfernt, sich zu verloben. Sie warten nur noch auf die Rückkehr ihres Vater aus Dover nächste Woche.«

»Miss Howard ist hübsch anzusehen, doch ich fürchte, sie könnte … ach, wie soll ich es sagen … sie könnte zu *reif* sein, um einen Erben hervorzubringen. Und das, wie du gewiss verstehst, kümmert mich sehr.«

Griffin lachte etwas gezwungen auf. »Sie hat Garnet gesagt, sie hätte sechsundzwanzig Sommer gesehen. Das macht sie wohl kaum zu einer alten Jungfer, oder sehen Sie das etwa anders?«

Die Augen des Earls funkelten. »Das ist es ja gerade, Junge. Wenn Miss Howard sechsundzwanzig wäre, dann gäbe es keinen Grund zur Sorge. Aber das ist sie nicht. Du musst nämlich wissen, ich habe Pinkerton in Garnets Interesse einige Nachforschungen anstellen lassen.«

»In Garnets Interesse?« Griffin starrte den Earl an, außerstande zu begreifen, wie der kleine Mann vor ihm eine solche Scheuklappensicht für angemessenes Benehmen halten konnte. »Wollten Sie nicht eher in *Ihrem* Interesse sagen?«

»In unser aller Interesse. Denn was ich herausgefunden habe, betrifft die gesamte Familie. Es scheint nämlich so zu sein, dass Miss Howard älter ist, als sie behauptet. Um einiges älter sogar. Für eine einzige Guinee, ein Schnäppchen für das, was wir dafür herausgefunden haben, hat uns ihre Kammerzofe verraten, dass Miss Howard in Wirklichkeit *dreiunddreißig* ist. Und jetzt sag mir noch mal, dass ich mir bezüglich ihres Alters keine Sorgen machen müsste.«

Der Earl räusperte sich, dann zupfte er nachdrücklich an Griffins Rocksaum und zwang ihn so, sich wieder hinzusetzen. »Gehen wir einmal von der Annahme aus, dass Garnet Miss Howard heiratet und mit meinem Ableben Earl von Devonsfield wird. Lass uns außerdem annehmen, dass die neue Countess, geborene Miss Howard, unfruchtbar wäre. Unfälle geschehen, Junge, wie ich selbst am besten weiß! Deinem Bruder könnte von heute auf morgen etwas zustoßen. Garnet könnte von einem Stier zu Tode getrampelt oder von einer Flutwelle fortgespült werden. Und es würde keinen Erben geben – wieder einmal.«

»Aber, Mylord, ich wäre dann höchstwahrscheinlich noch am Leben. Der Titel würde an mich übergehen.«

»Was nur wieder alle möglichen Nachforschungen

mit sich bringen würde, und der Titel wäre aufs Neue in Gefahr.«

Griffin schüttelte den Kopf. »Nein, Mylord. Sie machen sich unnötig Sorgen. Es würde keine Nachforschungen geben. Der Titel würde an mich übergehen.«

»Nichtsdestotrotz …« Der Earl legte sein Kinn auf die Brust und sah Griffin mit schrägem Blick an. »Ich müsste mir keine Sorgen machen, wenn du, Griffin, Miss Chillton heiraten würdest – die eindeutig im gebärfreudigen Alter ist.«

»*Du lieber Himmel.*« Griffin setzte seinen Ellbogen auf die Kante seines Schreibtisches, dann stützte er sein Kinn in seine Hand. »Einmal angenommen, ich würde zustimmen, aus welchem Grunde auch immer an diesem Ball teilzunehmen – und ich sage nicht, dass ich es tue –, wie kann ich sicher sein, dass Miss Chillton auch tatsächlich dort sein wird?«

Bei diesen Worten schmunzelte der Earl und begann zu kichern. »Weil die Damen Featherton und ich Maßnahmen getroffen haben, um sicherzustellen, dass Miss Chillton teilnehmen wird.«

Griffin setzte sich in seinem Sessel auf und schlug mit seiner Hand auf den Schreibtisch. »Was für … *Maßnahmen*?« Beinahe fürchtete er sich davor, die Antwort zu hören.

Der Earl gluckste vergnügt und ausgelassen. Zu ausgelassen.

»Vor zwei Tagen haben wir mehrere junge Gentlemen dafür bezahlt, Miss Chillton als Ehestifterin zu engagieren, und wir ließen sie alle darauf bestehen, dass Miss Chillton ihre kleinen Verkupplungsränke auf ein und demselben Ball in die Tat umsetzt – auf dem Großen Ball der Sterne in den Upper Assembly Rooms. War das nicht ein brillanter Einfall?«

»V-verdammt brillant«, murmelte Griffin.

Und verdammt verrückt.

Doch die Sache war eine Überlegung wert. Schließlich würde Miss Chillton dort sein, und auch wenn sie ihre Gefühle ihm gegenüber im Octagon Room recht deutlich gemacht hatte, reichte doch ihre bloße Anwesenheit, um ihm die Teilnahme an dem lächerlichen Ball schmackhaft zu machen.

Und wenn nur, um Lebwohl zu sagen zu Hannah, der Frau, die er liebte, bevor er mit Miss Herschel nach London ging.

Hannah blätterte ihr Notizheft durch und kratzte sich grübelnd am Kopf. Was war denn bloß so verflixt faszinierend an dem Großen Ball der Sterne? Sicher, es war das letzte offizielle Fest, bevor der Komet über der Stadt hinwegziehen würde, doch ansonsten war wirklich nichts Einzigartiges an dem Ball.

Jedenfalls nichts, was ein solches Interesse wecken konnte, wie sie es in den vergangenen zwei Tagen erlebt hatte.

Es war nur die jüngste Feier in einer langen und langweiligen Reihe von Festen mit kosmischen Themen, die in den letzten zwei Monaten von reichen, gelangweilten Damen der feinen Gesellschaft veranstaltet worden waren. Hannah war jedenfalls froh, wenn all diese schrecklich öden Bälle endlich ein Ende hatten.

Und dennoch waren vier ihrer neuesten Kunden willens und bereit, Hannah das Doppelte ihres üblichen Honorars zu zahlen, wenn sie einwilligte, eine Begegnung zwischen ihnen und ihren Angebeteten bei ebendieser Veranstaltung zu arrangieren.

Seltsam.

Doch Hannah hatte nicht vor, die Motive ihrer Kunden eingehender zu hinterfragen. Ihnen war es wichtig – wichtig genug, um den doppelten Preis zu bezahlten, und das reichte Hannah als Grund.

Hannah zeichnete ein Raster auf die aufgeschlagene Seite und markierte die Tanzreihenfolge mit ihrem Stift. Sie würde ihre Aufträge auf die verschiedenen Abschnitte des Programms aufteilen, sich der jeweiligen Manöver für die einzelnen Kunden nacheinander annehmen und alle in solcher Weise arrangieren, dass die Begegnungen zufällig anmuteten – als wären sie Kismet.

Hannah rieb sich mit ihren Handballen ihre geschlossenen Augen. Es würde kein leichtes Unterfangen werden. Sie wollte gerade nach einem Tee läuten, um sich auf einen schrecklich langen Abend vorzubereiten, als sie einen lauten Rums hörte, so als hätte jemand etwas Schweres gegen ihre Tür geworfen.

Sie rieb sich abermals die Augen. »Ist da jemand?«

Unvermittelt schwang ihre Kammertür auf. Hannah fuhr erschrocken zusammen, als Lady Letitia rückwärts ins Zimmer kam, dicht gefolgt von ihrer Schwester Viola. Gemeinsam trugen sie ein großes Paket herein. Annie eilte beflissen mit einer Hutschachtel von *Lock and Company* aus London hinter ihnen her.

Hannah sprang von ihrem Sekretär auf und starrte die beiden alten Damen an, während sie das Paket auf das Himmelbett warfen.

Dann wurde sie von zwei funkelnden blauen Augenpaaren fixiert.

»Worauf wartest du noch, Mädchen?« Lady Letitia schnaufte noch immer vom anstrengenden Treppenaufstieg zu Hannahs Kammer. »Komm her und mach dein Paket auf.«

Lady Viola rang nervös ihre Hände, während Hannah zum Bett ging und das Leinentuch, das um das Paket gewickelt war, aufschnürte.

»Heiliger Bimbam!« Hannah konnte sich glücklich schätzen, dass sie überhaupt Worte fand, denn der Inhalt des Pakets war wahrhaftig unbeschreiblich – außer insofern, dass es die schönste Ballrobe war, die Hannah je gesehen hatte. »I-ich ... heiliger Bimbam!«

Es war ein Traum aus dunkelblauer Seide, überzogen von einem hauchzarten silbernen Gespinst. Winzige Strasssteine säumten einen tiefen Kastenausschnitt und funkelten auf den kurzen Ärmeln mit ihren weiten Einsätzen aus silbernem Netzstoff.

»Lieber Himmel.« Annie gluckste bei ihren Worten. »Damit liegen Sie schon fast richtig, Miss Hannah. Das ist Ihre neue Robe – für den Großen Ball der Sterne! Ist es nicht das hübscheste Ballkleid, das Sie je gesehen haben?«

»*Hübsch* beginnt noch nicht einmal, es zu beschreiben ...« Hannah klappte die Kinnlade herunter, während sie ihre Finger sehr behutsam ausstreckte, um die schimmernde Seide zu berühren. »Es ist atemberaubend, Annie, aber mein Bruder wird niemals zustimmen, für ein solch unpraktisches Kleid zu bezahlen – egal für welchen Anlass. Und ich fürchte, ich selbst habe noch nicht genügend Guineen beisammen, um dafür aufzukommen.«

»Täubchen, die Robe ist ein Geschenk.« Lady Viola beugte sich vor und breitete das Kleid auf dem Bett aus, damit Hannah dessen Schönheit eingehender bewundern konnte.

»Oh nein, das könnte ich niemals annehmen. Es ist ein zu großes Geschenk.«

Lady Letitia stemmte die Hände in ihre ausladenden Hüften. »Unsinn. Du musst es annehmen. Es abzulehnen wäre sehr unhöflich, denn es sind eine Menge Überlegung und Mühe in dieses Gewand geflossen. Und du, Mädchen, bist darin unterwiesen worden, dich wie eine Dame zu benehmen.«

Hannah senkte zerknirscht den Kopf. »Ich bitte vielmals um Entschuldigung. Es wird mir eine Ehre sein, das Kleid zu tragen.«

Lady Violas winziger rot geschminkter Mund kräuselte sich zu einem zufriedenen Lächeln. »Dann hast du dich also entschieden, uns doch zum Ball zu begleiten?«

Hannah nickte seufzend. »Mir bleibt keine andere Wahl. Mehrere meiner Kunden sind überzeugt, dass dieser Ball, dieser Große Ball der Sterne, ihre letzte Gelegenheit sei, das Herz ihrer Angebeteten zu erobern.« Sie verdrehte die Augen.

Die beiden alten Schwestern sahen einander vielsagend an.

Hannah kannte diesen Blick. Gleich würden sie ihr wieder eine Gardinenpredigt halten. »Ich weiß genau, was Sie beide denken, aber nach diesem Ball werde ich nie wieder einwilligen, einen Mann und eine Frau für Geld miteinander zu verkuppeln.«

»Oh, das wissen wir, Liebes.« Lady Viola nickte zuversichtlich.

Lady Letitia stimmte ebenfalls nickend mit ein. »Wir vertrauen dir bedingungslos, Hannah, und wir wissen, dass du das Richtige tun wirst.«

Hannah sah die beiden alten Frauen argwöhnisch an. Irgendetwas stimmte hier nicht – die beiden sollten sie für die Irrigkeit ihrer Ehestifterei schelten. Das war ihre Angewohnheit. »*Ehrlich*«, beharrte Hannah, »diesmal meine ich es ernst. Gleich *nach* dem Ball werde ich aufhören. Aber nicht während des Balls, herrje, da werde ich alle Hände voll zu tun haben.«

Sie seufzte tief, um ihren Worten Nachdruck zu verleihen, dann ging sie zu ihrem Sekretär, nahm ihre Kladde zur Hand und begann, diese durchzublättern. »Um ehrlich zu sein, es ist gut, dass ich geschworen habe aufzuhören, denn bis zum Ende des Balls werde ich gewiss alle Verkupplungsmanöver ausgeführt haben, die ich mir je ausdenken kann.«

»Wirklich alle, Liebes?«, sagte Lady Letitia und warf ihrer Schwester einen verschlagenen Blick zu. »Wie schade, aber glaub mir, Hannah, es ist zu deinem Besten.«

Die Blicke der Ladys trafen sich abermals, und Hannah vermeinte, die beiden wie Backfische kichern zu hören, als sie die Treppe hinunterstiegen.

Annie stemmte ihre Hände in die Hüften. »Oje, Miss Hannah. Wenn Sie mich fragen, die Ladys führen etwas im Schilde – und es dreht sich um Sie.«

»Da hast du recht, Annie.« Hannah setzte sich an ihren Sekretär und fragte sich, was die beiden Strateginnen ausgeheckt haben könnten. »Lass uns um meinetwillen hoffen, dass mein Plan für den Ball die Feathertons von ihren eigenen Machenschaften ablenken wird.«

Hannah nahm ihre Feder zur Hand, klappte den Deckel des Tintenfässchens auf und tauchte die Spitze ein. Sie schrieb eilig eine kurze Nachricht, dann streute sie Sand auf die nasse Tinte, damit diese schneller trocknete. Gleich darauf faltete sie den Brief zusammen und reichte ihn ihrer Zofe. »Annie, würdest du mir einen kleinen Gefallen tun und dafür sorgen, dass diese Botschaft noch binnen dieser Stunde dem Earl von Devonsfield überbracht wird?«

Annie grinste verschmitzt. »Sie können sich immer auf mich verlassen, Miss Hannah. Aber ...« Annie beugte ihr Ohr dichter an Hannahs Mund, so als erwarte sie, Hannah würde ihr etwas zuflüstern. »Was steht denn in dem Brief? Sie können es mir ruhig sagen. Sie können jeden von der Dienerschaft fragen, die werden es ihnen bestätigen. Ich weiß, wie man ein Geheimnis wahrt.«

Hannah grinste Annie schelmisch an. »Ich auch, Annie. Ich auch.«

Kapitel siebzehn

Hannah schaute im Spiegel ihres Frisiertisches zu, wie Annie ein gutes Dutzend saphirfarbene Strasssteine in ihrem ebenholzschwarzen Haar feststeckte. »Sieh dich doch bitte ein bisschen mehr vor, Annie.«

Ihr Schädel pochte trotz des Lavendelöls, das Annie ihr eifrig in die Schläfen massiert hatte, und des Pulvers, das Mrs Penny ihr zusammen mit einer Tasse undefinierbaren Inhalts, den die Haushälterin als »Schwarzer-Drachen-Tee« bezeichnete, serviert hatte.

»Ich bin ja schon so vorsichtig, wie ich kann, das schwöre ich. Aber ich muss Haarnadeln benutzen, Miss Hannah … na ja, ich vermute, ich könnte auch irgendeinen Leim anrühren und die Glitzersteine damit festkleben – das könnte aber ein bisschen säuerlich stinken. Aber bei den vielen piekfeinen Leuten auf dem Ball bezweifle ich, dass irgendjemand merken würde, dass der Geruch von Ihnen kommt.« Annie wickelte eine Strähne von Hannahs Haar auf und steckte sie an ihrem Kopf fest.

»Autsch!« Hannah kniff ihre Augen fest zusammen. »Ich glaube, wir bleiben lieber bei den Nadeln, Annie. Mach weiter … aber vielleicht könntest du nicht ganz so viele Strasssteine nehmen.«

»Was? Nee, ich habe fest vor, alle bis zum letzten aufzubrauchen. Ich sage immer, eine Lady kann gar nicht genug funkeln. Männern gefällt so was, ehrlich.«

»Ich bin sicher, dass du recht hast.« Hannah schaute im Spiegel auf die noch fast volle Schale mit Strasssteinnadeln und zuckte innerlich zusammen. »Ich finde nur, dass bei einem so wunderschönen Kleid nichts von dem Gewand selbst ablenken sollte.«

Annie schaute über ihre Schulter zu dem funkelnden blausilbernen Kleid, das auf dem Bett ausgebreitet war, und schließlich nickte sie. »Ich sehe, was Sie meinen, Miss. Ein halbes Dutzend mehr noch vielleicht. Das sollte gerade reichen.« Sie wandte sich wieder um und sah Hannah an. »Mit Verlaub, aber wenn Ihnen Ihr Kopf immer noch so weh tut, vielleicht sollten Sie dann heute Abend lieber daheim bleiben.«

»Ich wünschte, das könnte ich, Annie. Aber ich muss heute Abend mehrere Paare zusammenführen, und da spielt es keine Rolle, wie sehr mir der Schädel brummt.« Ihr könnte Blut aus den Ohren rinnen, und sie müsste trotzdem an diesem Abend an dem Großen Ball der Sterne teilnehmen.

Sie hoffte nur, dass sich ihre Bahn nicht mit Mr St. Albans' kreuzte. Oder der des vermaledeiten Klatschkolumnisten Mr Lestrange. Hannah hatte schon genug andere Sorgen.

Garnet starrte Griffin ungläubig an. »Wie konntest du auch nur annehmen, dass ich auf den Ball verzichten würde? Ich habe mir für dieses Fest schon eine Weste anfertigen lassen – mitternachtsblau, mit Silberfäden durchwirkt. Einfach himmlisch.«

»Es ist nur eine Weste, Garnet.« Trotz seiner Verärgerung über seinen Bruder hielt Griffin seinen Tonfall ruhig und gelassen. Garnet liebte Feste, Feiern und vor allem Bälle, wo er sich fein ankleiden und damit amüsieren konnte, die Ladys mit seinem verwegenen Charme zu umgarnen. Griffin kannte den Hang seines Bruders zu Zerstreuung und Amüsement, in welcher Form diese auch immer kommen mochten, und er missgönnte sie ihm nicht. So war Garnet nun einmal.

Doch diesmal war es anders. Diesmal hing sein Glück davon ab, dass Garnet sein eigenes Vergnügen hintanstellte.

»Aber, Griffin, es ist der letzte Ball, bevor dein verflixter Komet über die Stadt hinwegzieht und allen Festivitäten ein Ende setzt.«

»Der Earl möchte, dass ich an dem Ball teilnehme, um zu versuchen, Miss Chilltons gebrochenes Herz zu heilen. Und daher flehe ich dich an, bitte nicht zu diesem Ball zu gehen. Ich kann den falschen Eindruck, den sie von mir hat, nicht korrigieren, wenn du mit Miss Howard zusammen über die Tanzfläche wirbelst.«

Garnet öffnete eine neue Flasche Brandy und schenkte sich großzügig ein. Dann schaute er mit verkniffenem, misstrauischem Blick zurück zu Griffin, der hinter ihm stand.

Sein halsstarriger Bruder würde es ihm nicht leicht machen. Griffin stand ein harter Kampf bevor.

Bevor er sich umdrehte, hielt Garnet sein volles Glas vor eine Kerze und überprüfte Farbe und Klarheit des

Brandys. »Perfekt«, murmelte er. Ein aufgesetztes Lächeln spielte um Garnets Lippen, als er sich zu Griffin umwandte ... und ihm das Glas reichte. »Trink das, denn du bist eindeutig nicht recht bei Sinnen.«

Griffin lehnte das Glas mit einer fuchtelnden Geste ab. »Das bin ich durchaus, Bruder.«

Garnet zog das Glas seufzend wieder zurück, setzte es unverzüglich an seine eigenen Lippen und kostete den erlesenen Brandy. »Ich kann dir da nicht zustimmen, denn wenn du es wärst, dann würdest du jetzt über deinen Sternenkarten sitzen und deine Berechnungen kritzeln, statt mich zu bitten, meine Dame zu versetzen.«

Er trat an den Kamin und stützte seinen Ellbogen auf den Sims. »Der Komet kommt morgen in den frühen Morgenstunden ... heute Nacht, wie es ich sagen würde. Du solltest deine Teleskope bereit machen, wenn du wirklich Miss Herschel nach London begleiten willst – oder besser gesagt nach Greenwich, nicht wahr? Denk an deine Zukunft, Mann.«

»Ich denke an meine Zukunft, und deshalb bitte ich dich, auf diesen Ball zu verzichten.« Zorn stieg in Griffin hoch, und er machte einen einschüchternden Schritt auf seinen Bruder zu. Doch im letzten Moment hielt er sich zurück. Das war nicht der richtige Weg, um Garnet zur Einsicht zu bringen. »Verdammt noch mal, Garnet, begreifst du denn nicht? Dies könnte meine letzte Chance bei Miss Chillton sein – um ihr zu beweisen, dass ich wahre Liebe für sie empfinde.«

»Liebe? *Liebe*?« Garnet stieß ein höhnisches Lachen

aus, das Griffin einen kalten Schauder über den Rücken laufen ließ. »Ist das dein *wahrer* Grund, Bruder? Oder hast du ein Gespräch mit dem Earl gehabt? Vielleicht hat er dir eingeredet, dass *du* weit würdiger bist und zum Erben erklärt werden solltest.« Garnets Stimme wurde schriller, und seine Züge verhärteten sich in einer Weise, wie Griffin es noch nie gesehen hatte. »Ich weiß längst, dass er nicht glücklich ist über Miss Howard. Er hat damit nicht hinter dem Berg gehalten. Hat sogar irgendeine hanebüchene Geschichte erfunden, dass sie viel älter wäre, als sie vorgibt.«

Griffin fasste seinen Bruder bei den Schultern. »Wie kannst du mir das nur unterstellen? Ich habe kein Interesse daran, Earl zu werden – das hatte ich nie. Ich bin nur aus zwei Gründen für diese angebliche Brautschau nach Bath gekommen: weil Miss Chillton hier war und wegen des Kometen. Die Chance, Earl zu werden, hat keinen Reiz für mich. Das ist nicht mein Traum. Aber Miss Herschels Angebot einer Anstellung beim Königlichen Observatorium ist es.«

Garnet löste sich aus dem Griff seines Bruders und schenkte sein Glas bis an den Rand voll. Brandy schwappte über und rann auf die polierte Tischplatte, doch Garnet schien es nicht zu bemerken. »Warum bist du dann willens, deinen Traum aufs Spiel zu setzen, ja alles aufs Spiel zu setzen, indem du heute Abend auf den Ball gehst?«

Griffin atmete scharf mit zusammengebissenen Zähnen ein. »Weil es eine Sache auf dieser Welt gibt, die mir wichtiger ist als die Anstellung – *Hannah*. Ich kann Bath nicht verlassen, nicht einmal wegen einer königlichen Ernennung, solange ich nicht weiß, dass ich alles in meiner Macht Stehende getan habe, um ihr Herz zurückzugewinnen.« Griffin senkte seinen Blick und sah auf den Parkettboden. »Garnet, ich bitte dich als dein Bruder. Tu es für mich.«

Garnet richtete sich auf und ging wortlos an Griffin vorbei aus dem Zimmer. In der Tür blieb er noch einmal stehen, legte seine Hand auf den Rahmen und sah über seine Schulter zurück zu Griffin. »Letzte Woche hat Miss Howard ihrem Vater einen Brief geschickt und ihn von meiner Absicht, sie zu heiraten, in Kenntnis gesetzt. Er ist sogleich aus Dover abgereist und sollte heute Abend nach der Erfrischungspause auf dem Ball eintreffen. Ich habe mit Miss Howard verabredet, dass ich dort sein werde, um ihn und ihre Mutter zu begrüßen.«

»Was willst du damit sagen, Garnet?«

»Das ich tun werde, worum du mich bittest – teilweise zumindest. Ich werde nur an der zweiten Hälfte des Balls teilnehmen. Aber ich muss dich warnen, Griffin, wenn du nach der Erfrischungspause noch auf dem Fest bist, dann wird es *zwei* Mr St. Albans im Ballsaal geben – und unser beider Zukunft, wie der Earl es so gern ausdrückt, steht auf dem Spiel.«

»Lady Letitia!«, scholl eine Männerstimme quer durch den Ballsaal und schreckte die beiden Featherton-Schwestern und auch Hannah auf.

Die Paare hatten sich gerade für die erste Tanzfolge aufgestellt, als der kleine, dicke Earl von Devonsfield sich zwischen ihnen hindurchdrängte, um zu Lady Letitia zu gelangen.

Miss Herschel, die zwischen den beiden alten Schwestern stand, beugte sich zu Lady Viola. »Ist das …? Nein, meine Augen müssen mich täuschen.«

Lady Viola grub in ihrem Retikül und holte ihre perlmutterne Lorgnette heraus.

Sie klappte die Lorgnette mit einer gekonnten Handbewegung auf und betrachtete durch die Gläser den Gentleman, der mit einem ganz in Schwarz gekleideten hageren Mann im Schlepptau auf sie zugestürmt kam. »Nein, nein, Ihre Augen täuschen Sie nicht. Es ist der Earl von Devonsfield … und sein Leibdiener Pinkerton.«

»Obwohl ich hier etliche Jahre gelebt habe, habe ich Bath bis zu diesem Besuch immer für die langweiligste und ödeste Stadt gehalten.« Miss Herschel, die ein Kleid trug, das ebenso trist wie ihre Feststellung war, kicherte. »Ich beginne mich zu fragen, ob ich schlicht in den falschen Kreisen verkehrt habe.«

Hannah hielt sich ihre behandschuhte Hand vor den Mund, um ein Grinsen zu verbergen, denn sie war es, die für Miss Herschels Erheiterung verantwortlich war.

Die Ballgäste, die die Tanzfläche säumten, starrten den Earl an, und einige kicherten über den unziemlichen Auftritt des Lords vom Lande – doch Lady Letitia lächelte nur, als der Earl sich vor ihr aufbaute.

»Lady Letitia«, schnaufte er, außer Atem nach seinem Schweinsgalopp durch den großen Saal. »Es tut mir schrecklich leid, dass ich mich verspätet habe.«

»Verspätet?« Die Verwirrung stand Lady Letitia deutlich ins Gesicht geschrieben, als ihre Brauen wie zwei dicke weiße Raupen auf ihre Nasenwurzel zuwanderten. »Wovon reden Sie denn da? Mylord, Sie sind pünktlich auf die Minute. Die Musik beginnt gleich.«

Die Miene des Earls erhellte sich. »Dürfte ich dann um diesen Tanz bitten?«

»Oh … nun, ich meinte nur … gütiger Himmel, ich habe schon seit Jahren nicht mehr getanzt.«

Hannah musste unwillkürlich schmunzeln, als sie sah, wie sich eine dunkle Röte auf die gepuderten und rot geschminkten Wangen der alten Dame stahl, während der Earl Lady Letitia auf die Tanzfläche führte und mit ihr die Position einnahm.

Hannah öffnete ihr Retikül, holte ein kleines Notizbüchlein und einen Bleistiftstummel heraus und machte einen dicken Strich durch die dritte List, die unter Lady Letitias Namen aufgeführt war.

Die erste war, sie und den Earl bei der Soiree zu Ehren von Miss Herschel zusammenzuführen. Die zweite war, die beiden gemeinsam an dem Vortrag im Octagon Room teilnehmen zu lassen. Die dritte war die Botschaft, die Hannah dem Earl hatte überbringen lassen und in der Lady Letitias tiefe Zuneigung bekundet wurde.

Jenen Brief zu verfassen, war hinterlistig gewesen, das wusste Hannah, doch er hatte die gewünschte Wirkung gehabt. Lady Letitia und der Earl schauten einander schwärmerisch in die Augen, während sie – wenn auch ein wenig wackelig – den Eröffnungstanz des Großen Sternenballs absolvierten.

Hannah war in jenem Moment mächtig stolz auf sich, und wenn sie sich nicht irrte, ließ ihr Kopfweh ein klein wenig nach.

Zumindest meinte sie das, bis sie Griffin, wie immer alle anderen um Haupteslänge überragend, nahe der Tür stehen sah, von wo aus er seinen Blick durch den Saal schweifen ließ. Sie stieß einen erschrockenen Laut aus und wirbelte herum, nur um sich unvermittelt Mr Hercule Lestrange gegenüberzusehen.

In ihrem Kopf begann ein allmächtiges Pochen und Hämmern, das ihr schier den Schädel sprengte.

»Miss Chillton. Welch ein Vergnügen, Sie hier heute Abend zu treffen.« Der kleine Mann nahm schwungvoll sein Bein zurück und verbeugte sich nach allen Regeln der höfischen Kunst.

Diesmal war er wie ein nobler Lord gekleidet. Seine Krawatte war meisterlich gebunden, und sein Rock und seine Weste waren aus dem feinsten dunkelblauen Kaschmir, von schlichtem, doch elegantem Schnitt.

Er trug keine Taschenuhr oder irgendeinen anderen metallenen Zierrat. Selbst die Knöpfe seiner Kleidung waren edel mit Stoff bezogen. Wäre er nicht von so einzigartiger Statur gewesen, hätte sich Mr Hercule Lestrange unerkannt unter die anderen Gäste mischen können ... was wohl auch seine Absicht an diesem Abend war, wie Hannah vermutete.

Hannah knickste fahrig vor Mr Lestrange, als sie zu ihrer Linken Miss Herschel und Lady Viola erspähte. Zugegeben, vom Alter her lagen Jahre zwischen ihnen, doch Miss Herschel war unendlich intelligent und unterhaltsam. Und außerdem hatte sie keine andere Wahl, oder?

Also machte Hannah eilig einen Schritt zur Seite, legte ihre Hand auf Mr Lestranges Schulter und drehte ihn so herum, dass er der zierlichen Miss Herschel praktisch von Angesicht zu Angesicht gegenüberstand.

Lady Viola warf Hannah einen warnenden Blick zu, doch wohlerzogen, wie sie nun einmal war, stellte sie Miss Herschel Mr Lestrange offiziell vor.

»Meine werte Miss Herschel. Ich muss gestehen, ich habe gehofft, Ihre Bekanntschaft zu machen, seit ich Ihren ersten Vortrag im Octagon Room gehört habe.«

Miss Herschel nickte dankend. Sie trat dichter zu ihm. »Und ich bin eine eifrige Leserin Ihrer Kolumne, Sir, seit ich zu meinem derzeitigen Besuch nach Bath gekommen bin.«

Mr Lestranges bereits tellergroße Augen schienen doppelt so weit zu werden.

Miss Herschel lachte, dann senkte sie ihre Stimme noch mehr. »Es muss Sie nicht überraschen, dass mir Ihre geheime Identität bekannt ist. Ich habe da nämlich so meine Verbindungen.«

Mr Lestrange sah abrupt zu Lady Viola, die einen plötzlichen Hustenanfall vorschützte und sich aus dem kleinen Kreis entschuldigte.

Das war just der Moment, auf den Hannah gewartet hatte. Sie deutete in die Richtung, die Lady Viola eingeschlagen hatte, und entschuldigte sich unter dem Vorwand, nach der alten Frau sehen zu wollen.

Hannah mischte sich unter einen vorbeiziehenden Schwarm von Matronen, und binnen einer Minute war sie Mr Lestrange entkommen.

Der zweite Tanz des Programms würde gleich beginnen. Unbehagen schnürte ihr den Magen zusammen. Sie musste sich um ihr erstes Verkupplungsmanöver kümmern, und der Zwischenfall mit Mr Lestrange hatte sie wertvolle Zeit gekostet.

Hannah zog die Schnürung ihres Retiküls auf und hatte mit ihren Fingerspitzen gerade ihr Notizbüchlein zu fassen bekommen, als sich eine Männerhand um ihren Arm legte.

Hannah riss erschrocken ihre Augen weit auf, und sie blickte hoch, wohl wissend, wen sie sehen würde.

Griffin.

»Hannah.«

Sie versuchte sogleich, sich aus seinem Griff zu befreien, doch er zog sie nur noch dichter an sich. Er ergriff ihre Hand und legte sie auf seinen Arm, dann klemmte er Hannahs untergehakten Arm gegen seine Seite.

»Ich lasse Sie nicht los. Diesmal nicht. Nicht, bis Sie sich anhören, was ich zu sagen habe.«

»Ich werde schreien.« Hannah reckte ihr Kinn hoch, als er sie auf die Mitte der Tanzfläche zog. »Dann werden Sie mich schon loslassen.«

»Ich bezweifle sehr, dass Sie das tun werden. Alle Augen würden auf Sie gerichtet sein, und Sie könnten sich nicht länger verstecken.«

»Vielleicht habe ich mich ja vor *Ihnen* versteckt, Mr St. Albans.«

Griffin lächelte sie an. »Wäre das Ihre Absicht gewesen, dann hätten Sie gewiss mein Herannahen bemerkt. Doch das haben Sie nicht.« Bei diesen letzten Worten drehte er Hannah herum und stellte sie in die Reihe jener, die auf den Beginn des nächsten Tanzes warteten. »Und jetzt möchte ich, dass Sie mir zuhören.«

Hannah schüttelte wütend den Kopf und riss sich von ihm los. Sie hatte noch keine zwei Schritte getan, als Lady Viola, die für eine so spindeldürre alte Frau einen überraschend festen Griff besaß, sie am Arm zurückhielt.

»Hannah, hör Mr St. Albans an.« Der Ausdruck in Lady Violas Augen sagte deutlich, wie ernst ihr die Sache war. »Es gibt da etwas, was du wissen musst.«

»Aber ich kann nicht«, widersprach Hannah. »Ich habe noch vier Zufallsbegegnungen zu arrangieren.«

»Nein, das haben Sie nicht.« Griffin war neben sie getreten. »Oder, Lady Viola?«

Eine tiefe Röte kroch über den Ausschnitt der alten Dame und ihren faltigen Hals hinauf. Nur die dicke Schicht Puder und Rouge verhinderte, dass auch ihr schmales Gesicht feuerrot leuchtete.

»Lady Viola? Was meint er damit? Was haben Sie getan?« Hannah sah von dem verlegenen Blick der alten Frau zu Griffins strahlend grünen Augen. »Nun, wird es mir jetzt jemand erklären?«

Lady Viola räusperte sich leise, dann sah sie Hannah an. »Der Earl, Letitia und ich hielten es für dringend geboten, dass du den jungen Mr St. Albans anhörst. Denn ich fürchte, du verkennst ihn.«

Hannah sah Griffin mit verkniffenem Blick an. »Einst hätte ich das vielleicht für möglich gehalten – aber jetzt nicht mehr.«

Lady Viola ließ Hannahs Arm los. »Täubchen, du hast heute Abend keine Kunden. Das war … die Idee des *Earls*, fürchte ich. Er hat mehrere Gentlemen dafür bezahlt, deine Dienste in Anspruch zu nehmen, damit du an diesem Ball teilnehmen musst.«

Hannah atmete tief durch. Das war wirklich unglaublich! »Sie wissen, wie lange und hart ich an diesen Verkupplungsstrategien gefeilt habe – und jetzt soll alles für die Katz gewesen sein?«

»Ja.« Lady Viola setzte eine mitleidige Miene auf. »Aber Letitia und ich hatten unsere eigenen Pläne … und na ja, Täubchen, wir machen das alles schon bedeutend länger als du.« Die alte Frau ergriff Hannahs Hand und legte sie in Mr St. Albans'. »*Tanz*. Hör zu. Und vor allem *glaube*, was er dir sagt, denn ich weiß aus berufenem Munde, dass er die Wahrheit spricht.«

Hannah sah in seine Augen, während Griffin sich abermals mit ihr auf der Tanzfläche aufstellte, und ihrer ehernen Absicht, kühl und distanziert zu bleiben, zum Trotz schlug ihr Herz schneller.

Was konnte er zu sagen haben, das sie angeblich alles vergessen lassen würde, was zwischen ihnen vorgefallen war, und sie ihm verzeihen würde?

Das Orchester stimmte eine langsame, einschmeichelnde Melodie an. Griffin sprach kein einziges Wort, sondern sah Hannah nur an, und seine Augen flossen schier über vor Gefühlen, als sie sich zu bewegen begannen. Auch ihr schwoll das Herz, und sie wandte den Blick ab, unfähig, diese Innigkeit noch viel länger zu ertragen.

»Sir, da Sie unbedingt mit mir sprechen wollen, würde ich gern hören, was so unendlich wichtig ist, dass Sie die Feathertons und sogar den Earl eingespannt haben, um Ihr Ziel zu erreichen.«

»Ich habe sie nicht eingespannt. Sie haben sich ganz von selbst eingemischt, denn es war allen klar, dass Sie mich ansonsten niemals anhören würden.«

»Nun, Mr St. Albans, Sie haben meine ungeteilte Aufmerksamkeit. Was haben Sie zu sagen?«

Hannah fühlte, wie sich sein Arm fester um ihre Taille legte, so als fürchte er, dass, was immer er ihr zu sagen hatte, sie in die Flucht treiben würde.

»Sobald der Komet vorbeigezogen ist, werde ich mit Miss Herschel nach London reisen. Sie hat mich für eine Stellung beim Königlichen Observatorium vorgeschlagen.« Bei diesen Worten sah er ihr tief in die Augen, und sie wusste, dass er auf ihre Antwort wartete. Sie blickte zu Lady Letitia und dem Earl, die sich in einigem Abstand auf eine der weich gepolsterten Récamieren, die an den Wänden entlang aufgestellt worden waren, hatten plumpsen lassen und sich lachend abwechselnd mit Lady Letitias lavendelfarbenem Spitzenfächer Luft zuwedelten.

Er würde also nach London gehen. Was hatte das mit ihr zu tun? Hannah konnte sich keinen Reim darauf machen. »Ich freue mich für Sie, Mr St. Albans. Ich weiß, dass Ihr Herz dem Studium der Sterne gehört.« Hannah sah ihn mit verschleiertem Blick an.

»Nein, mein Herz gehört Ihnen, Hannah. Von jenem ersten Moment auf den Klippen in Cornwall an wusste ich, dass *Sie* meine Zukunft sind … und ich glaube, dass Sie ebenso empfunden haben.« Die Pupillen seiner Augen waren ungewöhnlich dunkel geworden. Es kam offensichtlich noch mehr.

»Gott ist mein Zeuge, ich weiß nicht, was ich getan habe, um Sie so gegen mich aufzubringen, aber ich liebe Sie, Hannah, von ganzem Herzen.«

Hannah fühlte, dass seine Hand, die an ihrer Taille lag, zitterte.

Sie wollte ihm so gern glauben. Wäre ihr nicht mehr als einmal bewiesen worden, dass man diesem Gentleman nicht über den Weg trauen konnte, hätte sie die Gefühle in seinen Augen, seinem Gesicht, seiner ganzen Haltung gelesen – und seine Worte als Wahrheit genommen.

Doch diesmal würde sie sich hüten. Sie würde sich nicht von seinen Liebesschwüren einwickeln lassen, nur um ihn mit Miss Howard herumscharwenzeln zu sehen, sobald sie ihm den Rücken kehrte.

Zum Glück endete der erste Teil des Programms mit diesem Tanz, und die Erfrischungspause wurde ausgerufen. Während die Ballgäste in den Speisesaal drängten, blieben Hannah und Griffin allein mitten auf der Tanzfläche zurück.

Als er etwas verspätet ihre Taille und ihre behandschuhten Finger losließ, wappnete Hannah sich für die schroffe Antwort, die sie ihm erteilen würde. »Mr St. Albans, Sie erklären mir Ihre Liebe, doch schon im nächsten Moment schenken Sie Ihre Zuneigung einer anderen. Wie kann ich Ihnen da glauben?«

Hannah trat an ihm vorbei, ohne sich um sein flehendes Bitten zu kümmern, und eilte den Featherton-Schwestern in den Speisesaal nach. Sie drängelte sich durch einen Pulk elegant gekleideter Ladys und Gentlemen, die am Eingang zum Speisesaal standen, und arbeitete sich in die Mitte des Raums vor, in der Hoffnung, dass sie von dort die Feathertons am ehesten erspähen konnte.

»Hannah.« Griffin war nur wenige Schritte hinter ihr und holte mit erstaunlichem Tempo auf, während die Umstehenden dem stattlichen Herrn förmlich aus dem Weg sprangen, so als wollten sie vermeiden, von ihm zermalmt zu werden. »Hannah, da ist noch etwas – etwas, das Sie unbedingt wissen müssen.«

Hannahs Augen waren auf Griffin hinter ihr gerichtet, während sie sich mühsam einen Weg durch das Gedränge vor ihr bahnte.

Dann blieb Griffin unvermittelt wie angewurzelt stehen. Er machte große Augen und fluchte leise.

Dies war ihre Chance, der Moment, den sie brauchte, um Abstand zwischen sich und Griffin zu bringen. Sie raffte ihre Röcke und gab Fersengeld. Sie schaute noch ein letztes Mal hinter sich, was sich als ein fataler Fehler erwies, denn sie stieß ungebremst mit einem Gentleman zusammen.

»Ich bitte um Verzeihung –«, setzte sie an. Doch dann wich ihr alles Blut aus dem Kopf. Denn als sie aufschaute, blickte sie in allzu vertraute grüne Augen.

Der Himmel stehe ihr bei, irgendwie hatte sie es geschafft, mit Mr St. Albans zusammenzustoßen! Dann bemerkte sie die flachsblonde Schönheit an seinem Arm, die sie böse anblitzte.

»*Griffin* – wie …?«, stammelte Hannah. Das konnte nicht wahr sein. Es war unmöglich.

Sie fühlte, wie jemand sie am Handgelenk fasste, drehte sich um und sah … Griffin – *noch einmal.*

Sie verstand nicht, wie das sein konnte. Doch wie konnte sie leugnen, was sie mit eigenen Augen sah?

»Hannah«, sagte der Mann, der sie am Handgelenk festhielt, »erlauben Sie mir, Ihnen meinen Bruder Garnet vorzustellen … aber ich glaube, ihr beide kennt einander bereits, nicht wahr?«

Gütiger Gott. Hannah schluckte schwer.

Es gab … zwei von ihnen.

Kapitel achtzehn

Schwindelerregende Verwirrung wurde alsbald von einem überwältigenden Gefühl des Verrats verdrängt. Hannah begann, am ganzen Leib unkontrolliert zu zittern.

Sie schaute von Griffin zu seinem geschniegelteren Bruder Garnet. Wieso hatte sie nicht gesehen, wie unterschiedlich die beiden waren?

Griffins Schultern waren breiter, seine Taille schmaler und sein Körper um einiges muskulöser als der seines schlankeren, aristokratischer aussehenden Zwillingsbruders.

Seine Kleidung war maßgeschneidert, doch ohne jeden Pepp und Pfiff … und du liebe Güte, er trug Reitstiefel zu einem Ball!

Garnet hingegen war nach der neuesten Mode gekleidet. Jedes Detail seines Erscheinungsbildes war überlegt und makellos, bis hinunter zu seinen silbergewirkten Tanzschuhen, die perfekt zu seiner schimmernden Weste passten.

Sie musste blind gewesen sein, dass ihr diese Einzelheiten entgangen waren. Die Zwillinge mochten sich im selben Universum bewegen, doch sie waren so verschieden wie Sonne und Mond.

Hannah massierte sich mit ihren behandschuhten Fingerspitzen die Schläfen.

Oder hatte sie es bemerkt, war aber zu naiv gewesen, um es zu begreifen? Denn jetzt konnte sie sich auf Situationen besinnen, in denen der verwegene, dreiste Garnet sich als seinen Bruder ausgegeben hatte. Sie zermarterte sich das Hirn, ob es *jene* Verkörperung von Mr St. Albans gewesen war, die sie geküsst hatte … und mehr.

Nein, nein. Es war Garnet, der sie auf die Palme brachte, der bei jeder Gelegenheit ihre Geduld auf eine harte Probe stellte.

Und es war Griffin, die sanftmütige Seele, den sie liebte.

Doch jetzt, da sie die beiden Hälften von Mr St. Albans kannte, wusste sie nicht, was sie tun sollte. Statt Freude zu empfinden, dass sie den Mann, den sie liebte, nicht an eine andere verloren hatte, brach ihr das Herz – weil beide sie belogen hatten. Beide hatten ihr Vertrauen missbraucht.

Die beiden hatten sie zum Narren gemacht.

Sie wusste nur nicht, warum.

Ihre Lippen bebten. Worte waren in diesem Moment gänzlich jenseits ihrer Möglichkeiten, und Hannah musste ihren Schmerz auf eine andere Weise zum Ausdruck bringen.

Sie holte mit ihrer Hand aus und versetzte Garnet eine schallende Ohrfeige. Die Bestürzung über ihre Tat hatte kaum Zeit, sich auf Garnets Gesicht zu zeigen, als sie zu Griffin herumwirbelte.

Heiße Tränen strömten über ihre Wangen. Sie ballte ihre Hände zu Fäusten, doch in diesem Moment trat Griffin dicht an sie heran, und sie sank gegen seine Brust.

Sie fühlte, wie er seine Arme um sie legte, fühlte, wie er ihr einen Kuss auf ihr Haar drückte.

»Hannah«, flüsterte er. »Es tut mir leid. Wenn Sie mir doch nur zuhören würden … Verdammt noch mal, ich weiß, dass es keine Entschuldigung dafür gibt, dass ich es Ihnen nicht gestanden habe, aber –«

Hannah löste sich von ihm und schaute ihn durch tränenverhangene Wimpern an. »In dem Punkt, Mr St. Albans, stimmen wir überein.«

Sie wand sich in seiner Umarmung, bis sie sich daraus befreit hatte.

Im Speisesaal war es still. Alle Unterhaltungen schienen wie auf Kommando verstummt zu sein. Selbst das helle Klirren umrührender Löffel in Porzellantassen hatte aufgehört.

Abgesehen von dem einen oder anderen stockenden Atem auf der Galerie war der einzige Laut, den Hannah jetzt noch wahrnahm, das Pochen ihres eigenen Herzens, während die Hautevolee von Bath Zeuge ihrer Demütigung wurde.

Sie schlug mit ihren flachen Händen gegen Griffins Brust, um ihn von sich zu stoßen, und rannte tränenblind zum Ausgang.

Griffin sah zu Garnet, und die beiden starrten einander einen Moment lang fassungslos an.

»Griffin … e-es tut mir leid.« Garnet streckte seine Hand aus, doch Griffin wich zurück.

»Nein, *mir* tut es leid. Mir tut es leid, dass ich Hannah nicht alles schon viel früher gestanden habe. Denn jetzt könnte es zu spät sein.«

Griffin drängte sich an seinem Bruder vorbei und lief Hannah in den kühlen Abend nach. Doch er konnte nirgends eine Spur von ihr entdecken.

Die vom Mondschein erhellte Straße war verlassen, abgesehen von einigen Sänftenträgern, die auf dem Bürgersteig standen, Pfeife rauchten und plauderten, um sich die Zeit zu vertreiben, bis der Ball sein vorläufiges Ende finden und die Gäste nach Beförderungsmitteln suchen würden, die sie zum Royal Crescent Field bringen sollten, wo sie das Eintreffen des Kometen erwarten wollten.

Verdammt. Verdammt noch mal! Er hatte seine letzte Chance bei Hannah verspielt.

Griffin lehnte seinen Kopf an eine der Säulen vor den Upper Assembly Rooms und schloss seine Augen.

»Heiliger Bimbam, Junge! Was haben du und dein dickköpfiger Bruder angerichtet?«

Griffin schlug widerstrebend seine Lider auf und sah den Earl keine Handbreit vor sich stehen. »Haben Sie es denn nicht gesehen? Alle anderen haben es.«

»Natürlich habe ich gesehen, was geschehen ist! Und ebenso hat es wenigstens ein Mitglied des Unterhauses gesehen.« Der Earl begann, vor Griffin auf und ab zu marschieren. »Der Grafentitel ist verloren. Es wird nicht lange dauern, bis die gehobene Gesellschaft herausfindet, dass ich keinen eindeutigen Erben habe. Wenn es etwas gibt, was ich während meines Aufenthaltes hier gelernt habe, dann, dass in Bath kein Geheimnis lange geheim bleibt.«

Griffin löste sich von der Säule. »Es gibt einen eindeutigen Anwärter auf den Titel – Garnet.«

»Nein, er ist fest entschlossen, Miss Howard zu ehelichen, und ich kann das Risiko nicht eingehen, dass sie unfruchtbar ist.«

»Mylord, sollte irgendjemand Nachforschungen anstellen, werde ich Stein und Bein schwören, dass Garnet der Erstgeborene ist. Er ist Ihr Erbe. Ich werde seinen Anspruch niemals anfechten. Das sollte Ihnen die Sache leicht machen. Erklären Sie Garnet zu Ihrem Erben, und der Titel ist gerettet.«

Der Earl schnitt eine Grimasse. »Das gefällt mir nicht. Das gefällt mir nicht im Geringsten. Du bist meine erste Wahl. I-ich … kann dir bei Miss Chillton behilflich sein, wenn du nur –«

»Verstehen Sie denn nicht, Mylord?« Griffin hielt resignierend seine Hände hoch. »Würde es nicht um diesen vermaledeiten Grafentitel gehen, hätte es keine Geheimnisse gegeben, und aller Wahrscheinlichkeit nach wäre Miss Chillton längst meine Frau!«

Selbst im fahlen bläulichen Schein des Mondes konnte Griffin sehen, wie der Earl puterrot anlief. »Wie es scheint, bleibt mir in dieser Sache wohl keine andere Wahl.«

»So scheint es.« Griffin holte seine Taschenuhr hervor und hielt das runde Ziffernblatt in das Mondlicht, um besser sehen zu können. Schließlich richtete er sich wieder auf und nickte dem Earl zu. »Also dann, Sie müssen mich entschuldigen, Mylord. Mir bleiben noch drei Stunden, um mich zur Kuppe des Beechen Cliffs zu begeben und meine Teleskope für das Kommen des Kometen einzurichten.«

»Ich werde jedenfalls Hurra rufen, wenn der verfluchte Komet endlich vorbeigezogen ist.« Der Earl schnaubte verächtlich, dann legte er den Kopf in den Nacken und schaute zum Himmel auf. Seine Perücke rutschte von seinem kahlen Schädel und fiel auf den Bürgersteig. »Zu viel Aufhebens um ein kleines Licht am Firmament, wenn du mich fragst.« Der Earl zog den Bund seiner Hose hoch, dann bückte er sich, um seine Perücke aufzuheben. Als er sich wieder aufrichtete, stellte er zu seiner Überraschung fest, dass Griffin St. Albans … verschwunden war.

Hmmm. Vielleicht war Garnet doch die bessere Wahl als Erbe. Es mochte ihm am rechten Verstand bei der Brautwahl fehlen, aber wenigstens besaß er gute Manieren.

In ebendiesem Moment trat Pinkerton aus dem Dunkeln und erschreckte den Earl so sehr, dass dieser sich heftig verschluckte. »Verflucht noch eins, Pinkerton. Schleichen Sie sich nicht so an!«

»Ich bitte um Verzeihung, Mylord.« Pinkerton neigte respektvoll seinen Kopf, und etliche spinnenbeingleiche schwarze Haare fielen ihm ins Gesicht. »Ich wollte Ihnen nur mitteilen, dass die Feathertons gerade eben durch einen anderen Ausgang das Fest verlassen haben.«

»Wirklich?« Der Earl räusperte sich. »Nun, ich vermute, ich hätte ebenso gehandelt, wenn mein Mündel mich gerade vor der gesamten gehobenen Gesellschaft bloßgestellt hätte. Ein schreckliches Debakel für ein so hübsches junges Ding wie Miss Chillton. Einfach schrecklich.«

Pinkerton zog bei diesen Worten eine Augenbraue

hoch. »Ja, Mylord. Wären die Herren St. Albans im Speisesaal bloßgestellt worden, hätten Sie sich zweifellos eiligst abgesetzt.«

Der Earl nickte beipflichtend. »Nun da Lady Letitia den Ball verlassen hat, habe ich das Interesse an dem Fest verloren.«

Er rückte seine Perücke auf seinem runden Schädel zurecht und schnippte mit den Fingern, um zwei Sänftenträger herbeizurufen. »Ich brauche eine frisch gelockte Perücke, Pinkerton. Ich will mich bei der Kometenschau nachher von meiner besten Seite präsentieren.«

»Ja, Mylord.«

Pinkerton öffnete die Tür der Sänfte und wartete, bis der Earl eingestiegen war, dann verriegelte er sie wieder.

Der Earl beugte sich aus dem offenen Fenster. »Es ist nicht weit bis zum Haus. Sie können neben der Sänfte herlaufen, damit wir gleichzeitig eintreffen.« Der Earl zupfte an seiner Krawatte und räusperte sich abermals. »Ich glaube, ich benötige einen Brandy, wenn wir heimkommen. Meine Kehle ist trocken.«

Pinkerton atmete tief durch, nahm seinen Hut ab und lockerte seine eigene Krawatte in Vorbereitung auf die ihm bevorstehende Anstrengung. »Ja, Mylord.«

Hannah saß derweil im Dienstbotentrakt mit Annie und Mrs Penny schweigend am Küchentisch. Sie trank eine wohltuende Tasse Tee – versetzt mit einer großzügigen Dosis des Pulvers für ihren brummenden Schädel.

Annie legte tröstend ihre Hand auf Hannahs Schulter. »Ihre Augen sind noch immer rot wie Klatschmohn, Miss Hannah, aber wenigstens heulen Sie nicht mehr.«

»Ihre Tränendrüsen sind ausgetrocknet, Annie.« Mrs Penny schenkte Hannah Tee nach. »Trinken Sie das schnell, Kind. Wir wollen doch nicht, dass Ihnen noch schwummrig wird.«

Hannah bedankte sich mit einem fahlen Lächeln.

Sie war untröstlich gewesen, auch wenn die Feathertons es volle zwei Stunden lang versucht hatten, bevor Hannah in der Küche vor ihren mitleidigen Blicken Zuflucht gesucht hatte.

Die beiden alten Damen hatten ihr versichert, dass es einen guten und zwingenden Grund gab, weshalb die Herren St. Albans ihre wahre Identität vor ihr verborgen hatten. Sie versicherten es ihr, ja, aber keine der beiden konnte Hannah sagen, was dieser Grund war.

Hannah trank Tee, bis Mrs Penny sie nicht mehr gestikulierend aufforderte, noch mehr von der Flüssigkeit aufzunehmen, dann setzte sie die Tasse ab und vergrub ihr Gesicht in ihren Händen.

»Zwillinge. Du lieber Himmel, jetzt ergibt alles einen Sinn, stimmt's, Mrs Penny?« Annie schnappte sich einen Zuckerkeks von Hannahs Untertasse und stopfte ihn sich in den Mund. »Dann war der Dreiste also Mr Garnet, ja?«

»Nun, der Mr St. Albans, der hier logiert hat, war zweifellos dreist, arrogant … und unhöflich.«

»Es war *Mr Garnet*, oder nicht?«

Hannah legte ihre Hände in den Schoß und hob

den Kopf. »Dessen bin ich gewiss. Griffin ist ganz anders. Er ist liebenswürdig und still. Und so intelligent … und leidenschaftlich. Ich hätte mich niemals in einen aufgeblasenen Popanz wie Garnet verlieben können.«

»Aber Mr Griffin lieben Sie.«

Hannah spürte, wie sie rot wurde. Sie wandte verlegen den Blick ab und schaute auf das knisternde Feuer im Küchenherd.

»Sie *tun's!*« Annie beugte sich dicht heran. »Ich wette, er sieht viel besser aus als sein Bruder, stimmt's?«

»Sie sind *identische* Zwillinge.« Hannah spürte, wie ihre Mundwinkel unwillkürlich zuckten. »Auch wenn sie unterschiedlich gebaut sind. Griffin ist etwas … größer.«

»*Größer*. Oh, ich verstehe.« Annie machte große Augen. »Oooohh … woher wissen Sie denn das, Miss Hannah?«

Mrs Penny schlug mit der Hand auf den Tisch. »Annie!«

»Na ja, ich habe sie einmal frühmorgens zum Fenster hereinklettern sehen. Da war es noch nicht hell. Und einer von den Mr St. Albans stand unten und hat aufgepasst, dass sie nicht herunterfällt und sich was tut.« Annie sah in Hannahs entsetztes Gesicht.

Hannah würde nichts zu Annies Bemerkung sagen, auch wenn sie durchaus die Frage weckte, was Annie zu so früher Stunde vor dem Haus gemacht hatte.

»Welcher war es, Miss Hannah? Der mit dem größeren … Sie wissen schon.« Annie geiferte schier vor Neugier.

Ein bestürzter Laut entschlüpfte Hannah. »Nein, nein, Annie. Du hast mich missverstanden. Ich meinte nur, dass Griffin von der Statur her größer sei … muskulöser, während Garnet schlanker und ranker ist.«

»Nun, mein Mädel«, sagte Mrs Penny zuversichtlich, »es klingt jedenfalls so, als ob Ihnen der bessere der beiden Herren St. Albans ins Netz gegangen ist.«

Das Lächeln, das um Hannahs Mundwinkel spielte, erlosch. Sie griff eilig nach ihrer Teetasse und hob diese an die Lippen.

»Miss Hannah, Sie haben Mr Griffin verziehen, oder nicht?«, fragte Annie sanft.

Doch Hannah antwortete nicht.

»Miss Hannah, wenn Sie ihn lieben, dann *müssen* Sie ihm verzeihen.«

»Ich kann es nicht!«, platzte Hannah heraus. »Begreifst du denn nicht, er und sein Bruder haben mich willentlich und wissentlich zum Narren gemacht.«

»Sind Sie sich da auch wirklich sicher, Mädel?«, fragte Mrs Penny. »Er muss einen guten Grund gehabt haben, ein solch großes Geheimnis zu wahren. Vielleicht sollten Sie ihm eine zweite Chance geben, die Scharte wieder auszuwetzen. Das Leben ist zu kurz, Liebes. Zu kurz, um Ihre Tage damit zu vergeuden, sich wegen eines Missverständnisses zu grämen. Vergeben Sie ihm und geben Sie sich eine Chance aufs Glück.« Mrs Penny hatte jetzt den gleichen mitleidigen Gesichtsausdruck wie zuvor die Feathertons.

Sie konnte es nicht ertragen. Es war zu viel verlangt.

»Ich bin nicht wie meine Mutter. Warum nimmt alle Welt an, dass ich wie sie wäre?« Ein dumpfer Schmerz schnürte Hannah das Herz zusammen, und sie sprang von ihrem Schemel auf. »Ich brauche keinen Mann in meinem Leben, um glücklich zu sein.«

»Nein, Miss Hannah, Sie brauchen keinen Mann in Ihrem Leben, um erfüllt und glücklich zu sein«, pflichtete Annie bei. »Aber möglicherweise brauchen Sie *Griffin*.«

Heiße Tränen sprangen Hannah in die Augen. Sie drehte sich abrupt um, raffte ihre Röcke und eilte die Dienstbotentreppe hinauf.

Hannah stürzte zur Haustür und riss sie auf, in der Hoffnung, dass ein Spaziergang in der kühlen Nachtluft ihr helfen würde, ihren Kopf zu klären … und Ordnung in ihre verworrenen Gefühle zu bringen.

Sie wollte gerade vor das Haus treten, als sie mehrere hundert Menschen auf dem Royal Crescent Field umherwimmeln sah.

Das gelbe Licht von Laternen sprenkelte den Hang unterhalb der imposanten Häuserzeile des Royal Crescent bis zu dem ebenen Platz, der unterhalb des Rasenplatzes lag. Hannah konnte im fahlen Mondschein Dutzende von Ladys, Gentlemen und sogar Kindern ausmachen, die es sich auf ausgebreiteten Decken auf der weitläufigen Rasenfläche bequem gemacht hatten. Sie lachten, labten sich an Zuckerwerk und Gebäck und stießen miteinander auf das Kommen des Kometen an.

Hannah hob ihren Blick hinauf zum sternenübersäten Himmel, dann kehrte sie ins Haus zurück und griff sich eine Kerze von dem Konsoltisch im Vestibül, um auf der Standuhr nach der Zeit zu sehen.

Dreißig Minuten. Mehr Zeit blieb nach Griffins Berechnungen nicht, bis der Komet tief über der Stadt hinwegsausen würde.

Sie fragte sich, ob die Featherton-Schwestern bereits ihre Plätze auf dem Rasen bezogen hatten oder ob sie nach dem Drama im Ballsaal das viel gepriesene Ereignis ganz vergessen hatten.

Hannah fuhr herum, eilte zum Salon und stieß die Tür auf. Im Zimmer war es dunkel, doch sie konnte Lady Violas flüsternde Stimme hören, gefolgt von einem lauten Rums.

»Lady Viola? Sind Sie hier?«

Hannah hielt die Kerze vor sich hoch und ging zum Kanapee. Die alte Frau könnte eingelullt von ihrem allabendlichen Likör ein Nickerchen machen. Als Hannah die Rückenlehne des Kanapees erreichte, senkte sie die Kerze, so dass der goldene Lichtkegel die Polster beschien.

»Oh, guten Abend, Hannah.« Lady Viola, die ausgestreckt auf dem Kanapee lag, spähte zu ihr hoch. Die Lippenschminke der alten Frau war über ihre Wange und ihr Kinn verschmiert.

»Du liebe Güte, sind Sie wohlauf?«

Lady Viola hob eine zarte, faltige Hand, um sich gegen das Licht zu schützen. »Nimm bitte die Kerze herunter, Täubchen. Meine Augen haben sich noch nicht an die Helligkeit gewöhnt.«

»Aber natürlich.« Hannah hastete um das Kanapee herum, stolperte auf dem Weg jedoch über etwas auf dem Boden und stürzte auf den Teppich.

Etwas Dunkles, Großes rappelte sich vom Boden hoch und richtete eilig die Kerze wieder auf. Das flackernde Licht erhob sich wie von Geisterhand und schwebte auf den Beistelltisch neben Hannah.

Dann fühlte Hannah eine Hand an ihrem Arm, und ihr wurde auf die Füße geholfen.

»Lassen Sie mich Ihnen behilflich sein, Miss Chillton.«

Hannah schluckte. »Mr Edgar?« Sobald sie wieder auf den Füßen stand, griff sie nach der Kerze und hielt sie vor dem Butler hoch. »Ja, Sie *sind* es!«

Rote Lippenfarbe war über das Gesicht des alten Mannes verschmiert. Hannah hielt die Kerze höher und sah drei lippenförmige Abdrücke auf seinen Wangen. Sie schlug unwillkürlich ihre freie Hand vor den Mund, um das Kichern zu unterdrücken, das in ihrer Kehle hochstieg.

»Ich werde sogleich noch mehr Kerzen holen«, sagte der Butler und verschwand eiligst in der Dunkelheit.

»Lady Viola, was ist denn hier vorgegangen?« Hannah zog verschmitzt eine Augenbraue hoch, während sie der alten Dame half, sich auf dem Kanapee aufzusetzen.

Doch statt sich verschämt zu geben, wie Hannah es erwartet hatte, strahlte Lady Viola unbekümmert. »Mr Edgar und ich haben beschlossen zu heiraten.«

»Wie bitte?« Hannah musste sich verhört haben. Was konnte Lady Viola und Mr Edgar nach all den Jahren, die sie einander laut Annie schon zugetan waren, dazu veranlasst haben, endlich vor aller Welt ihre Liebe zu bekennen?

»Wir werden heiraten. Letitia haben wir es bereits gesagt, und sie ist in die Bibliothek geeilt, um ihre Aufzeichnungen für die Hochzeiten unserer Großnichten herauszusuchen. Sie hätte sich nicht mehr freuen können, wenn sie selbst den Mann ihres Herzens heiraten würde.«

Hannah ergriff Lady Violas schmale Hand. »Aber warum jetzt, nach all dieser Zeit?«

»Deinetwegen, Liebes.«

Hannah blinzelte verblüfft. »*Meinetwegen*?«

»Du hast mir gezeigt, wie zerbrechlich und flüchtig die Liebe sein kann.«

»Ich verstehe nicht.«

»Du und Mr St. Albans, Griffin St. Albans, liebt einander. Ihr seid füreinander bestimmt. Letitia und ich haben das von dem Moment an gewusst, als ihr beide euch auf den Klippen von Kennymare Cove begegnet seid.«

»Aber was hat das mit Ihnen und Mr Edgar zu tun?«

»Ich habe mit angesehen, wie ihr beide zugelassen habt, dass die Wünsche des Earls, die Ansichten der feinen Gesellschaft, euer Stolz – ja selbst die Fehler deiner Mutter … eure Liebe bedrohen. Eure Chance auf das Glück bedrohen.«

Hannah spürte, wie sich die feinen Härchen auf ihren Armen aufrichteten. Lady Viola sagte die Wahrheit. Das ließ sich nicht leugnen.

»Nach dem, was heute Abend auf dem Ball geschehen ist, als ich mit ansehen musste, wie dein übertriebener Stolz dir nicht einmal erlaubte, Mr St. Albans anzuhören – selbst um den Preis deines Glücks –, erkannte ich, was ich all diese Jahre über für eine Närrin gewesen bin.« Ein leiser gequälter Laut entrang sich Lady Violas Lippen. »Ich habe mich von dem, was andere dachten, was andere als korrektes Benehmen erklärten, davon abhalten lassen, meine Gefühle für den Mann, den ich liebte, zu gestehen … nur weil wir von unterschiedlichem Stand sind.

Doch jetzt nicht mehr. Ich werde endlich dem Diktat meines Herzens folgen. Ich werde Mr Edgar heiraten.« Lady Viola erhob sich schwankend. »Wahre Liebe gibt es auf dieser Welt nur selten. Lass sie dir nicht aus den Händen gleiten, Hannah. Wenn du Mr St. Albans liebst, geh zu ihm und sag es ihm, ohne weiteres Zögern und Zagen. Bevor es zu spät ist. Schon morgen magst du deine Chance vertan haben.«

Hannah stand bedächtig vom Kanapee auf. Eine Weile lang rührte sie sich nicht. Sagte kein Wort.

In ihrem Herzen wusste sie, dass Lady Viola recht hatte. Sie musste Griffin finden. Musste alles wieder ins Lot bringen.

Jetzt gleich. Bevor es zu spät war.

Sie wirbelte abrupt herum, stürzte in die Halle und riss ihre Pelisse von dem Haken neben der Tür.

In diesem Moment trat Lady Letitia aus der Bibliothek ins Vestibül und bemerkte Hannahs Eile. »Liebes Mädchen, wo willst du denn hin in solcher Hast?«

Hannah riss die Haustür auf und warf einen letzten Blick über ihre Schulter zurück. »Zum Beechen Cliff, um Griffin zu finden – und um ihm zu sagen, dass ich ihn liebe.«

Kapitel neunzehn

Hannah raffte ihre Röcke und lief vom Scheitelpunkt des Royal Crescent durch die riesige Menge, die sich auf dem sanft abfallenden Rasenplatz versammelt hatte, und von dort zur Bristol Road.

Das Mondlicht reichte in den schmalen Seitengassen, durch die sie lief, nicht bis zum Boden. Die Gebäude, sandsteinfarben und hell während des Tages, ragten in der schummrigen Nacht dunkel und drohend zu beiden Seiten vor ihr auf, und Hannah übermannte das Gefühl, keine Luft zu bekommen, bis sie die Häuser endlich hinter sich gelassen hatte.

Dennoch lief sie unbeirrt weiter Richtung Horse Street, um dort den Avon zu überqueren.

Statt die Straße zu ihrer Linken zu nehmen und den Prior Park durch das dortige Tor zu betreten, entschied Hannah sich, auf die Wells Road zuzuhalten, was einen steileren Aufstieg zum Beechen Cliff bedeutete, doch auch einen kürzeren.

Sie hielt kurz inne, bevor sie ihren Aufstieg den beinahe gerade verlaufenden Pfad hügelaufwärts begann, und spähte zur Kuppe hinauf. Dort konnte sie eine einzelne flackernde Laterne ausmachen. Ihr Herz schlug vor Erregung schneller.

Sie hatte Griffin gefunden.

Er würde allein an diesem Aussichtspunkt sein, das wusste sie, ungeachtet der Tatsache, dass es die höchstgelegene Stelle war, von der aus man das Kommen des Kometen beobachten konnte.

Alle anderen Astronomen hatten sich zweifellos auf dem Mount Beacon auf der gegenüberliegenden Seite der Stadt versammelt. Dort hatten die Astronomen des Königlichen Observatoriums ein zwölf Meter langes Teleskop aufgebaut, nur um den Bath'schen Kometen zu beobachten. Selbst Miss Herschel hatte sich zu dem Spiegel auf dem Mount Beacon begeben. Es stand außer Frage, dass der Bath'sche Komet von jenem Aussichtspunkt unendlich viel besser zu beobachten war als von der Stelle, die Griffin ausgewählt hatte.

Doch diese Tatsache hatte ihn nicht davon abgehalten, seine Teleskope auf dem Beechen Cliff aufzustellen – denn als Hannah sich endlich dem Felsrand der Kuppe näherte, sah sie ihn konzentriert über das Okular seines Newton-Spiegels gebeugt stehen.

Sie schlich sich von hinten an ihn heran, noch immer ohne klare Vorstellung, was sie sagen oder wie sie beginnen sollte.

Doch er musste sie gehört haben, denn seine Schultern spannten sich an, und er hob den Kopf.

Aber er drehte sich nicht um. Stattdessen rief er nur: »Du hast dich also doch noch entschieden, dich mir anzuschließen, Garnet.« Dann drehte er sich endlich um und blickte auf, mit einem Lächeln auf seinem markanten Gesicht … bis er sie sah.

»Hannah.« Seine Miene wurde schlagartig ausdruckslos, und er starrte sie einen Moment lang schweigend an, bevor er seine nächsten Worte sprach: »Was machen Sie denn hier?«

Bevor sie es sich versah, lief Hannah mit ausgestreckten Armen auf ihn zu. Als sie ihn erreichte, warf sie sich an seine breite Brust und umarmte ihn fest. Sie schloss ihre Augen und drückte ihn an sich, während sie betete, dass dieser Moment ewig andauern möge, doch gleichzeitig befürchtete, dass er nur allzu flüchtig sein würde.

Seine Hände legten sich auf ihre Schultern, dann glitten sie an ihren Armen hinab, bis er sie von sich fortschieben konnte. Seine Hände umfassten ihre Arme, während er sich dichter heranbeugte, um ihr tief in die Augen zu schauen. »Warum sind Sie hier, Hannah? Nach dem, was im Speisesaal geschehen ist –«

Hannah legte ihren hochgereckten Zeigefinger auf seine Lippen. »Ssschh«, flüsterte sie. »Sag nichts. Das spielt alles keine Rolle mehr. Hast du gehört? Es spielt keine Rolle mehr für mich.«

Griffin ließ einen ihrer Arme los, um ihre Hand zu ergreifen und diese von seinem Mund zu nehmen. »Aber Hannah, ich *muss* erklären, warum –«

»Nicht jetzt. *Bitte.*«

Er öffnete abermals seinen Mund, und Hannah versiegelte seine Lippen mit den ihren und küsste ihn zärtlich. Schließlich löste sie sich aus dem Kuss und sah in seine märchenhaften Augen. »Wichtig ist nur«, hauchte sie kaum hörbar an seinen Lippen, »dass ich dich liebe, Griffin.«

Ein tiefer Seufzer entrang sich Griffins Brust, und Hannah spürte, wie sich die Anspannung in seinem Körper löste. Er starrte sie mit seelenvollem Blick an.

»Und ich liebe dich, Hannah. Ich habe dich schon immer geliebt … seit ich dich zum ersten Mal gesehen habe … auf einer anderen Felskuppe, so unendlich weit entfernt von hier.«

Mehrere Atemzüge lang sagte keiner von beiden ein Wort. Dann beugte Griffin sich hinab und küsste sie leidenschaftlich. Seine Finger strichen durch ihr Haar und ließen einen Sternschnuppenschauer aus glitzernden Haarnadeln über Hannahs Rücken hinab auf den Boden regnen.

Sie öffnete ihm ihren Mund, und er ließ seine Zunge hineingleiten, neckte sie mit deren forschender Spitze. Wo ihre Körper sich weiter unten berührten, fühlte sie ihn steif werden und gegen sie drücken, und sie wurde sich sogleich einer wachsenden Anspannung zwischen ihren Beinen bewusst.

Hannah zögerte einen Moment und blickte schüchtern auf die Hand, die sie noch immer am Arm festhielt. Sie wusste, wozu dies führen konnte. Wusste, was ihr Körper ihr sagte. Wusste auch, was sein Körper ihr bieten konnte.

Griffin lockerte augenblicklich seine Finger und ließ ihren Arm los.

Sie wusste, dass er sie nicht wieder anfassen würde, bis sie ihm zu verstehen gab, dass sie es wünschte. Und das tat sie. Oh Gott, das tat sie.

Es gab keinen Grund zu zögern. Was für eine dumme Gans sie doch war, dass sie zauderte. Griffin St. Albans liebte sie, und sie liebte ihn.

Und ihr Körper wollte nichts drängender, als ihm zu zeigen, wie sehr.

Sie stellte sich auf die Zehenspitzen und strich ganz sacht mit ihren Lippen über die seinen, kostete seinen warmen Atem auf ihrem Mund, während ihre eigenen Atemzüge schneller gingen.

Griffin fuhr mit seiner Zunge langsam über ihre volle Unterlippe und entlockte Hannah damit ein leises Seufzen. Sie legte ihren Kopf in den Nacken, um ihn anzusehen. Seine Augen loderten, selbst in der Dunkelheit, und Hannah fühlte, wie sich alles Zaudern und Zagen in Luft auflöste.

Sie liebte ihn, und alles andere spielte keine Rolle.

Sie sah ihn mit einem sinnlichen Blick an, während sie seine Krawatte löste und auf das vom schneidenden Wind geschorene Gras auf der Hügelkuppe fallen ließ. Dann legte sie ihre Hände auf seine Schultern, doch er kam ihr zuvor, streifte seinen Umhang ab und breitete diesen wie eine Decke auf dem Boden aus.

»Kennst du denn keine Scham, Griffin?«, neckte Hannah.

»Nicht die geringste.« Er zog auf die ihm eigene Art seine dunklen Augenbrauen hoch und küsste sie wieder, diesmal stürmischer. »Leider ist das ein Charakterzug, den mein Bruder und ich gemein haben.«

Hannah fasste die Seiten seines Leinenhemds und zerrte es aus seiner Hose, bevor sie ihre Finger unter den weichen Stoff schob und auf seine Brust legte. »Und zum Glück einer, den *mein* Bruder und ich nicht gemein haben.« Sie lächelte ihn kess an, während sie die wohlige Wärme seiner glatten Haut unter ihren Handflächen spürte.

Sein Mund wanderte an ihrem Hals hinab und

brachte sie zum Stöhnen, als seine feuchten Küsse in der Nachtluft abkühlten.

Vage wurde ihr bewusst, dass ihre Brustwarzen sich in der kühlen Brise zusammenzogen, und als sie nach unten schaute, sah sie, dass Griffin ihre Pelisse geöffnet, die Seidenschleife ihres Mieders gelöst und ihr Unterhemd heruntergeschoben hatte, so dass ihre Brüste nun halb entblößt auf dem mit Fischbein versteiften Leibchen ruhten.

Ihre Brustwarzen pulsierten unter ihrem dünnen Hemdchen, als Griffin lüstern grinste und sie abermals küsste. Er umfasste mit seiner heißen Hand ihre rechte Brust, während er seine andere Hand in ihr Kreuz legte und sie fest an sich zog.

Während er ihre weiche Brust streichelte, strömte ein flüssiges Feuer durch ihren Körper zu den wollüstigsten Stellen, so dass Hannah sich unwillkürlich in Griffins Armen wand.

Dies dauerte alles zu lange. Sie wollte ihn in sich fühlen. Sie wollte nicht länger warten.

Mit einer Kühnheit, die sie selbst überraschte, langte Hannah nach unten und strich mit ihren Hand über die Ausbeulung in seiner Hose.

Der Mond hinter ihr tauchte Griffin in ein silbernbläuliches Licht, und sie sah, dass er seine Augen geschlossen hatte. So schnell sie konnte, öffnete Hannah seine Hose und schob sie ein Stück hinunter. Sein Hemd fiel über ihn, verbarg das Zeichen seiner Erregung. Hannah hob das Hemd an und nahm ihn in die Hand, ließ ihre Finger über seinen steifen Schaft gleiten.

»*Hannah.*« Seine Stimme war heiser und kehlig. »Du musst damit aufhören.«

»Und das werde ich auch.« Sie ließ ihn los und sah, wie er seine Augen aufschlug. Hannah lächelte zufrieden. Sie wollte, dass er sie ansah. Wollte, dass er ihr zuschaute, wenn sie sich vor ihn kniete ... wollte, dass er ihr zuschaute, wenn sie diese sündige Sache tat, von der sie die Küchenmägde einmal hatte wispern hören, als diese nicht bemerkt hatten, dass Hannah in die Küche gekommen war, um eine Arznei für Lady Viola zu holen.

Sie hatte sich ausführliche Notizen gemacht, nur für den Fall, dass dieser Kniff einmal einer Kundin helfen könnte, ihren Angebeteten für sich zu gewinnen, wie Hannah sich sagte. Obgleich sich die Notwendigkeit, dieses »Geheimnis« mit anderen zu teilen, nie ergeben hatte, war Hannah doch überzeugt gewesen, dass dieses Wissen nicht ungenutzt bleiben würde. Und sie hatte recht behalten.

Griffins Augen waren geweitet und dunkel. Er ragte über ihr auf und schaute staunend auf sie hinab, während sie ihre Finger knapp unter der pflaumenförmigen Spitze um seine Lanze schloss. Sie roch seinen maskulinen Geruch, als sie ihren Kopf hinabbeugte und mit ihrer feuchten Zunge um den Rand am Ansatz leckte.

Er schwoll in ihrer Hand an, während sie ihre Zungenspitze spielerisch über seine seidige Eichel tanzen ließ. Seine Männlichkeit pulsierte unter ihren Fingern, und er wurde steinhart.

Da nahm Hannah ihn in ihren Mund, empfing ihn

mit ihren Lippen, bis diese gegen ihre Finger stießen. Ihre Finger bewegten sich an seinem Schaft hinab, und sie ließ ihn ganz in ihren Mund gleiten.

Ein leises Stöhnen entrang sich seinen Lippen, und er umfasste ihr Kinn und hielt es in Position, während Hannah begann, seine samtige Rute in ihrem Mund genüsslich auf und ab zu bewegen.

Zuerst waren ihre Bewegungen langsam, doch mit wachsendem Zutrauen wurden sie schneller, und Hannah massierte ihn mit ihrer Hand, während sie ihn tief in ihren Mund aufnahm.

»Hannah.« Sein Atem ging keuchend und stöhnend. »Du musst –«

Hannah hob ihre freie Hand und griff zwischen seine Beine, um ihn zu halten, während ihre Lippen weiter an seiner Männlichkeit auf und ab glitten. In ihrem Mund wurde er sogar noch steifer und schwoll noch mehr an.

Griffins Schenkel begannen zu zittern. Hannah fragte sich, ob dies der Moment war, von dem die Mägde gesprochen hatten. Sie war sich nicht sicher, nicht wirklich sicher, ob sie das, was sie tat, auch richtig machte, doch sie fuhr unbeirrt fort und wendete auch den letzten Kniff an, von dem die Mägde gesprochen hatten. Sie spannte ihre Finger an und zog ganz sacht ihre Fingernägel über sein pralles Gehänge.

Griffin stockte der Atem, und er packte Hannahs Handgelenk. »Du musst aufhören – *sofort.*«

Und so hielt sie inne und lehnte sich zurück, ohne ihn loszulassen. Er pochte und pulsierte in ihrer Hand, und ein einzelner perlenförmiger Tropfen glitzerte auf seiner Eichel. Ihr Blick wanderte an seinem muskulösen Körper hinauf. Sein Brustkorb hob und senkte sich von seinen gepressten Atemzügen.

Hannah öffnete zögernd ihre Hand und fühlte, wie sich eine tiefe Röte auf ihre Wangen stahl. »Habe ich … etwas falsch gemacht?«

Ein ungläubiges Lachen war ihre Antwort. »Du hast alles ganz richtig gemacht. Es ist nur so … ich bin noch nicht so weit, Hannah. Noch lange nicht, um genau zu sein.«

Sie sah tief in seine Augen, und er erwiderte ihren Blick ebenso eindringlich, während er nach unten griff und den Verschluss am Kragen ihrer pelzgefütterten Pelisse öffnete. Er ließ die Pelisse los, so dass sie ausgebreitet hinter Hannah auf den Boden fiel, dann legte er Hannah sanft darauf.

Ungeduldig warf Griffin die blaue Seide, den silbernen Netzstoff ihres Kleides und die darunterliegenden Schichten zurück und schob die bauschenden Röcke über ihre Seidenstrümpfe, ihre nackten Schenkel und schließlich ihre Hüften hoch.

Hannah bemühte sich nach Kräften, ihr Kleid wieder herunterzuziehen, doch Griffin stieß sacht ihre Hände weg.

Er fasste mit seinen Händen in ihre Kniekehlen, spreizte ihre Schenkel und kniete sich dazwischen. Dann richtete er sich auf und verschlang Hannah mit seinen Blicken. »Ich glaube, nun bin ich an der Reihe.«

Hannah schüttelte den Kopf und hob ihre Hand, um ihn zu sich zu ziehen. Er ließ dies zu, für den Moment zumindest, und küsste sie tief und leidenschaftlich. Doch dann löste er sich von ihren Lippen und beugte sich über ihren entblößten Oberkörper, um ihre Brüste zu liebkosen, wobei er auf jede angemessen Zeit verwendete, bis Hannah sich unter ihm wand und ihre beiden rosa Brustwarzen sich zu harten, pochenden Perlen zusammengezogen hatten.

Griffin schob seine Hand zwischen ihre Beine und begann, sie gekonnt zu streicheln. Er sah ihr tief in die Augen, während er seinen Finger kreisen ließ, genau da, bis sie wimmerte und sich unter ihm wälzte.

Ihr Herz pochte laut in ihren Ohren. Sie war feucht und geschwollen von ihrem drängenden Verlangen nach ihm. Und sie wollte nicht länger warten.

Griffin legte sich über sie und begann, mit der Spitze seiner Männlichkeit ihre feuchten Liebeslippen zu streicheln. Hannah kniff ihre Augen fest zu. Sie war davon überzeugt, dass sie diese lustvollen Empfindungen noch in den Wahnsinn treiben würden. Sie musste ihn in sich fühlen. Aufstöhnend versuchte sie, sich auf ihn zu schieben, ihn zu zwingen, sie zu nehmen. Doch er lehnte sich nur zurück und schaute sie an … um ganz sicherzugehen.

Doch als sie den glühenden Blick seiner dunklen Augen sah, wusste sie, dass er ebenso nach ihr verlangte wie sie nach ihm.

Jetzt.

Hannah hielt den Atem an, während sich seine seidige, pochende Lanze langsam in sie hineinschob und die quälende Leere in ihr füllte. All ihre Sinne waren aufgewühlt. Jede Berührung brannte wie sinnliches Feuer.

Hannah grub ihre Finger in seine dichten Locken, während er sich in ihr versenkte. Griffin sah sie voller Begehren an.

Sie legte ihre Hand an seine Wange und sah tief in seine Augen. »Ich liebe dich, Griffin.« Im fahlen Mondschein konnte sie erkennen, dass seine Augen vom Überschwang der Gefühle feucht waren, als er sie auf den Mund küsste.

Hannah schlang ihre Arme fest um ihn, so als wolle sie ihn nie wieder loslassen, doch das genügte nicht. Sie wollte ihm noch näher sein, und so hob sie ihre Beine, verschränkte sie hinter Griffins Rücken und drückte ihn fest an sich.

Griffin stöhnte auf. Seine Stöße wurden mächtiger, und ihr ganzer Leib war wie zum Zerreißen angespannt, während ihre pulsierenden Muskeln sich um ihn herum zusammenzogen.

Dann stemmte er sich plötzlich mit einem wild entschlossenen Ausdruck in seinen Augen auf seinen Händen hoch, brach aus ihren ihn umschlingenden Armen und Beinen aus.

Er drängte sich unerbittlich in sie hinein, mit tiefen, gewaltigen Stößen. Seine Atemzüge passten sich seiner wachsenden Kraft an, und Hannah hob ihre Hüften und begegnete jedem seiner Stöße. Ihre Muskeln begannen krampfhaft zu zucken und schlossen sich wie ein eiserner Ring um seinen prall angeschwollenen Schaft.

Seine Bewegungen verlangsamten sich leicht. Griffin hob seinen Kopf und sah in Hannahs Augen. »Ich liebe dich mehr, als du je ermessen kannst. Heirate mich, Hannah, und mach mich zum glücklichsten Mann des Universums.«

Hannah klammerte sich noch fester an seinen Körper, und Tränen glitzerten in ihren Wimpern. »Ja, mein Geliebter, ich werde dich heiraten. Nichts wünsche ich mir mehr, als für immer mit dir zusammen zu sein.«

Griffin küsste sie abermals. »Für immer«, wiederholte er mit brechender Stimme. Mit einem gepressten Aufstöhnen stieß er ein letztes Mal in sie hinein, so als wolle er damit ihren Liebesschwur besiegeln.

Hannah packte ihn bei den Armen. Ihre Finger gruben sich in seine Muskeln und drückten unkontrolliert, während er sein Feuer tief in ihrem Innern vergoss und sie beide in den Rausch der Ekstase stürzte.

Plötzlich schoss eine gleißend helle Lichtkugel am Horizont herauf und sauste direkt über Hannah und Griffin hinweg, gefolgt von einem ohrenbetäubenden Röhren, wie Hannah es noch nie in ihrem Leben gehört hatte.

Der Erdboden bebte leicht. Hannah riss erschrocken ihre Augen auf.

Sie fühlte winzige Steinchen unter sich vibrieren, und einen flüchtigen Moment fragte Hannah sich, ob die Mägde genau das gemeint hatten, als sie davon sprachen, dass lustvolles Liebesspiel die Erde erbeben ließe.

Und dann hörte sie das Donnern von hundert Kanonen, die gleichzeitig irgendwo in der schmalen Wiese nahe dem Hügel abgefeuert wurden.

Hannah stockte vor Schreck der Atem, und sie klammerte sich an Griffin.

»Erstaunlich! Keine Angst, es ist nur eine Feuerkugel. Schau nur gut hin, denn du wirst in deiner Lebenszeit sehr wahrscheinlich keine weitere sehen.« Er legte seinen Kopf auf ihre Schulter, und gemeinsam starrten sie staunend auf den Sternschnuppenschauer, der träge wie Tausende winziger Glühwürmchen vom Himmel regnete.

Griffin strahlte wie ein Kind, und er bedeckte Hannahs Gesicht überschwänglich mit Küssen. »Unbeschreiblich, nicht wahr?«

»Unbeschreiblich?« Hannah runzelte tadelnd die Stirn. »Griffin, wir hätten getötet werden können!«

Griffin schüttelte den Kopf. »Das wäre doch sehr unwahrscheinlich gewesen. Die Erde hat die Bahn des Bath'schen Kometen gekreuzt. Das ist alles.«

»Das war also der Komet?«

»Du lieber Gott, nein.« Griffin zog sich aus Hannahs Körper zurück, rollte sich neben sie auf den Rücken und zog sie an sich. Er zeigte hinauf zu einem breiten tropfenförmigen Lichtfleck weiter rechts am Himmel. »Das ist der Bath'sche Komet. Was du gerade gesehen hast, war ein Meteor.«

Hannah lächelte und schmiegte sich an Griffin. Es gefiel ihr, dass Sterne seine Leidenschaft waren und er mit solcher Begeisterung über seine Wissenschaft sprach. »Was ist der Unterschied?«

»Meteore, einige nennen sie auch Sternschnuppen, sind winzige Staubkörner, die in unserer Atmosphäre verbrennen. Einige wenige Meteore, wie jener, der gerade über uns hinweggezogen ist, sind bedeutend größer und können spektakuläre Feuerbälle hervorbringen … und sie können sogar als Meteoriten auf der Erde einschlagen und explodieren.«

»Das war das Krachen, das wir gehört haben?«

»Ja. Sehr wahrscheinlich ist nichts mehr von ihm übrig.«

»Aber möglich ist es schon.« Hannah setzte sich auf.

»Durchaus. Sollen wir mal nachschauen?«

Hannah nickte aufgeregt.

Griffin küsste sie abermals, während er ihr eilig half, ihre Unterwäsche und ihr Ballkleid wieder in Ordnung zu bringen, und ihr dann ihre Pelisse umlegte.

Er knöpfte seine Hose zu und streifte sich sein Hemd über den Kopf. Dann griff er sich die Laterne und ließ ansonsten alles auf dem Boden liegen, wie es war. »Wir müssen uns beeilen. Wenn wir Glück haben, werden wir etwas Wunderbares sehen.«

Zwanzig Minuten später, geleitet von Griffins Kenntnissen über die Flugbahn des Feuerballs und dem Licht der Laterne, hatten die beiden das westliche Ende des Prior Park erreicht. Sie standen vor einem Loch von der ungefähren Tiefe und Breite einer Kutsche. In der Mitte ragte ein schwarzer Felsbrocken von den Ausmaßen eines großen Reisekoffers auf.

»Das ist er?« Hannah sah Griffin fragend an. »Irgendwie wirkte er größer.«

»Das Eis, mit dem er überzogen war, wird bei der Explosion verdampft sein.« Griffin kletterte in den flachen Krater und nahm den Felsbrocken in Augenschein. Er bückte sich, um die Unterseite zu betrachten, und als er dies tat, stellte er die Laterne ab und bemerkte einen schmalen Streifen aus Meteoritensplittern um den größeren Brocken herum. Er begann sogleich aufgeregt, diese einzusammeln.

»Solltest du die wirklich anfassen?«, rief Hannah ihm besorgt zu.

»Wie soll ich sie denn sonst studieren?« Griffin zog sein Hemd aus und legte seine Schätze darauf. Nachdem er alle Splitter und Bruchstücke aufgesammelt hatte, schnürte er das Hemd zusammen und grinste Hannah so überglücklich an wie ein Junge mit einer Handvoll Süßigkeiten. »Hörst du das – das Summen?« Griffin versuchte, aus dem Loch zu klettern, doch die Wände waren glitschig von schwarzem Matsch. »Was ist das? Kannst du etwas sehen?«

Hannah schaute auf und sah, dass die ganze Wiese hinter ihr von Laternen erhellt wurde. Scharen von Menschen kamen aus dem Wald und von der Straße her und hielten auf Hannah und Griffin zu.

»Leute. Hunderte von ihnen, wenn nicht mehr!«

»Kannst du mir helfen, hier herauszuklettern?«

Hannah kniete sich hin und streckte ihm ihre Hand entgegen, doch sie konnte ihn nicht erreichen.

In diesem Moment kamen zwei Gentlemen an den Rand des Kraters.

»Schon gut, Miss, stehen Sie auf, und gehen Sie zur Seite. Wir holen ihn da raus.« Die beiden Männer langten hinunter und zogen Griffin an den Handgelenken heraus. Mittlerweile hatten sich rund zwanzig

Leute um den Krater versammelt und tuschelten miteinander.

Zuerst konnte Hannah nicht verstehen, was sie sagten, bis die Frau neben ihr sprach: »Er ist so klein … na ja, für einen Kometen, meine ich.«

Hannah schüttelte den Kopf. »Nein, nein.« Sie zeigte zum Himmel, wo der feurige Schweif des Kometen gerade im Westen verschwand. »*Das* ist der Bath'sche Komet. *Dies* ist ein Meteorit.«

Die Frau verzog zweifelnd das Gesicht. »Ich habe den Kometen über das Royal Crescent Field hinwegzischen sehen. Er war riesig und golden … mit einem schillernd funkelnden Schweif. Wir haben ihn hier herübersausen sehen. Dies *muss* der Bath'sche Komet sein. Mein Mann und ich sind seiner Bahn gefolgt, und sie hat uns nach Prior Park geführt.«

Andere Menschen um Hannah herum stimmten der Frau mit aufgeregten Stimmen zu.

»Nein, er ist es nicht. *Das* ist der Komet.« Hannah zeigte mit dem Finger an den Himmel, um ihren Worten Nachdruck zu verleihen, doch als sie selbst aufschaute, war er verschwunden. »Nun, Sie müssen mir eben glauben. Dies ist nicht der Komet. Fragen Sie nur Mr St. Albans hier. Er ist ein Astronom, und er hat den Kometen vom Beechen Cliff aus studiert, als der Feuerball über uns hinwegzog.« Dann ging Hannah plötzlich auf, was sie gerade gesagt hatte.

Er hat den Bath'schen Komet studiert …

Eine eiskalte Hand legte sich um Hannahs Kehle.

Oh Gott. Griffin hatte den Kometen beobachtet, hatte seine Berechnungen angestellt und die Gestirne katalogisiert, als … sie ihn bei seinen Studien unterbrochen hatte. Studien, die er ohne Fehl und Tadel ausführen musste.

Die er brauchte, um am Königlichen Observatorium angestellt zu werden.

Ein leises bestürztes Wimmern entrang sich ihren Lippen. Sie hatte ihm alles verdorben.

Hannah stürzte zu Griffin und schlang ihre Arme um ihn. »Es tut mir so leid, Griffin. Kannst du mir je verzeihen?«

Griffin nahm sie bei der Hand und zog sie von der Menge weg, die um den Krater stand. Er sah sie mit verständnislosem Blick an. »Wovon redest du denn da? Was soll ich dir verzeihen, Hannah?«

Sie sah ihn für einen flüchtigen Moment an, doch die Scham erlaubte ihr nicht, ihm länger ins Gesicht zu sehen. »Auf der Hügelkuppe, da hast du … m-meinetwegen den Kometen verpasst. Und jetzt ist er … weg.«

Griffin legte seinen Kopf in den Nacken und schaute nach Westen. Dann lachte er. Er drehte Hannah schwungvoll um und beugte sich dicht an ihr Ohr, während er zum Himmel hinaufzeigte. »Der Komet ist nicht weg, Hannah. *Dort* ist er doch. Genau wie meine Berechnungen vorhergesagt haben.«

Hannah folgte seinem zeigenden Finger mit ihrem Blick. Sie kniff ihre Augen zusammen und … sah ihn. Eine fahle runde Lichtkugel mit einem hauchzarten Schweif.

»*Das* ist der Komet, den ich studiert habe. Oh, der Bath'sche Komet hat ihn fast gänzlich verdeckt, weil er bedeutend größer und spektakulärer ist, aber ich habe meinen Kometen bereits zweimal beobachtet, auch wenn außer mir kein anderer Astronom dies getan zu haben scheint, und ich habe mir geschworen, dass ich nicht ruhen werde, bis ich seine Existenz bewiesen habe.«

Griffin bot Hannah seinen Arm an und führte sie von der noch immer wachsenden Menge fort. »Komm mit, dann kannst du ihn durch mein Teleskop sehr wahrscheinlich besser sehen.«

Hannah schwieg einen Moment lang, doch das hielt ihren Verstand nicht davon ab, Ordnung in ihre eigenen Beobachtungen zu bringen. Just als sie den steilen Pfad zur Hügelkuppe erreichten, blieb Hannah abrupt stehen. »Aber … Miss Herschel –«

»Ah, meine Mentorin.« Griffin schmunzelte und zog Hannah sacht weiter. »Kurz nach meiner Ankunft in Bath habe ich sie ersucht, meine Berechnungen und Sternenkarten zu überprüfen. Binnen einer Woche hatten ihre scharfen Augen meinen Kometen ebenfalls beobachtet. Sie glaubte nicht, dass dieser Komet schon einmal erfasst worden war, und hat deshalb meine Beobachtungen unter ihre wissenschaftliche Ägide gestellt. Zusammen verfassten wir einen Brief an das Königliche Observatorium in Greenwich, in dem wir meine Forschungsergebnisse dargelegt haben. Ich warte derzeit nur noch auf die Bestätigung meiner Entdeckung.«

Hannah hätte Griffin beinahe umgeworfen, so stürmisch umarmte sie ihn. »Dann war also die heutige Nacht … gar nicht so wichtig für dich?«

»Nein, Hannah, da irrst du dich.« Griffin nahm ihr Kinn in seine Hand und zwang sie, ihn anzusehen. »Die heutige Nacht war die wichtigste Nacht meines Lebens. Nicht nur weil mein Komet zum ersten Mal mit bloßem Auge zu sehen war, sondern vor allem weil du, mein Liebling, meinen größten Traum hast wahr werden lassen, als du eingewilligt hast, meine Frau zu werden.«

Kapitel zwanzig

Bei Tagesanbruch
Featherton'sche Residenz

Hannah legte erst eine und dann die andere Hand auf den Sims und schob dann das Fenster so leise sie konnte nach oben. Ihre Armmuskeln zitterten von der Anstrengung, aber sie schaffte es trotzdem, von dem Rankgitter an der Rückseite des Hauses auf den Sims und von dort in ihre Kammer zu klettern.

Sie bemerkte nicht, wie gemütlich warm ihr Zimmer war, und ebenso wenig bemerkte sie, dass Annie in dem Schaukelstuhl vor dem brennenden Kamin saß und sie erwartete. Sie war zu sehr von Griffin abgelenkt, der unten zu ebener Erde stand und darauf achtgab, dass seine Verlobte heil und sicher in ihr Bett zurückfand.

Hannah beugte sich aus dem Fenster und warf ihrem Liebsten einen Handkuss zu, bevor sie leise das Fenster schloss.

»Sie ist *zurück*!«, erscholl eine schrille Stimme hinter ihr.

Hannah wirbelte herum und sah Annie auf sich zustürmen und aufgeregt mit den Armen rudern. »Miss Hannah ist wieder da!«

Sie hörte donnerndes Getrappel auf der Treppe, dann Mrs Penny draußen im Flur, die etwas Unverständliches murmelte. Annies Stimme hingegen war klar und deutlich zu verstehen.

»Ich habe ja gesagt, dass sie zum Fenster hereinkommen würde. So macht sie das immer. Ich habe sie schon dabei ertappt. Sie klettert einfach an der Hauswand hoch, als wäre sie eine große Spinne oder so was.«

Mrs Penny sah schrecklich aus, als sie ins Zimmer kam. Sie hatte dunkle Ringe unter den Augen, so als hätte sie die ganze Nacht nicht geschlafen.

Oje.

Vielleicht hatte sie das tatsächlich nicht. Vielleicht hatte es keine von ihnen. Vielleicht waren sie alle die ganze Nacht über aufgeblieben, als Hannah nicht nach Hause gekommen war.

Mrs Penny seufzte tief erleichtert. »Sie haben uns einen ganz schönen Schrecken eingejagt, Miss. Die Damen waren außer sich vor Sorge. Sie waren überzeugt, dass Sie und Mr St. Albans getötet worden wären, als der Komet auf dem Beechen Cliff explodierte.«

»Was für ein *dummer* Gedanke.« Hannah schüttelte den Kopf, und sie und Mrs Penny kicherten übermütig. Als sie sich endlich wieder gefasst hatten, fuhr Hannah fort: »Nein, er hat uns um rund zweihundert Meter verfehlt. Mindestens. Wahrscheinlich noch mehr. Und es war überhaupt nicht der Bath'sche Komet – es war eine Feuerkugel … und sie ist am Rand vom Prior Park eingeschlagen, nicht auf dem Beechen Cliff.«

Hannah konnte einfach nicht aufhören zu plappern. Sie war todmüde, doch völlig aufgekratzt von den Ereignissen der Nacht. »Oh, es war *beängstigend*! Der ganze Hügel hat gebebt, als der Feuerball über uns hinweggesaust und explodiert ist, aber –« Hannah sah auf und bemerkte, dass nunmehr auch die Feathertons im Flur standen und zuhörten. »Aber … wie schon gesagt … er hat uns *weit* verfehlt.«

Lady Letitia verschränkte die Arme vor ihrem üppigen Busen und bedachte Hannah mit einem enttäuschten Blick.

»Sie sehen also … Sie haben sich ganz unnötig Sorgen gemacht.« Hannah setzte ein Lächeln auf. »Mir ist absolut nichts passiert.«

»Nun, das freut mich zu hören, Mädchen.« Lady Letitia warf ihrer Schwester einen kurzen Blick zu, dann wandte sie ihre Aufmerksamkeit wieder Hannah zu. »Wie es scheint, hat auch dein Mr St. Albans das Spektakel überlebt. Edgar hat ihn hinter dem Haus überrascht, wo er stand und zum Himmel hinaufgestarrt hat, oder vielleicht … zu *einem Fenster*. Wir haben ihn selbstverständlich ins Haus gebeten. Er macht es sich gerade im Salon bequem.«

Es war unschwer zu erkennen, dass die Ladys auf Hannahs Reaktion warteten. Doch was sollte sie tun? Und so entschied sie sich für ein aufgesetztes Lächeln. »Ach, tut er das?«

Lady Viola zog ein lavendelfarbenes Spitzentaschentuch aus ihrem Ärmel und tupfte sich damit die Stirn ab. »Ja, er – *und die anderen* – erwarten uns im Salon. Dich eingeschlossen, Kind.«

»*Die anderen*?« Hannah schluckte schwer.

»Ja, Mädchen.« Lady Letitia und ihre Schwester

wandten sich wieder zum Flur um, doch dann hielten sie noch einmal inne, bevor sie gingen.

»Beeil dich jetzt, und dann komm auf der Stelle herunter und gesell dich zu uns –«, wies Lady Viola sie an, bevor ihre Schwester ihr ins Wort fiel.

»Mach dich erst zurecht, Mädchen. Dein Kleid ist ja ganz schmutzig, und im Netzstoff haben sich Grasbüschel verfangen … und du liebe Güte, dein Haar sieht aus wie ein Vogelnest nach einem Sturm. Was hast du denn nur auf dem Beechen Cliff *getrieben*?«

Lady Letitia musterte Hannah argwöhnisch, dann hob sie resignierend die Hände und schüttelte den Kopf. »Ich bin zu alt für deratige Aufregungen, Viola«, gestand sie leise. »Viel zu alt.«

»Aber wir sind gleichaltrig, Letitia.«

»Ja, ich weiß, Schwester. Du bist ebenfalls zu alt für diesen Unfug.« Die beiden alten Damen machten sich auf den Weg zur Treppe.

»Ich *fühle* mich aber nicht zu alt –«, wandte Lady Viola ein.

»Du *bist* es aber. Wir beide sind es. Glaub es mir.«

»Aber –«, rief Hannah den Feathertons hinterher, worauf diese stehen blieben und sich wieder umdrehten. »Aber es ist gerade mal Morgengrauen. Wir sollten alle noch im Bett sein.«

»Ja, Hannah, das wissen wir.« Lady Viola schenkte Hannah ein erschöpftes Lächeln. »Wir sind alle schon lange auf und warten auf dich – seit die Kometenwache auf der Wiese zu Ende ist. Du warst so fest entschlossen, alles mit Mr St. Albans ins Reine zu bringen, als du aus dem Haus gestürmt bist, dass wir uns sicher waren, dass du und Mr St. Albans wunderbare Neuigkeiten für uns haben würdet, sobald du wieder zurückkommst.«

Die beiden alten Damen beugten sich vor, so als ob dies Hannah eine Antwort auf ihre Mutmaßungen entlocken könnte.

Als dies nicht geschah, redete Lady Viola weiter: »Wir beschlossen, auf dich zu warten. Wir haben sogar den Earl und Mr Garnet St. Albans und seine Verlobte gebeten, sich nach der Kometenwache zu uns zu gesellen. Wir hatten gehofft, dass es etwas zu feiern gäbe. Wer hätte denn ahnen können, dass du bis Tagesanbruch verschwunden bleiben würdest?«

Hannah zuckte hilflos mit den Achseln.

Lady Letitia legte die Hand vor den Mund und gähnte ausgiebig. »Bitte beeil dich, Hannah. Lass unsere Gäste nicht noch länger warten, Liebes. Auch wenn du es dir nicht anmerken lassen darfst, aber ich glaube, Mr Griffin St. Albans hat uns in der Tat etwas mitzuteilen, und ich persönlich kann kaum abwarten, es zu hören.«

Als Hannah zaudernd den Salon betrat, erwartete sie vor allem anderen eine geharnischte Gardinenpredigt. Stattdessen fand sie alle Sitzplätze im Zimmer mit erschöpften Gästen besetzt, welche ihr Bestes gaben, miteinander anzustoßen, um *irgendetwas* zu feiern. Doch was genau, da war Hannah nicht sicher.

Griffin würde gewiss nicht ihre freudige Botschaft ohne sie bekannt gemacht haben.

Mr Edgar trat zu Hannah und hielt ihr ein Silbertablett hin, um ihr ein Glas des geschmuggelten französischen Weins aus der Champagne aus dem Weinkeller der Feathertons anzubieten.

Hannah nahm den Kelch und schaute sich im Salon um. Auf dem Kanapee saßen die Featherton-Schwestern und kein anderer als der Earl von Devonsfield.

In den Sesseln vor dem Kamin saßen Mr Garnet St. Albans und Miss Howard. Hannah gab sich alle Mühe, ihr Missfallen nicht zu zeigen, auch wenn es ihr schwerfiel. Schließlich war das Missverständnis ja nicht die Schuld der blonden Schönheit gewesen. Um der Wahrheit die Ehre zu geben, Miss Howard war ebenso ein Opfer der hinterlistigen St.-Albans-Brüder wie Hannah.

Was in drei Teufels Namen machten sie alle hier zu dieser unchristlichen Stunde?

Griffin kam herüber und stellte sich neben sie. »Bevor wir irgendetwas feiern, muss ich dir ein Geständnis machen, Hannah – und auch allen anderen Damen hier im Salon.«

Garnet starrte nervös in den Kamin, dann richtete er zögernd seinen Blick auf Griffin. »Nein, Bruder, ich lasse nicht zu, dass du dies allein auf dich nimmst.« Er kam herüber und stellte sich an Griffins Seite.

Und da bemerkte Hannah etwas Sonderbares. Die St.-Albans-Zwillinge sahen für einen flüchtigen Moment stumm den Earl an. Dann schienen sie kurz darauf zu warten, dass er das Wort ergriff. Schließlich war es Griffin, der den Mund aufmachte.

»Wie Sie inzwischen alle wissen, sind mein Bruder und ich identische Zwillinge, und wir haben uns bei verschiedenen Gelegenheiten Ihnen gegenüber als ein und dieselbe Person ausgegeben.«

Die beiden Featherton-Ladys tauschten kurz einen Blick aus, dann schauten sie zu Hannah, die noch immer neben den Brüdern stand.

Garnet legte Griffin die Hand auf die Schulter, um ihn zum Schweigen zu bringen, dann trat er einen Schritt vor. »Was Sie nicht wissen, ist, warum wir es getan haben.«

»Ach, na schön.« Der Earl erhob sich gemächlich, und alle Aufmerksamkeit richtete sich auf ihn. »Dieses Geständnis sollte von mir kommen, da ich es war, der die Burschen dazu gebracht hat, bei dieser Scharade mitzuspielen.«

Lady Letitia war völlig perplex. »Sie, Mylord? Aber warum denn nur?«

Der Earl ließ den Kopf hängen. »Als meine beiden Söhne ums Leben kamen, war ich gezwungen, meinen Stammbaum zu erforschen, um meinen Erben ausfindig zu machen. Was ich herausfand, verkomplizierte die Sache ungemein, denn meine Suche führte mich zu meinem einzigen männlichen Erben – Mr St. Albans.«

Hannah runzelte die Stirn. »Ähm, zu welchem der beiden, Mylord?«

Griffin schenkte Hannah ein bekümmertes Lächeln. »Genau das war das Dilemma – wir wussten es nicht. Wir wissen es immer noch nicht, denn es wurde nirgendwo niedergeschrieben, wer von uns der Erstgeborene ist.«

»Oje«, entfuhr es Lady Viola. »Nach Ihrem Ableben –«, sie zuckte bei ihrer unbedachten Wortwahl sichtlich zusammen und versuchte, die Scharte wieder auszuwetzen, »– was bestimmt noch Jahre hin ist, da bin ich sicher … wird es also keinen *eindeutigen* Erben geben.«

Der Earl nickte bedächtig. »Ganz genau. Wenn nicht ermittelt werden kann, welcher dieser beiden jungen Männer der Erstgeborene ist, steht es dem Privilegienausschuss frei, das Verlöschen des Adelstitels zu empfehlen … und den Grafentitel von Devonsfield, von alters her das Erbe meiner Familie, wird es nicht mehr geben.«

Lady Letitias Brauen rückten näher zusammen. »Mylord, wenn nicht festgestellt werden kann, welcher Mr St. Albans der ältere ist, bleibt Ihnen kein Ausweg.«

Der Earl wurde rot. »Da haben Sie recht. Aber ich war und bin nicht willens, die Auflösung des Titels zuzulassen. Also habe ich einen Pakt mit den beiden jungen Burschen geschlossen. Der Erste, der eine Frau von Stand heiraten und somit das Fortbestehen der Blutlinie sichern würde, würde zum Erstgeborenen … und damit zum Erben … erklärt werden.«

Allen Damen im Salon stockte ob dieser Offenbarung hörbar der Atem.

»Aber natürlich war all dies streng vertraulich«, fuhr der Earl fort. »Selbst die bloße Existenz der St.-Albans-Zwillinge brachte den Titel in Gefahr. Mitglieder des Oberhauses besuchen Bath recht regelmäßig. Leute tratschen. Bis der Erstgeborene erklärt war, durften sich die Zwillinge nicht zusammen in der Öffentlichkeit zeigen. Soweit die gehobene Gesellschaft von Bath wusste, gab es nur einen Mr St. Albans. So musste es zumindest den Anschein haben.«

»Doch mit Garnets unbezwingbarem Drang, sich zu amüsieren«, warf Griffin mit einem tadelnden Blick zu seinem Bruder ein, »konnten wir die Illusion nicht immer aufrechterhalten … jedenfalls nicht so gut, wie wir es uns gewünscht hätten.«

Hannah sah Griffin an und atmete tief durch. Einen Moment lang sagte sie nichts, dann brach sie in schallendes Gelächter aus. »Bei all den abstrusen Erklärungen, die mir dafür eingefallen sind, warum Sie beide sich mir gegenüber als ein und dieselbe Person ausgegeben haben … darauf wäre ich nie gekommen.«

Lady Viola klatschte ungeduldig in die Hände. »Gut, nun da das Rätsel gelöst ist, wollen wir heute Morgen nicht mehr davon reden … denn ich glaube, Hannah und Mr St. Albans haben uns etwas mitzuteilen.« Sie sah Hannah grinsend an. »Ihr *habt* uns doch etwas mitzuteilen, oder?«

Hannah sah Griffin an und setzte bereits zu sprechen an, als Griffin sie mit einer Hand am Ellbogen fasste und mit der anderen sein Glas hochhielt. »Auf unsere Hochzeit«, verkündete er.

»Siehst du, ich hab es ja gewusst, Letitia«, flötete Lady Viola beglückt. »Ach, wie hübsch. Das sind wirklich freudige Neuigkeiten!«

Die Versammelten hoben prostend ihre Gläser, während Griffin Hannah einen züchtigen Kuss auf die Wange gab.

Das Paar hatte gerade die Kelche zum Trinken erhoben, als Garnet mit fuchtelnder Hand um Aufmerksamkeit bat. »Einen Moment bitte. Da ist noch mehr. Auf *unsere* Hochzeit.« Er nickte respektvoll Miss Howard zu, welche daraufhin sogleich ganz allerliebst errötete.

»Oh, famos.« Lady Letitia klatschte begeistert in die Hände. »Jetzt haben wir zwei Gründe, um heute Morgen zu feiern!«

Wieder wurden die Gläser erhoben, doch bevor auch nur einer den ersten Schluck trinken konnte, stand Lady Viola auf und räusperte sich. Die Sektkelche verharrten vor gespannt lächelnden Mündern.

Die alte Dame nahm Mr Edgar das Tablett ab und stellte es auf den Tisch. Dann nahm sie eins der Gläser darauf und reichte es dem runzeligen, steinalten Butler. Er nahm es zaudernd entgegen, auch wenn es ihm sichtlich peinlich war.

Lady Viola erhob mit vor Stolz strahlender Miene ihr Glas. »Und auf *unsere* Hochzeit.«

»Hört, hört!«, jubelte Hannah, und alle im Salon stimmten mit ein – mit einer einzigen Ausnahme, nämlich dem Earl.

Hannah sah, wie sein Blick ziellos hierhin und dorthin wanderte … so als wäre er tief in Gedanken versunken. »Dies ist wahrlich ein Grund zum Feiern«, begann sie. »Lasst uns nunmehr auf *drei* Hochzeiten anstoßen.«

Dem Earl traten schier die Augen aus dem Kopf »N-n-nein. *Vier*!«

Lady Letitia presste sich die Hand auf ihre Brust. »Was sagen Sie da, Mylord?« Sie rutschte an den Rand des Kanapees. Spannung und Aufregung loderten in ihren Augen.

»V-vier Hochzeiten. Habt ihr mich denn nicht gehört? Ich bin sicher, dass ich laut genug gesprochen habe, und ich nuschle nicht.« Dann versuchte er, sich hinzuknien, doch er strauchelte und konnte sein Knie einfach nicht tief genug beugen, sosehr er sich auch bemühte. »Pinkerton! Ein wenig Hilfe, bitte.«

Der Leibdiener des Earls, wie immer pechschwarz gekleidet, eilte aus dem dunklen Flur, wo er gewartet hatte, in den Salon und fasste den Earl am Arm, während der dicke alte Mann sein gebeugtes Knie auf den Boden senkte. Der Earl streckte seinen freien Arm aus und ergriff Lady Letitias fleischige Hand.

»Die Zeit, die mir noch auf dieser Erde verbleibt, meine Teuerste, ist knapp bemessen«, begann er feierlich.

Pinkerton räusperte sich, und Hannah war überzeugt, dass sie nicht die Einzige war, die sah, wie er ob dieser Erklärung des Earls die Augen verdrehte.

»Was ich sagen will, ist, dass ich diese Zeit mit *Ihnen* verbringen möchte, Lady Letitia. Seit unserer ersten Begegnung ist nicht eine Minute verstrichen, in der mir nicht durch den Sinn gegangen ist, wie glücklich ich mit Ihnen an meiner Seite wäre. Ich träume davon, mit Ihnen zusammen am See in Devonsfield spazieren zu gehen, opulente Feste zu veranstalten, in dem Stile, wie Sie es gewohnt sind, meine Beerdigung vorzubereiten …«

Lady Letitia, deren rundes Antlitz vor Glück gestrahlt hatte, machte ein säuerliches Gesicht.

Pinkerton stieß den Rücken des Earls mit seinem Knie an.

»Oh, verzeihen Sie mir. Ich sagte *Beerdigung*. Ich meinte selbstverständlich *Hochzeit*.« Der Earl sah tief in Lady Letitias blassblaue Augen. »Wollen Sie meine Frau werden, Lady Letitia? Sagen Sie Ja.«

Tränen liefen über Lady Letitias Wangen und hinterließen tiefe Spuren in ihrer dicken Puderschicht. »Mit Freuden, Mylord. Mit Freuden!« Sie beugte sich auf dem Kanapee vor, so dass ihr beachtliches Gewicht die hinteren Beine des Sofas vom Boden hob, und küsste den Earl auf die Wange.

»Jetzt haben wir wirklich Anlass zum Feiern«, verkündete Griffin. »*Vier* Hochzeiten!«

»... und ein herbeigeredeter Todesfall«, murmelte Pinkerton kaum hörbar. »Nicht dass wir das vergessen.«

Hannah kicherte hinter vorgehaltener Hand, als plötzlich Miss Howard zaghaft das Wort ergriff und alle im Salon ihre Aufmerksamkeit auf sie richteten.

»Also, Mylord«, begann sie mit schwachem Stimmchen, »nun, da die beiden Herren St. Albans heiraten ... welcher wird denn dann Ihr Erbe werden?«

Der Blick des Earls wanderte sogleich zu Griffin, doch der schüttelte kaum merklich den Kopf.

»Ich glaube, das will wohl überlegt sein, Miss Howard, denn ich hatte nicht mit einem solch erstaunlichen Ausgang dieses Wettstreits gerechnet. Beide St. Albans an ein und demselben Tag verlobt. Wer hätte das für möglich gehalten? Aber seien Sie versichert, werte Lady, ich werde meine Entscheidung alsbald bekannt geben. Vielleicht morgen schon.«

Hannah hörte Griffin enttäuscht seufzen, was ihr eine sonderbare Reaktion zu sein schien für jemanden, der schon bald zum Erben erklärt werden könnte.

Die Entscheidung des Earls fiel nicht am nächsten Tag. Oder im Lauf der Woche. Es dauerte volle sieben Tage, bevor er die beiden St.-Albans-Brüder, die Featherton-Schwestern, Miss Howard, Mr Edgar und Hannah nach Devonsfield zu der fieberhaft erwarteten Bekanntgabe seines Erben einlud.

Devonsfield war eins der imposantesten Anwesen, die Hannah je gesehen hatte. Das Herrenhaus selbst war wenigstens zweihundert Jahre alt, doch jüngst war eine Säulenfassade hinzugefügt worden, die den prunkvollen Bau verschönte. Die parkgleichen Gärten, die um das Haus herum angelegt worden waren, boten zwei Flüsschen, mehreren pittoresken Pavillons und Kaskaden und einem beeindruckenden Buchsbaumlabyrinth Raum.

Annie machte sich sogleich daran, die mitgebrachten Kleider in den uralten Schrank in dem Schlafgemach zu hängen, das Hannah zugeteilt worden war.

»Nun, mit Verlaub, ich hoffe, dass Mr Griffin diesen kleinen Wettstreit des Earls nicht gewinnt. Ich könnte den Gedanken nicht ertragen, dass Sie hier ganz abgeschieden in diesem muffigen alten Kasten leben müssen. Sie sollten nach London gehen. Das würde ich tun. Ich würde ins Theater gehen und vielleicht zu Almack's. Ich wette, diese alten Drachen von Patronessen würden Sie einlassen, wo Sie doch praktisch mit den Featherton-Ladys verwandt sind.«

Hannah schaute aus dem großen Fenster auf den endlos anmutenden Rasen. »Das würde Griffin sehr gefallen. Er möchte nur sein Studium der Sterne fortsetzen.« Sie drehte sich um und sah Annie an.

Annie hielt inne und schaute mit ausduckslosem Gesicht auf. »Was sagten Sie, Miss Hannah?«

Hannah erkannte, dass die Zofe ihren Worten keinerlei Beachtung geschenkt hatte.

»Wissen Sie, Miss Hannah, es spielt nicht die geringste Rolle, was Mr Griffin möchte. Es ist Schicksal, sage ich. Jedes Mal, wenn die Feathertons es sich in den Kopf setzen, dass jemand heiraten sollte, dann endet die Betreffende als Mitglied des Hochadels.« Sie seufzte. »Vielleicht sollte ich um einen weiteren Schrank bitten. In diesen hier passen niemals all Ihre Kleider rein, wenn der Earl den Löffel abgibt und Sie gezwungen sind, in diesen alten Schuppen einzuziehen.«

»Dieser hier reicht vollkommen, Annie.«

Annie reichte Hannah eine Pelisse. »Die anderen steigen schon in die Kutschen ein. Sind Sie für die Ausfahrt bereit?«

»Das bin ich. Obwohl ich zuerst noch Cupid holen muss.« Hannah nahm den seidengefütterten Umhang von Annie entgegen und machte Anstalten, das Zimmer zu verlassen. Zuvor warf sie noch einen letzten Blick aus dem Fenster auf den sonnigen Tag, dann drehte sie sich um und setzte ein angemessenes Lächeln auf. »Man könnte sich keinen schöneren Tag für die Bekanntmachung des Earls wünschen.«

Hannah sah, wie Annie sorgenvoll die Stirn runzelte.

»Wünsch uns viel Glück«, sagte Hannah, als sie in den Flur hinaustrat. »Wir können es brauchen.«

Hannah setzte Cupid auf einen niedrigen Ast nahe dem Klapptisch, der am Seeufer für ihre Mahlzeit gedeckt worden war. Sie wickelte die lederne Langfessel des Vogels einmal um den Ast, dann streifte sie ihren langen Lederhandschuh ab und setzte sich auf die Decke, die auf dem Gras ausgebreitet worden war. Griffin nahm eine saftige Beere aus der Schale zwischen ihnen und schob sie Hannah in den Mund.

Der Frühling hatte endlich begonnen. Die Luft war warm, die Sonne strahlte, was diesen Tag zum angenehmsten des Jahres machte.

Mr Edgar saß stocksteif neben Lady Viola am Tisch, sichtlich befangen in seiner ungewohnten Rolle als Verlobter statt als Butler einer Lady. Sein kritischer Blick folgte den Devonsfield'schen Dienern, während sie die verschiedenen Gänge des Mahls servierten, und Hannah sah, wie er zweimal fast von seinem Stuhl aufsprang, um die Platzierung einer Schüssel zu korrigieren oder einen Tropfen Suppe wegzuwischen, der von der Servierkelle getropft war.

Lady Viola hingegen strahlte wie ein Honigkuchenpferd. Sie hätte einfach nicht glücklicher sein können. Zwei Wochen lang hatten sie und ihre Schwester nun schon Pläne für eine prächtige Hochzeit für vier Paare in der Abteikirche geschmiedet, einschließlich eines Meers aus Lavendelsträußen aus dem Treibhaus und lavendelfarbenen Seidenschärpen, mit denen die Säulen im Kirchenschiff geschmückt werden sollten.

Sie hatten nicht ein einziges Mal die Freundlichkeit besessen, Hannah oder Miss Howard zu fragen, ob ihnen dieses Übermaß an Lavendel oder eine Gruppenhochzeit überhaupt recht waren, doch ehrlich gesagt kümmerte das Hannah nicht im Geringsten. Für sie war nur wichtig, dass sie in zwei Wochen den Mann ihres Herzens heiraten würde.

Lady Letitia bemerkte Hannahs verträumten Blick. »Hannah, Liebes, habe ich dir schon erzählt, dass ich einen Brief von deinem Bruder Arthur erhalten habe? Ich weiß, dass der Gesundheitszustand deiner Mutter ihr nicht gestattet, das Haus zu verlassen, und sie daher nicht zur Hochzeit kommen kann. Schon deshalb wirst du begeistert sein, Arthurs Neuigkeiten zu hören!«

Hannah setzte sich auf. »Arthur hat Ihnen geschrieben? Was stand in dem Brief?«

Lady Letitias rundes Gesicht wurde von einem freudigen Lächeln erhellt, als sie ansetzte, es Hannah zu berichten.

»*Letitia*«, rügte Lady Viola, »der Inhalt seines Briefes sollte doch eine Überraschung sein!«

»*Oh weh.* Du hast ja recht, Viola.« Lady Letitia machte ein bekümmertes Gesicht. »Ein andermal, Hannah.«

»Sie können mir doch nicht sagen, dass mein Bruder einen Brief mit wunderbaren Neuigkeiten geschickt hat, und sich dann weigern, mir mehr zu erzählen!« Hannah bedachte die beiden alten Damen mit einem gespielt bösen Blick. »Sie sind wirklich sehr gemein.«

Lady Letitia sah ihre Schwester an, und sie hielten stummen Austausch, wie nur Zwillinge ihn haben können. »Na schön. Arthur ist nicht mehr in Indien. Er ist momentan in Glasgow und hat die Absicht, zwei Tage vor der Hochzeitsfeier Bath zu besuchen. Zwei Tage!«

»Dann … hat er den Brief, den ich ihm nach Indien geschickt habe, gar nicht erhalten.« Hannah wurde nachdenklich. »Er weiß also nichts von meiner Verlobung.«

»Damit liegst du richtig.« Lady Viola grinste. »Er wird ja so überrascht sein!«

Hannah lief es kalt den Rücken hinunter. »Aber was ist, wenn er meine Heirat mit Mr St. Albans missbilligt? Er ist jetzt das Oberhaupt unserer Familie. Er könnte alles verderben!«

Der Earl verschlang lautstark eine Scheibe kalten Braten, dann spülte er mit einem Schluck Tee nach. »Da habe ich bereits Vorsorge getroffen, meine Liebe. Er wird nichts gegen Mr St. Albans einzuwenden haben.«

»Vorsorge?«, fragte Griffin. »Was für eine Vorsorge haben Sie getroffen?«

»Monetäre Vorsorge, wenn du es denn genau wissen willst«, erwiderte der Earl nüchtern. »Mit eurer Eheschließung werdet ihr beide – du und Garnet – sehr wohlhabend werden.« Der Earl schlug mit der Hand auf den Tisch und lachte ausgelassen. »Ach, lasst uns das Kind beim Namen nennen, ja? Ihr werdet *reich* sein.«

»W-was meinen Sie damit?« Garnet beugte sich über den Tisch näher zum Earl. »Wie reich?«

»Reich genug. Ich habe veranlasst, dass jeder von euch beiden bis zu meinem Ableben fünfzehntausend Pfund im Jahr ausgezahlt bekommt. Danach werdet ihr jährlich zweiundzwanzigtausend Pfund erhalten … unbefristet.«

Cupid kreischte, und Pinkerton, der den Vogel höchstwahrscheinlich gepiesackt hatte, stolperte fluchend und schimpfend hinter dem Baum hervor.

»Sagen Sie es Ihnen, Pinkerton. Erklären Sie den Burschen, wie es finanziell um mich bestellt ist«, wies der Earl ihn an. »Sie wissen das schließlich besser als ich.«

»Ja, Mylord. Der Earl ist zweifellos einer der wohlhabendsten Gentlemen des Königreichs. Seine Familie hat sich schon seit Generationen in der Herstellung und dem Handel von Brandy hervorgetan. Sie müssen sich nie wieder Sorgen um Ihr Einkommen machen.«

Der Earl schnaubte. »Da hört ihr es.«

Hannah und Griffin starrten einander sprachlos an. Der Earl hatte immer so sparsam gelebt und sich so schlicht gekleidet, dass Hannah angenommen hatte, dass es ihm an Geld mangelte, auch wenn er einen Titel und einen großen Herrensitz besaß.

Nach den verblüfften Gesichtern von Garnet und Griffin zu urteilen, waren sie offenkundig von der gleichen Annahme ausgegangen.

Wohl weil sie das Stichwort »Brandy« gehört hatte, erschien Mrs Hopshire, die langjährige Haushälterin der St.-Albans-Brüder, mit einer Karaffe der bernsteinfarbenen Spirituose am Kopf des Tisches. »Möchten Sie ein Glas Brandy, Garn –, ich meine, Mr St. Albans?«

»Vielen Dank, Mrs Hopshire.« Garnet zwinkerte ihr zu.

Die alte Haushälterin lächelte beflissen, wie immer glücklich, sich nützlich machen zu können. In der Küche hatte sie Annie gestanden, dass der heutige Tag ein besonderes Geschenk für sie war. Sie war nicht nur aufgefordert worden, die Brüder nach Devonsfield zu begleiten, sondern man hatte sie auch auf die Ausfahrt mitgenommen, wo sie Zeuge der Bekanntgabe des Erben werden würde.

Doch Griffin und Garnet hätten es auch gar nicht anders haben wollen. Sie hatte die Zwillinge nach dem Tod ihrer Mutter praktisch großgezogen, und Griffin hatte Hannah eingestanden, dass er und sein Bruder Mrs Hopshire eher als ein Familienmitglied denn als ihre einzige Bedienstete betrachteten.

In diesem Moment begann eine Biene Hannahs Strohhut zu umkreisen, offenbar angelockt von den beiden Blumen, die Annie an das Hutband aus Satin gesteckt hatte. Hannah fuchtelte und wedelte mit ihrer Hand, um den Störenfried zu vertreiben, bis sie das kleine Insekt streifte.

Cupid sah die nach vorn gerichtete Handbewegung seiner Herrin und machte sich sogleich zum Flug bereit. Er begann, kreischend an seiner Langfessel zu zerren.

»Nein, Cupid!«, rief Hannah aus, während die Biene ein letztes Mal ihren Kopf umkreiste und dann zum Tisch summte. Dort landete sie auf dem seidenen Herbstrosenschmuck, der Lady Letitias neue Schute zierte.

Hannah sprang auf und zeigte warnend auf den Hut der alten Dame. »Da ist eine Biene! Lady Letitia – auf Ihrem Hut!«

»Oh du meine Güte!« Lady Letitia sprang von ihrem Stuhl auf, löste hastig die Schleife ihres Huts und riss ihn sich vom Kopf. Sie wedelte mit dem Hut, doch die Biene ließ sich nicht abschütteln. »Macht, dass sie weggeht – verscheucht sie bitte!«

Cupid schwang sich von seinem Ast auf, und die nur einmal aufgewickelte Langfessel löste sich. Die scharfen Augen des Vogels fixierten erst Hannahs zeigenden Finger, dann den umherwedelnden Hut. Der Falke stieß ein schrilles Kreischen aus, dann sauste er im Sturzflug auf den Hut zu.

Cupids scharfe Klauen bekamen Lady Letitias Hut gleich beim ersten Versuch zu fassen, dann flog der Falke über den See hinaus.

»Mein neuer Hut!«, schrie Lady Letitia und sah Hannah flehentlich an. »Tu doch etwas, *bitte.* Befiehl deinem Falken, ihn zurückzubringen.«

Der Earl stand ungelenk von seinem Klappstuhl auf, so dass der Stuhl nach hinten umkippte und zusammenklappte. »Komm her, du vermaledeiter Vogel.« Er trottete zum See und ruderte mit seinen kurzen Armen. »Bring den Hut zurück. Bring ihn auf der Stelle zurück, oder ich befehle Pinkerton, dich zu erschießen!«

»Mylord«, sagte Pinkerton, der dem Earl auf den Fersen folgte, »ich habe keine Flinte.«

Der Earl drehte sich um und bedachte den Mann mit einem gequälten Blick. »Aber das weiß der *Vogel* doch nicht, Sie Dummkopf!«

»Ganz recht, Mylord.« Pinkerton verbeugte sich pflichtschuldig vor dem Earl, zweifellos, um zu verbergen, wie er die Augen verdrehte, vermutete Hannah, dann ging er den sanften Uferhang hinauf zum Tisch zurück.

Hannah winkte, während der Vogel eine niedrige Runde über das matschige Seeufer zog, dann machte sie eine abrupte Handbewegung wie ein Messer, das durch Butter fuhr, als der Vogel sich dem Earl näherte.

Cupid stieß abermals einen kreischenden Schrei aus, und als er an dem Earl vorbeiflog, ließ er den Hut keinen Meter vom Ufer entfernt ins Wasser fallen.

»Da ist er!«, rief Lady Letitia dem Earl zu. »Bitte fischen Sie ihn heraus, mein Lieber, bevor er ruiniert ist!«

»Ja, meine Liebste!« Der Earl watete in das kalte Wasser und angelte den Hut heraus, wobei er unmutig schimpfte, als seine Stiefel im Schlamm versanken.

Der Earl stampfte kräftig auf, als er aus dem See kam, und verspritzte dabei Matsch in alle Richtungen. Als er an den Tisch zurückkehrte, verbeugte er sich schwungvoll vor Lady Letitia und reichte ihr galant die mit Herbstrosen verzierte Kreation. »Bitte erlauben Sie mir, Lady Letitia … Ihr Hut.«

Lady Letitia nahm den Hut entgegen und bedankte sich mit einem flüchtigen Kuss auf die Wange des Earls.

»Der trocknet im Handumdrehen, Letitia«, versicherte Lady Viola ihrer Schwester. »Vielleicht solltest du ihn dort auf der Decke in die Sonne legen.«

Ihre Schwester pflichtete ihr bei, doch als sie den Hut in ihren Händen herumdrehte, sah sie die Schlammspritzer auf dem Futter. »Er ist … ruiniert. Siehst du den Matsch, Viola? Er ist ruiniert!«

Die Augen des Earls starrten auf die braunen Flecken im Hut. Seine Pausbacken liefen krebsrot an. »Ich werde Ihnen einen neuen Hut kaufen, Teuerste. Einen besseren. Sie werden sehen.«

»Vielen Dank, Mylord. Sie sind zu gütig.« Lady Letitia schenkte ihm ein beschwichtigendes Lächeln. »Aber Sie sollten Ihre triefnassen Stiefel und Strümpfe ausziehen, bevor Sie sich noch den –«, sie machte ein erschrockenes Gesicht, als ihr bewusst wurde, was sie da beinahe gesagt hätte, »– bevor Sie sich noch *eine Erkältung* holen.«

Der Earl wirkte bestürzt. Sie musste das Wort nicht aussprechen. Er wusste, wie es um ihn bestellt war. Seine nassen Füße würden ihn in ein frühes Grab bringen.

Er ließ sich auf Lady Letitias leeren Stuhl plumpsen, zog eilig seine Stiefel und Strümpfe aus und trocknete sich seine Füße mit einer Leinenserviette. »Pinkerton, holen Sie mir trockene Strümpfe und Stiefel. Schnell! Meine Gesundheit steht auf dem Spiel!«

»Ja, Mylord. Ich eile!« Pinkerton lief zu den Kutschen.

Mrs Hopshire trat neben den Earl und hob seine achtlos auf die Erde geworfenen Stiefel und Strümpfe auf. Doch statt sie fortzutragen und in der zurückgebliebenen Kutsche zu verstauen, hielt sie sie nur in ihrer runzeligen Hand und starrte auf den linken Fuß des Earls. Ihre Augen wurden tellergroß.

Hannah folgte dem Blick der Haushälterin und sah, dass die alte Frau auf ein guineengroßes weinrotes Geburtsmal auf dem nackten Knöchel des Earls starrte.

Hannah legte ihre Hand auf die Schulter der Haushälterin. »Mrs Hopshire, was ist? Ist etwas nicht in Ordnung?«

»Ich erinnere mich nur gerade an den Tag, an dem die Zwillinge geboren wurden.« Die alte Frau sah Hannah an. »Da war etwas, was ihre Mutter sagte, bevor sie starb.«

Garnet und Griffin kamen heran und stellten sich rechts und links neben Mrs Hopshire.

»Was hat sie gesagt?«, fragte Garnet sanft.

Die Haushälterin sah zu ihm auf, und Tränen sprangen ihr in die Augen. »Sie sagte, wir würden immer wissen, welcher der beiden Jungen älter ist, denn er hätte ein Mal an seinem Knöchel.«

Der Earl erhob sich. Er stürzte sich mit irrem Blick auf Garnet, der ihm am nächsten stand, und warf ihn zu Boden.

»Was machen Sie denn da?«, rief Garnet, als der Earl die fuchtelnden Hände des jungen Mannes beiseitestieß, Garnets rechtes Bein ergriff und ihm Stiefel und Strumpf herunterriss. Er packte Garnets Fuß, hielt ihn hoch und studierte ihn eingehend. Offenkundig fand er nicht, wonach er suchte, denn im nächsten Moment machte er sich über den anderen Stiefel und Strumpf her. Mit angehaltenem Atem hob er den Fuß vor seine Augen und drehte ihn.

Ein staunender Laut entfuhr allen Umstehenden. Es gab keinen Zweifel an dem, was sie sahen.

Dort an Garnets Knöchel prangte ein weinrotes Mal.

Kapitel einundzwanzig

Goldene Sonnenstrahlen fielen durch die hohen Fenster der Abteikirche und tauchten den Fußboden des Kirchenschiffs in ein gleißendes Licht. Die Kirche war bereits zum Bersten gefüllt. Die gesamte feine Gesellschaft sowie Vertreter der Dienerschaft der Bräute drängten sich Schulter an Schulter.

Als sich der Minutenzeiger der neunten Stunde näherte, versammelten sich die Bräutigame im Südchor und erwarteten den Eintritt der Ladys, mit dem die große Hochzeit beginnen würde.

»Können wir auch sicher sein, dass es wirklich die erste Wahl der Ladys ist, hier zu heiraten – oder war es einfach nur das Naheliegendste?« Der Earl drückte sich an der Wand entlang, um nicht auf die letzte Ruhestätte von Beau Nash zu treten, der, wie so viele Berühmtheiten aus Bath, unter dem Fußboden der Abteikirche beigesetzt worden war.

»Ja, das können wir, Mylord«, erwiderte Mr Edgar. »Die Ladys haben seit dem Abend ihrer Verlobung von kaum etwas anderem gesprochen.«

Garnet nickte beipflichtend. »Es ist das prächtigste Gotteshaus in ganz Bath. Kein anderer Ort wäre angemessen gewesen.«

»Ich weiß nicht, ob ich dir da zustimme, Bruder.« Griffin legte seine behandschuhte Hand auf Garnets Schulter. »Das Panorama vom Beechen Cliff ist atemberaubend, und es gibt in der ganzen Gegend keinen Ort, der dem Himmel näher ist.«

Der Earl reckte seine Knollennase hoch und schnüffelte. Dann schnüffelte er noch einmal. »Was ist das für ein Geruch?« Er zog ein Taschentuch aus der Innentasche seines Rocks und hielt es sich vor die Nase. »Das ist der faulige Gestank verwesender Kadaver, stimmt's? Gütiger Himmel, das ist er!«

»Ähm, nein, Mylord«, widersprach Pinkerton. »Das sind die Lavendelsträuße, mit denen die Girlanden festgemacht sind.« Er deutete mit einem Nicken auf die Blumen, die an einer nahen Säule angebracht waren.

Der Earl schaute zu den schreiend lavendelfarbenen Seidengirlanden, die sich von Säule zu Säule zogen, und schüttelte sich. »Ja, ja, jetzt rieche ich den Lavendel auch, aber da ist noch ein anderer Geruch – Grablichter, glaube ich.«

Griffin deutete auf die Kerzen, die festlich vor dem Altarraum brannten.

»Oh, ach ja«, murmelte der Earl. »Nichtsdestotrotz ist es ein wenig so, als würde man in einem großen Mausoleum heiraten, oder nicht? Um Himmels willen, eine Hochzeit soll der Beginn eines gemeinsamen Lebens sein – nicht das Lebensende!«

Der Earl rümpfte die Nase und schlich auf Zehenspitzen an Nashs Grab vorbei, als er plötzlich die Gedenktafeln und Marmorkartuschen bemerkte, die teilweise von der lavendelfarbenen Seide, die um alle Säulen gewickelt war, verborgen wurden.

Unvermittelt packte Pinkerton den Earl am Ärmel. Seine schwarzen Augen weiteten sich vor Aufregung.

»Pinkerton!«, raunzte der Earl. »Was soll denn das? Sie zerknittern mir noch den Rock, und dann müssen Sie nur nach Hause eilen und ihn nochmals bügeln.«

»Mylord – *das ist die Lösung.*« Er tippte mit seiner Stiefelspitze auf den Fußboden.

»Die Lösung? Was reden Sie da? Hören Sie auf, Unsinn daherzuplappern, sehen Sie denn nicht, dass ich ein reines Nervenbündel bin?«

»Die Lösung für unser Kapazitätsproblem im Devonsfield'schen Mausoleum.« Pinkerton wartete, dass seine Worte beim Earl einsanken und dieser begriff. »*Der Boden* … statt nach außen anzubauen, was derzeit sowieso unmöglich ist, angesichts der Weigerung der Familie Anatole, Ihretwegen ihre Verstorbenen umzubetten. Wir könnten –«

»Mich im Boden des Mausoleums beisetzen!« Nicht nur die Miene, sondern das ganze Gebaren des Earls schien sich zu erhellen, und er rieb sich begeistert die Hände. »Ich bin so dankbar, dass die Hochzeit hier in der Abteikirche stattfindet, denn sonst wäre ich vielleicht nie auf diesen großartigen Einfall gekommen.«

»In der Tat, Mylord.« Pinkerton verdrehte die Augen.

Beflügelt betrachtete der Earl eine reich verzierte Gedenktafel an der Wand. »Aber mein Epitaph wird sich nicht auf eine kleine Tafel in der Wand beschränken wie beim Rest derer von Devonsfield – nein, der gesamte Boden könnte dafür benutzt werden, wenn ich es so wünsche … und ich denke, das tue ich. Ja, ich *wünsche* es so.«

»Sollen wir beginnen, Mylord, meine Herren?« Der Geistliche, bereits in seine prunkvolle Robe gekleidet, hielt die Agende in der Hand. Er deutete auf den Altarraum, und die vier Gentlemen folgten ihm.

Der Earl nickte Pinkerton zu, welcher daraufhin zur Westfront der Abteikirche ging und den vier Ladys die Tür öffnete.

Als Hannah an der Seite von Miss Howard hinter den beiden Featherton-Schwestern die Kirche betrat, flatterte es in ihrem Magen, als ob Cupid ihre Kehle hinuntergesaust wäre und sich in ihrem Bauch eingenistet hätte.

Während die Frauen den für sie frei gelassenen Gang durch das Kirchenschiff entlangschritten, begann der Chor der Abteikirche zu singen. Der Chor war Lady Letitias Idee gewesen, und Hannah befürchtete fast, die alte Dame würde vor Stolz platzen, als die hellen Stimmen zum hohen Fächergewölbe aufstiegen.

Selbst von hinten waren die beiden Featherton-Ladys ein bemerkenswerter Anblick. Sie trugen identische Kleider aus Metern und Abermetern lavendelfarbener Seide über Reifröcken mit Rüschen und Volants und noch mehr Rüschen, die alle mit Spitzenborten gesäumt waren. Jeweils ein halbes Dutzend Straußenfedern, alle in einem tiefen Lila gefärbt, ragten aus ihren hoch aufgetürmten schneeweißen Frisuren. Hätte Hannah es nicht besser gewusst, hätte sie gedacht, dass sie alle auf dem Weg zum St.-James-Palast waren, um vor der Königin zu debütieren.

Während Hannah und Miss Howard feierlich den Gang entlangschritten, bemerkte sie, dass die Augen der blonden Frau unverwandt auf Garnet gerichtet waren. Im Gegensatz zu Hannah war Miss Howard der Gleichmut in Person. Sie trug ein blassrosa Kleid, das die Farbe ihrer Wangen und Lippen bestens zur Geltung brachte, mit hoch angesetztem Rock und kurzen Ärmeln, die mit winzigen rosa und grauen Zierperlen besetzt waren.

In ihrem Eifer, den Altar zu erreichen, ging Hannah zu schnell, und ihre kurze Schleppe wickelte sich vom Schwung ihrer Bewegungen um ihre Füße, so dass Hannah stolperte. Gütiger Himmel, wie konnten alle anderen so gelassen sein, wenn sie selbst sich vor Aufregung kaum zutraute, von einem Ende der Kirche zum anderen zu gehen! Sie wagte nicht, nach vorn zu schauen und Griffins Blick zu begegnen. Sie würde ganz sicher hinfallen und für alle Zeiten als die Frau bekannt sein, deren Hochzeitstag dank einer Schleppe zur Schlappe wurde. Und so konzentrierte sie sich auf ihre Schuhspitzen und setzte sehr vorsichtig einen Fuß vor den anderen.

»Miss Chillton«, ertönte ein Flüstern aus der Menge.

Hannah schaute auf und sah Mr Hercule Lestrange. Sie hatte keine Ahnung, warum er sie während ihrer Hochzeit störte, doch als sie näher kam, hörte sie den kleinen Mann abermals flüstern.

»Ihr Geheimnis ist sicher.«

»Mein G-Geheimnis?«

Mr Lestrange nickte, und sein Blick wanderte im Kirchenschiff nach vorn.

Hannah setzte sich wieder in Bewegung und ließ dabei ihren Blick suchend über das Gesichtermeer schweifen, bis sie ihren Bruder entdeckte. »*Arthur.*« Hannah blieb wie angewurzelt stehen. Es kümmerte sie nicht, dass die anderen Damen ohne sie weitergingen, denn neben Arthur stand … ihre Mutter.

Hannah kamen die Tränen. »Mutter? Wie …?« Sie sah antwortsuchend zu Arthur, denn dies war unmöglich.

Arthur wandte sich zu ihrer Mutter und flüsterte ihr leise zu: »Das ist Hannah, Mutter. Deine Tochter.«

Ihre Mutter schaute Arthur verständnislos an, dann richtete sie ihre Augen auf Hannah. Sie betrachtete die junge Frau einen Moment lang, dann schenkte sie ihr ein herzliches Lächeln, das gleiche Lächeln, an das Hannah sich aus ihrer Kindheit erinnerte – bevor alles anders geworden war.

Es war nur ein flüchtiger Augenblick, doch Hannah vermeinte, dass ihre Mutter sie in jenem Moment erkannt hatte. Eine Träne des Glücks kullerte über Hannahs Wange.

»Sie kann nicht lange bleiben, Hannah.« Arthur lächelte traurig. »Doch als ich sie gestern Abend besuchte, hatte sie einen ihrer besseren Tage, also habe ich sie mitgebracht … damit sie Zeugin des glücklichsten Tages im Leben ihrer Tochter sein kann.«

Hannah beugte sich vor und hauchte ihrem Bruder einen Kuss auf die Wange. »Vielen Dank, teurer

Bruder. Du kannst nicht ahnen, wie viel mir das bedeutet.«

Arthur streckte seine Hand aus, fasste Hannah an der Schulter, drehte sie herum und schubste sie sanft auf den Altar zu. »Geh jetzt, kleine Schwester. Dein Bräutigam wartet.«

Hannah nickte. Eine nie gekannte Seligkeit durchflutete sie, während sie allein den Gang zwischen dem Chorgestühl entlang zum Altarraum schritt.

Dort angekommen, drehte sie sich um und sah Griffin mit einem überglücklichen Lächeln an.

»Ich liebe dich, Hannah«, sagte er so leise, dass nur sie ihn hören konnte.

»Ich liebe dich auch.«

Wie nicht anders zu erwarten, veranstalteten die Feathertons ein großartiges, rauschendes Hochzeitsspektakel, das seinesgleichen suchte.

Darin waren sich alle einig. Mr Hercule Lestrange bejubelte die Gruppenhochzeit in seiner Klatschkolumne in der allernächsten Ausgabe des *Bath Herald* als »ein majestätisches Schauspiel, das selbst den Bath'schen Kometen und sogar die Explosion der Feuerkugel im Prior Park in den Schatten stellte«.

Hannah hingegen war erleichtert, dass die Hochzeit hinter ihr lag … und eine Zukunft des ehelichen Glücks vor ihr.

Sie war jetzt seit zwei vollen Tagen verheiratet. Erst seit zwei Tagen. Eine so kurze Zeitspanne, doch in diesem Moment war ihr so, als hätte sie Griffin zumindest in ihrem Herzen schon immer gekannt.

Sie lächelte über das Serviertischchen im Salon von Griffins Haus am Queen Square hinweg den gut aussehenden, brillanten Gentleman ihr gegenüber an – ihren Gatten. *Ihr Gatte*! Oh, es entzückte sie über die Maßen, das Wort auch nur zu denken.

»Was grinst du denn so, meine Liebste?« Griffin langte über den Tisch und drückte ihre Hand. »Könnte der Grund dafür sein, dass mein Bruder heute Abend mit seiner frisch angetrauten Gemahlin nach Devonsfield abreist – begleitet vom Earl … und der Countess?«

»*Und* Pinkerton. Ich wäre doch sehr enttäuscht wenn sie den armen Mann hierließen.«

Griffin lachte. »Zweifellos. Doch von heute Abend an werden wir allein sein – abgesehen von Mrs Hopshire, versteht sich.«

Hannah grinste. »Ja, Mrs Hopshire … wie lieb von Garnet, dass er sich bereit erklärt hat, sie hierzulassen, damit sie für unser Wohl sorgen kann. Das war wirklich sehr rücksichtsvoll.«

»Nun, wie dem auch sei, im Großen und Ganzen werden wir jedenfalls allein sein. Wie sollen wir uns nur die Zeit vertreiben?«

Hannah legte den Kopf schief und schenkte Griffin ein kesses Grinsen. »Ein Spaziergang wäre eine Möglichkeit. Ja, ich glaube, ein Spaziergang wäre nett, oder? Der Himmel ist so klar und sollte es wohl auch heute Abend noch sein, denkst du nicht auch? Vielleicht sollten wir einen kleinen Ausflug zum Beechen Cliff machen … um die Sterne anzuschauen. Möglicherweise sehen wir ja deinen Kometen, hmm?«

Der Earl kam in den Salon marschiert und ließ sich plumpsend am Tisch nieder. »Ich persönlich habe genug von Kometen. Kometen, Kometen … ich bin ganz erschöpft von Kometen – vom Bath'schen Kometen ganz besonders. Warum ist nur alle Welt wegen einem kleinen Licht am Nachthimmel so aus dem Häuschen? Warum muss es mit Soirees, Empfängen, Bällen und Kometenwachen gefeiert werden? Ich jedenfalls hoffe, dass ich nie wieder das Unglück habe, einen Kometen zu sehen, so lange ich lebe!« Er hob den Deckel der Teekanne an und machte ein enttäuschtes Gesicht. »Der Tee ist kalt. Mrs Hopshire, sorgen Sie dafür, dass sogleich eine frische Kanne gebracht wird.«

Mrs Hopshire knickste stocksteif. »Ja, Mylord. Sogleich, Mylord. Ich bitte vielmals um Verzeihung, Mylord.«

»Hören Sie auf zu schnattern, Weib, und bringen Sie den Tee, husch, husch.«

Griffin nahm dem Earl seinen Ausbruch übel. »Mylord, ich verwehre mich dagegen, dass Sie so mit Mrs Hopshire sprechen. Ich zähle darauf, dass Sie ihr, wenn sie zurückkommt, den Respekt zollen, der einer Frau ihres Alters und ihrer Stellung in meinem Haus zusteht.«

Der Earl schüttelte nur den Kopf. »Ich habe nur darum gebeten, dass der Tee heiß ist, mehr nicht. Ich denke, das ist wohl nicht zu viel verlangt«, gab er schroff zurück.

Es rumste laut im Flur, und Hannah blickte von ihrem eigenen, wohltemperierten Tee auf, um Pinkerton eintreten zu sehen.

»Mylord, Ihr Koffer ist gepackt und reisefertig.«

Der Earl wedelte desinteressiert mit seiner Hand. »Gut, gut. Sorgen Sie dafür, dass er noch binnen dieser Stunde auf der Kutsche verstaut wird, denn ich möchte meine Braut nicht warten lassen. Ich wünsche, umgehend nach Devonsfield aufzubrechen, sobald sie reisefertig ist. Ich habe lange genug gewartet.« Der Earl schaute auf und bemerkte, dass alle ihn anstarrten. Er wurde rot. »Nun ja, wir sind seit zwei Tagen verheiratet – aber es ist kein Geheimnis, dass wir bislang noch nicht unter einem Dach gewohnt haben! Ich bin ein frisch verheirateter Mann, möchte ich hier einmal feststellen, aber trotzdem verweigert sie sich mir – bis ich sie über die Schwelle von Devonsfield getragen habe. Nun, ich muss euch wohl kaum sagen, dass ich nicht bei bester Gesundheit bin. Wie soll ich sie über die Schwelle tragen? Wie, frage ich euch?«

Hannah sah Griffin eindringlich an und deutete mit einem kaum merklichen Nicken auf den Earl.

Garnet kam mit seiner Gattin am Arm in den Salon geschlendert. »Alle Dokumente sind unterzeichnet, Mylord, und ein Advokat wurde beauftragt, dafür Sorge zu tragen, dass alles bei den zuständigen Stellen eingereicht wird.« Er lächelte so strahlend, wie man es vom Erben eines Earls erwarten konnte. »Soweit es die offiziellen Stellen angeht, bin ich der Erstgeborene.«

»Und Erbe.« Griffin grinste seinen Bruder an.

Garnet drehte sich um und lächelte erst seine Braut und dann seinen Bruder an. »Nun ja, das natürlich auch.«

Dann beobachtete Hannah etwas sehr Sonderbares – Garnet zwinkerte Griffin zu, welcher wiederum wie ein Spiegelbild im selben Moment seinem Bruder zuzwinkerte. Was ging hier vor, zum Kuckuck? Hannah musterte die beiden argwöhnisch. Es gab da etwas, in das man sie nicht eingeweiht hatte.

Sie hatte gerade beschlossen, ihren Gatten deswegen auszuhorchen, als Mrs Hopshire in den Salon zurückkehrte. Unverzüglich schenkte sie dem Earl eine dampfend heiße Tasse Tee ein, dann holte sie eine Karte aus ihrer Schürze und wandte sich an Griffin. »Mit Verlaub, *dies* wurde gerade für Sie abgegeben, Sir.«

»Eine weitere Karte mit Hochzeitsglückwünschen, nehme ich an. Vielen Dank, Mrs Hopshire.« Griffin nahm die Karte, die sie ihm hinhielt. Er schaute zweimal darauf, las die wenigen Worte, die dort geschrieben standen, dann legte er sie auf den Tisch und schob sie Hannah hin.

Hannah warf einen Blick auf die cremefarbene Karte. Sie musste gestehen, dass sie darauf brannte, sie zu lesen, und fragte sich, ob sie als Griffins Frau die Karte einfach nehmen und es tun konnte. Oder sollte sie warten, bis ihr die Erlaubnis erteilt wurde, wie die Etikette es wohl leider verlangte. *Verflixt.*

Griffin starrte weiter auf die Karte, ohne ein Wort zu sagen.

Schließlich konnte Hannah es nicht länger ertragen – sie musste wissen, was auf der Karte stand! »Liebster, wer … ähm … hat uns denn Glückwünsche geschickt? Soll ich die Karte lesen?«

»Niemand.« Sein Gesicht war ausdruckslos, so als würde er Tagträumen nachhängen.

»Niemand? Griffin, jemand hat eine Karte geschickt. Ich kann sie mit meinen eigenen Augen auf dem Tisch zwischen uns sehen.« Sie lachte, um ihren Worten die Schärfe zu nehmen, doch sie konnte die Spannung nicht einen Moment länger ertragen!

Griffin tippte mit seinem Zeigefinger auf die Karte, dann schob er sie Hannah über den Tisch hin. Er sah sie an, während sie die Karte hochnahm und las.

Miss Caroline Herschel
26 Brock Street, Bath

Sie drehte die Karte um und las die in steiler, schräger Schrift niedergeschriebenen Worte.

Es ist ein Brief vom Königlichen Observatorium in Greenwich eingetroffen. Wenn Sie ihn zu lesen wünschen, suchen Sie mich bitte auf, sobald es Ihnen möglich ist.
CH

Eine Stunde später saßen Griffin und Hannah in der Bibliothek von Nummer sechsundzwanzig Brock Street Miss Herschel gegenüber. In der zierlichen Hand der alten Frau war ein Brief, dessen Wachssiegel bereits erbrochen war. Sie hielt Griffin die Botschaft hin, und er nahm den Brief zögernd entgegen.

»Sie sollten ihn selbst lesen. Warum soll ich Ihnen erst lange erzählen, was darin steht?« Ihr Gesicht verriet keine Regung. Keine Enttäuschung. Keine Freude. Nichts. »Sie können es besser selbst lesen.« Sie zeigte mit dem Finger auf Griffin und drängte ihn zu beginnen.

Hannah sah, dass seine Hände zitterten, als er den Bogen aus schwerem Büttenpapier entfaltete. Ihr erster Impuls war es, ihm den Brief aus der Hand zu nehmen – und ihn ihm laut vorzulesen. Doch sie wusste, dass Griffin die Nachricht, ob sie nun gut oder schlecht war, selbst lesen musste.

Er saß reglos da und starrte auf den Brief, obgleich Hannah wusste, dass er ihn längst zu Ende gelesen haben musste. »Griffin, was steht in dem Brief?« Er antwortete nicht, sondern reichte ihr nur den Bogen, dann sah er Miss Herschel an. Das Gesicht der Frau war jetzt bewegt von kaum bezähmbarer Aufregung.

Liebe Miss Herschel,

ich möchte Ihnen für Ihren Brief danken, in dem Sie uns die Forschungsergebnisse Ihres Protegés zu einem möglichen neuen Kometen dargelegt haben. Ich hoffe, Sie nehmen es mir nicht übel, dass ich Ihnen erst heute antworte, aber Sie verstehen gewiss, dass wir vom Königlichen Observatorium in Greenwich erst die Richtigkeit der Berechnungen und Beobachtungsprotokolle verifizieren mussten, um deren Gültigkeit offiziell erklären oder absprechen zu können.
Nach Abschluss unserer eigenen Studien möchte ich

Mr St. Albans mit großer Freude unsere herzlichsten Glückwünsche zu seiner Entdeckung aussprechen. Es geschieht nicht oft, dass jemand von seinen jungen Jahren imstande ist, seinen Namen unsterblich zu machen. Außerdem möchte ich Ihren Eifer und Ihren Einsatz für die Astronomie loben und Ihnen dafür danken, dass Sie einen solch brillanten jungen Sternenbeobachter wie Ihren Mr St. Albans ermutigt haben.
Ihren Wünschen entsprechend habe ich um eine königliche Ernennung und eine unverzügliche Aufnahme in das Königliche Observatorium ersucht. Zu meiner großen Freude, und gewiss auch zu Ihrer, kann ich Ihnen mitteilen, dass Ihre Bitte an diesem Vormittag befürwortet wurde. Mr St. Albans wird am 14. April in London erwartet, um dort diese ebenso große wie verdiente Ehre entgegenzunehmen.

Ihr untertänigster und ergebenster Diener,
John Pond, königlicher Astronom

»Griffin! Was für wunderbare Neuigkeiten!« Hannah sprang von ihrem Stuhl auf und warf sich in Griffins Arme, ohne sich darum zu scheren, ob dies die alte Dame, die ihnen gegenübersaß, in Verlegenheit brachte.

Wie es aussah, musste Hannah sich diesbezüglich keine Sorgen machen, denn Miss Herschel legte den Kopf in den Nacken und lachte schallend. »Meine Lieben, Sie müssen mich jetzt entschuldigen. Ich erwarte jeden Moment einen Besucher.« Und dann zwinkerte die winzige Astronomin beiden verschmitzt zu.

Der Tag war sonnig und warm, ein schöner Tag für einen Spaziergang, wie Hannah es vorhergesagt hatte. Sie hatten gerade Nummer sechsundzwanzig Brock Street verlassen, als vor Miss Herschels Haus niemand anders als Mr Hercule Lestrange stehen blieb.

Er lüftete seinen glänzenden Kastorhut von seinem seltsam geformten Kopf und verbeugte sich höflich vor Hannah. »Was für einen schönen Tag wir heute haben, Mrs St. Albans, Mr St. Albans.«

»Den allerbesten«, erwiderte Hannah.

»Da stimme ich Ihnen von ganzem Herzen zu. Einen guten Tag wünsche ich!« Mit diesen Worten setzte Mr Lestrange seinen Hut wieder auf und erklomm beschwingt die Vortreppe zu Nummer sechsundzwanzig Brock Street.

Auf den Schlag genau um fünf Minuten vor fünf fuchtelte der Earl mit seinem Gehstock und trieb die St.-Albans-Brüder und ihre Bräute wie ein Schafherde vor sich her in die Karosse, damit sie alle zusammen zum Royal Crescent fahren konnten.

Der Earl trommelte ungeduldig mit seinen Fingern auf seinem Knie, während das kräftige Gespann sich schnaufend den steilen Anstieg der Gay Street hinaufmühte.

Pinkerton, der sich bereits vergewissert hatte, dass der Koffer und die Reisetruhe des Earls auf dem Verschlagdach festgezurrt waren, war gezwungen, zu Fuß zum Royal Crescent zu gehen, da in der Kutsche kein Platz mehr für ihn gewesen war. Doch Pinkerton nahm diese Unannehmlichkeit nicht im Geringsten übel, denn er war keinesfalls sicher, dass die Kutsche es bis zum oberen Ende der Gay Street schaffen würde.

Auf Bitte des Earls, oder besser gesagt, weil der unmutige dicke Earl es verlangt hatte, hatte Pinkerton die Kutsche nicht nur mit dem Gepäck des Earls beladen. Er hatte auch Vorsorge für die erste Etappe der langen Reise nach Devonsfield getroffen in Form von drei großen Proviantkörben mit Brot, Käse, Süßwaren, einer Auswahl an Dörrobst und einer noch großzügigeren Auswahl an Brandy und Wein.

Die Kutsche war schwer beladen, selbst ohne die Reisetruhe der frischgebackenen Lady Devonsfield, da der Earl natürlich nicht auf Pinkertons Rat gehört hatte, eine zweite Kutsche für das Gepäck zu besorgen.

Pinkerton beobachtete von der Vortreppe des St. Albans'schen Hauses aus schadenfroh, wie die Kutsche immer langsamer wurde, schließlich zum Stehen kam und sogar ein Stück zurückrollte, sosehr sich der Fahrer auch bemühte, sein Gespann den Hügel hinaufzutreiben.

Als die Wagentür wütend von innen aufgetreten wurde, zog sich Pinkerton wieder ins St. Albans'sche Haus zurück, denn er fand, dass dies der geeignete Moment war, um zum Abschied eine letzte Tasse Tee mit der lieben alten Mrs Hopshire zu trinken.

Nachdem er außerstande gewesen war, ein paar Sänftenträger oder selbst eine Droschke aufzutreiben, um die Gruppe den Hang hinauf und dann weiter zum Royal Crescent zu bringen, traf der Earl schweißgebadet und gezeichnet von der Anstrengung des Fußmarsches im eleganten Salon der Residenz am Royal Crescent ein.

»Oh, mein teurer Gatte, kommen Sie herein, kommen Sie herein.« Lady Letitia stürzte zu ihm und küsste die klamme Wange ihres Ehemanns. »Meine Sachen sind gepackt, und ich kann es gar nicht abwarten, dass wir nach Devonsfield aufbrechen, sobald wir alle noch ein letztes Mal zum Abschied miteinander angestoßen haben.« Sie ergriff seine Hand und drückte diese zweimal, dann flüsterte sie ein wenig zu laut: »Ich kann es *wirklich* kaum abwarten, wenn Sie verstehen, was ich meine.«

Hannah schluckte und biss sich auf die Innenseiten ihrer Wangen, um das Kichern zurückzuhalten, das sich mit Macht Bahn brechen wollte. »Wo sind Lady Viola und Mr Edgar?«, fragte sie die Countess.

»Die beiden werden alsbald herunterkommen. Sie … kleiden sich gerade an, glaube ich.« Lady Letitia fasste Hannah am Arm und zog sie dichter heran. »Liebes, könnte ich dich wohl kurz unter vier Augen sprechen, in der Bibliothek?«

Hannah sah die alte Frau fragend an. »Freilich … wenn Sie es wünschen.«

»Das tue ich, Hannah. Ich wünsche es sehr.« Ihre blassblauen Augen wurden eindringlich, doch Hannah wusste nicht, was ihr dieser Blick sagen sollte.

Lady Letitia drehte sich zu ihrem Gatten und den anderen um, die zu Fuß die Gay Street bewältigt hatten. »Bitte machen Sie es sich im Salon bequem. Ich bin gleich wieder bei Ihnen.«

Die alte Dame atmete erleichtert auf, sobald das Quartett aus dem Flur verschwunden war. Sie fasste Hannah beim Handgelenk und zog sie eilig den Flur entlang und in die Bibliothek.

»Oh Hannah, ich stecke in einem großen Dilemma, ich weiß nicht, was ich tun oder wohin ich mich wenden soll. Du musst mir helfen. Bitte.«

»Ich helfe Ihnen mit allem, was in meiner Macht steht, Lady Letitia.« Unvermittelt bemerkte Hannah, dass die alte Dame zitterte. Sie zitterte! Wie seltsam. Hannah konnte sich nicht an ein einziges Mal erinnern, wo Lady Letitia auch nur bange gewesen war – doch jetzt hatte sie sichtlich eine Heidenangst. »Sagen Sie mir, was Ihnen auf dem Herzen liegt.«

Ihre gepuderten Wangen leuchteten feuerrot wie Glut unter Kaminasche. »Ich gebe zu, was ich zu sagen habe ist sehr … sehr peinlich.« Sie zog Hannah zu einem kleinen Sofa vor dem Fenster und sah sie eindringlich an. »Es geht um die Hochzeitsnacht.«

»Ihre Hochzeitsnacht?« Hannah sah Lady Letitia forschend in die Augen, bis sie vermeinte, dort etwas aufblitzen zu sehen. »Oh, ich verstehe. Der Earl war gewiss nur überreizt, mehr nicht. Ich bin sicher, beim nächsten Mal wird alles zum Besten stehen … mit dem kleinen Earl.« Sie tätschelte tröstend Lady Letitias Hand.

»Was?« Es dauerte einen Moment, bis die alte Frau begriff, was Hannah meinte. »Nein, nein. Das Problem ist nicht der Earl – ich bin das Problem.«

»Ich verstehe nicht.«

»Es gab keine Hochzeitsnacht.« Sie wackelte vielsagend mit ihren weißen Brauen. »Wir haben nicht … na ja, wir haben eben nicht.«

»Aber Sie sind verheiratet. Warum waren Sie denn noch nicht … intim?«

»Hannah, ich bin eine alte Frau. Im Gegensatz zu meiner Schwester habe ich nie … habe ich nie – ach zum Kuckuck – ich bin noch immer eine *Jungfer.*«

»Das ist also der Grund, weshalb Sie und der Earl seit der Hochzeit noch nicht unter einem Dach geschlafen haben. Es hatte nichts mit der Tradition zu tun, dass ein Ehemann seine Gemahlin über die Schwelle ihres gemeinsamen Heims tragen muss.«

»Ach, ich bitte dich, Hannah. Ich bin ja nicht dumm. Ich weiß, dass der Earl mein Gewicht niemals tragen könnte. Er ist nämlich nicht bei bester Gesundheit.«

Hannah kämpfte gegen ein Grinsen an. »Da haben Sie leider recht.«

»Aber was sollte ich sonst sagen? Ich habe nicht die leiseste Ahnung, was zwischen einem Mann und einer Frau in der Hochzeitsnacht geschieht. Ich habe eine gewisse Vorstellung, aber ich weiß nicht, was ich tun muss. Er ist Witwer. Er hat Erfahrung in derlei Dingen. Ich nicht. Nach all den Jahren, in denen ich darauf gewartet habe, den Mann meiner Träume zu heiraten, möchte ich nicht, dass mein Gatte … von mir enttäuscht ist.«

Tränen glitzerten in ihren Augen, und zum ersten Mal wirkte Lady Letitia völlig hilflos und verletzlich.

»Oh weh. Haben Sie denn nicht mit Ihrer Schwester darüber gesprochen?«

Die alte Dame schien über die Frage bestürzt. »Ich soll Viola fragen, wie man einen Mann liebt? Gott behüte. Ich bin schließlich ihre ältere Schwester. Sie sieht zu mir auf und erwartet Rat und Unterweisung von *mir*. Kannst du es mir nicht vertraulich beibringen, so dass es unter uns bleibt?«

Hannah setzte ein zuversichtliches Lächeln auf. »Ich werde mein Bestes tun, aber allen Ernstes, Sie müssen sich keine Sorgen machen. Wie Sie selbst sagten, der Earl war schon einmal verheiratet.« Sie holte tief Luft und trommelte mit ihren Fingern auf ihren Lippen. »Also, wo soll ich beginnen?«

Zwanzig Minuten später kamen Hannah und Lady Letitia aus der Bibliothek. Hannah wischte sich mit einem Taschentuch die Stirn ab, völlig erschöpft von den bohrenden Fragen der alten Dame, doch anscheinend hatte sie die Befürchtungen der frischgebackenen Lady Devonsfield zerstreuen können.

Als sie aus der Bibliothek traten, kamen sie an einer beglückt strahlenden Lady Viola und ihrem Gatten Mr Edgar vorbei, der ein keckes Grinsen zur Schau trug, wie Hannah es noch nie zuvor bei ihm gesehen hatte.

Lady Letitia Devonsfield schien ihre Schwester und ihren Schwager noch nicht einmal zu bemerken. Stattdessen hastete sie auf ihren Stock gestützt in den Salon und schenkte sogleich zwei Gläser Likör ein.

Eins davon reichte sie dem Earl, das andere behielt sie in ihrer Hand. »Mylord, wie es scheint … ähm …

lässt sich das Schloss an meinem Koffer nicht schließen.«

»Ist das alles? Wenn Pinkerton kommt, werde ich ihn anweisen, es für Sie zu richten.« Der Earl nippte an seinem Likör.

»Mylord, ich glaube nicht, dass Pinkerton der Richtige dafür ist. Kommen Sie, lassen Sie mich es Ihnen zeigen.«

»Nun, wenn Pinkerton es nicht reparieren kann, dann kann ich es erst recht nicht.« Der Earl verstand offensichtlich nicht, was sie sagen wollte, denn er nippte weiter an seinem Likör.

Garnet griff schließlich ein: »Mylord, Sie haben den Schlüssel für das Schloss. In Ihrer Tasche, Sir.«

»Ach ja? Ich besinne mich nicht darauf, dass ich einen Schlüssel einge – *oh!*« Der Earl stellte das Likörglas mit Wucht auf den Tisch und nahm Lady Devonsfield bei der Hand. Gemeinsam eilten sie, so schnell es ihr Alter und ihre Gebrechen erlaubten, hinaus in den Flur und die Treppe hinauf, wo sie allein sein konnten.

Eine Stunde später waren der Earl und seine Countess noch immer nicht aus dem Schlafgemach zurückgekehrt, als es an der Haustür klopfte.

Mr Edgar stand von dem Kanapee auf, auf dem er neben seiner ihn anhimmelnden Frau gesessen hatte, und öffnete. Das musste schlicht die Macht der Gewohnheit sein, vermutete Hannah, denn es war jüngst ein ausgesprochen tüchtiger neuer Butler für Nummer eins Royal Crescent eingestellt worden.

Alle im Salon schauten auf, als eine wahrlich üppige Besucherschar ins Zimmer drängte.

Hannah sprang auf. »Gütiger Himmel! Schaut nur, Meredith und Lord Lansing sind gekommen.« Hannah stürzte zu den beiden und umarmte ihre alte Freundin Meredith.

Lady Viola stand auf und machte gerade einen Schritt auf Meredith zu, als die Schwestern der jungen Frau, Eliza und Grace, in den Salon rauschten, gefolgt von zwei kleinen Kindern und ihren gut aussehenden Gatten, Magnus MacKinnon und Lord Hawksmoor. Die alte Frau klatschte begeistert in die Hände. »Ihr seid alle hier. Es fehlt nur ein Paar –«

»Nein, nein.« Mrs Penny kam aus dem Flur in den Salon und führte ihre Tochter Jenny und Lady Violas Enkel Callum herein, der ihren Urenkel James in seinen Armen hielt. »Jetzt sind sie alle versammelt, Mylady.«

Lady Viola war so überwältigt, dass sie nicht wusste, ob sie lachen sollte … oder weinen. Und so tat sie das Nächstbeste. Sie eilte zur Treppe.

»Letitia, komm auf der Stelle herunter! Wir haben Besuch – die ganze Familie ist hier.«

Als sie wieder in den Salon kam, war Eliza die Erste, die zu ihr trat. »Es tut uns allen schrecklich leid, dass wir nicht zur Hochzeit kommen konnten, denn es scheint der Höhepunkt der gesellschaftlichen Saison in Bath gewesen zu sein.«

»Schatz, die Hochzeit wurde so überstürzt arrangiert, dass wir gar nicht erwartet haben, dass ihr kommen könntet. Aber wie wunderbar, dass ihr jetzt hier seid!« Sie drückte ihre Großnichte überschwänglich an sich.

Ein Trampeln ertönte, ganz so, als würden zwei Kaltblutpferde die Treppe heruntersteigen, dann betrat eine ausgesprochen derangierte Lady Devonsfield mit dem Earl im Schlepptau den Salon, um die Familie zu begrüßen und ihren frisch angetrauten Gatten vorzustellen.

Die Pläne der Ladys wurden verkündet. Beide Damen und ihre Gatten würden sechs Monate des Jahres zusammen in London in ihrem Haus am Hanover Square leben – selbstverständlich während der Saison. Anschließend würden Lady Viola und Mr Edgar die zweite Hälfte des Jahres in Bath am Royal Crescent verbringen, während Lady Letitia und der Earl auf Devonsfield residierten. Es war die perfekte Lösung für die Schwestern, die es nicht ertragen konnten, voneinander getrennt zu sein, ebenso wie für ihre Gatten, die nach einem Mindestmaß ehelicher Unabhängigkeit verlangten.

Mrs Penny stellte das Tablett mit den Likörgläsern beiseite, denn dies war schließlich ein wahrlich feierlicher Anlass, und so holte sie die edlen Kristallkelche aus Irland hervor und füllte sie mit den letzten beiden Flaschen des geschmuggelten Champagners der Feathertons.

Sie machte ihre Runde durch den Salon, um allen Erwachsenen ein Glas zu reichen, dann behielt sie kühn das letzte für sich selbst zurück.

Hannah erhob ihr Glas und sah zärtlich ihren Mann Griffin an: »Auf die ewige Liebe.«

»Hört, hört! Auf die Liebe!«, stimmten die Versammelten prostend mit ein.

Die betagten Schwestern fassten sich bei den Händen und strahlten. Hier standen sie im Schoß ihrer Familie. Ihnen gingen die Herzen über, und jetzt war ihr Leben vollkommen, den nie zuvor hatten sie so viel Liebe und Glück gekannt.

Epilog

Kennymare Cove
Cornwall, England

Hannah rieb sich die Augen in dem gleißenden Morgenlicht, das durch das Cottagefenster hereinschien, und kuschelte sich an ihren schlafenden Gatten. Mit einem zufriedenen Seufzen ließ sie ihre Fingerspitzen spielerisch durch die dichten Locken auf seiner nackten Brust wandern, während sie sich noch enger an ihn schmiegte und ihn küsste.

Obwohl sie nun schon einen vollen Monat Mann und Frau waren, hatte Griffin – der als jüngst ernanntes Mitglied an das Königliche Observatorium nach Greenwich bestellt worden war, um dort seine Forschungsergebnisse bezüglich des neu entdeckten Kometen vorzustellen – erst jetzt Gelegenheit gehabt, seine Frau für einige Tage aus der Hauptstadt zu entführen, bevor er wieder nach Greenwich zurückkehren und sich seiner Arbeit, der Katalogisierung von Sternennebeln, widmen musste.

Unerwarteterweise waren sie bis zum vergangenen Abend nie wirklich allein gewesen.

Hannah war das Herz übergegangen, denn sie hatte nicht geahnt, dass es möglich war, so glücklich zu sein – nicht bis letzte Nacht.

Hätte Griffin nicht steif und fest geschworen, dass

dem nicht so war, hätte sie geglaubt, dass eine weitere Feuerkugel über sie hinweggesaust wäre.

Mit diesem unauslöschlichen Gedanken ließ Hannah ihre Hand über Griffins Brust und von dort unter die Decke gleiten.

Griffin grinste, bevor er seine Augen aufschlug. »Guten Morgen, meine Liebste«, flüsterte er ihr zu.

»Wird es ein guter Morgen sein? Versprichst du es? Wird er so gut, wie es dein ›guter Abend‹ gestern war?« Hannah sah ihn gespielt unschuldig an, während sie sich an ihn schmiegte und ihr Bein um das seine schlang.

Griffin lachte leise und zog sie auf sich.

Hannah stemmte ihre Füße gegen seine, dann schob sie sich höher, um sein Gesicht in ihre Hände zu nehmen und ihn leidenschaftlich zu küssen. Schließlich löste sie ihre Lippen von seinem Mund. Sie fühlte etwas am Ende des Bettes und wackelte unter der Decke suchend mit ihren Zehen.

Da war eine deutliche Verdickung an seinem Knöchel.

»Was ist das, Griffin?«

»Ach, das.« Er versuchte, sie mit einem weiteren Kuss abzulenken. »Das ist nichts.«

»Hast du dich verletzt?« Hannah starrte besorgt in Griffins Augen, doch er zog nur seine Brauen hoch und schaute sie ebenso unschuldig an wie sie zuvor ihn.

Hannah rollte sich von Griffin herunter und riss die Decke von ihren nackten Leibern. Sie kroch auf der Matratze nach unten und berührte behutsam tastend eine weißlich gesprenkelte, erhabene Hautstelle. »Griffin?« Sie sah ihn durchdringend an.

»Ja, Liebling?«

»Griffin, mein Liebster, das sieht verdächtig wie … ein Geburtsmal aus.«

»Tut es das?«

Hannah warf sich mit einem Satz auf ihn und drückte ihn auf die Matratze. »Stell dich nicht dumm. Du weißt genau, wovon ich spreche!«

Griffin kicherte ob ihrer Beharrlichkeit. »Das liegt daran, dass es eins ist – oder zumindest war. Ich hatte es von Geburt an. Es ist verblasst, als ich älter wurde. Jetzt kann man es kaum noch erkennen.«

Hannah starrte ihn mit großen Augen an. »Dann warst also möglicherweise *du* der Erstgeborene!«

»Wenn auf Mrs Hopshires Gedächtnis Verlass ist, dann muss ich wohl annehmen … ja vielleicht.«

»Warum hast du denn nichts gesagt? Und warum hat Garnet nichts gesagt, wenn wir schon dabei sind?«

»Garnet wollte den Titel so sehr.« Griffin atmete tief aus. »Und ich, nun, ich hatte kein Verlangen danach, Earl zu werden und meine Tage und Abende in einem endlosen Reigen von Kurzweil und Zerstreuung zu verbringen. Ich wünsche mir nichts mehr, als die Sterne zu studieren … und dich.« Er legte seine Hände um Hannahs Taille, drehte sie auf den Rücken und rollte sich auf sie. Er küsste sie stürmisch, und ein Seufzen entschlüpfte ihren Lippen.

»Und nun möchte ich deinen himmlischen Körper studieren.«

Anmerkungen der Autorin

Viele literarische Werke sind von wahren Begebenheiten und Personen inspiriert, und *Stürmische Eroberung* gehört eindeutig dazu. Ich meine damit nicht die Inspiration von »aus den Schlagzeilen abgekupferten« Geschichten. Ich meine die kleinen Perlen historischer Fakten, die in einem Autor die Frage wecken: *Was wäre, wenn …*

Der Encke'sche Komet – der zweite Komet, der als periodisch wiederkehrend erkannt wurde – war die Inspiration für das Handlungsgerüst dieses Romans. Der Komet wurde in den Jahren 1786, 1795, 1805 und 1818 beobachtet, doch bis der siebenundzwanzigjährige Johann Franz Encke die Umlaufbahn berechnete und die Wiederkehr des Kometen für das Jahr 1822 korrekt vorhersagte, wusste niemand, dass es sich bei allen dokumentierten Sichtungen um ein und denselben Kometen gehandelt hatte. Die Entdeckung faszinierte Englands Hautevolee, was mich zu der Überlegung veranlasste, was geschehen wäre, wenn ein berühmter Astronom vorhergesagt hätte, dass der Komet auf einer sehr niedrigen Umlaufbahn direkt über Bath hinwegziehen würde? Wie hätten die feinen Leute von Bath – und die Featherton-Schwestern – reagiert? Nun, mit erwartungsvoller Spannung … und mit großen Festen selbstverständlich. Und so wurde der Bath'sche Komet geboren.

Manch einer mag beim Lesen dieser Geschichte denken, dass auch die klein gewachsene Miss Caroline Herschel eine Erfindung sein muss. Schließlich ist meine Liebe zu skurrilen Figuren bekannt, und sie gehört zweifelsohne in diese Kategorie. Sie war nur knapp ein Meter dreißig groß, ausgebildete Sopranistin, brillante Mathematikerin und Astronomin und suchte im Alter von zweiundsiebzig Jahren immer noch mit ihren Teleskopen das Firmament ab. Vielleicht noch unglaublicher ist die Tatsache, dass die aus Hannover stammende Miss Caroline Herschel in England eine der führenden Kapazitäten auf dem Gebiet von Kometen war. Sie klingt wie eine Erfindung, doch es gab sie wirklich.

Ja, Schriftsteller wandeln bei der Schöpfung ihrer Welten, ihrer Figuren und ihrer Geschichten auf einem schmalen Grat zwischen Realität und Fantasie. Doch gerade diese Mischung aus Recherche und Erfindungsgabe ist es, die das Schreiben von Geschichten wie *Stürmische Eroberung* – Geschichten, die die Leser lieben, wie sie uns immer wieder versichern – so lohnend macht.

Danksagung

Dieses Buch hätte niemals das Licht der Welt erblickt ohne den klugen Rat, den Beistand und die Unterstützung von:

Jenny Bent, meine unübertreffliche Agentin, deren Vision und Zuversicht in mein Schreiben die Triebkraft meiner Karriere sind.

Meiner Freundin und Autorenkollegin Sophia Nash, die den Titel für dieses Buch gefunden hat, der so viel besser ist als meine ursprüngliche Idee.

Der wunderbaren Hannah Heglund, die meine visuelle Inspiration für Miss Hannah Chillton war.

Nancy Mayers, deren Geduld und umfassendes Wissen über die Regency-Ära schlicht erstaunlich sind.

Deborah Barnhart, Denise McInerney und Pam Palmer Poulsen, die immer für mich da waren.

Und mein ganz besonderer Dank gilt meiner Familie, die sich mit den Notwendigkeiten meines Schreibpensums abgefunden und den Dokumentarfilm *Super Size Me* nicht allzu ernst genommen hat.